온난한 날들

안전가옥
오리지널
20

윤이안
장편
소설

온난한
날들

차례

프롤로그

아침 8시, 출근할 때만 해도 나는 짐작하지 못했다. 이날을 기점으로 내 인생의 궤도가 지금까지와는 다른 방향으로 틀어지리라는 걸.

나는 몇 가지의 사소한 선택을 했다. 실종된 아이의 전단을 받아 들면서, 유골함을 품에 안으면서, 그리고 홀로 죽어 간 남자의 집 안으로 들어가기로 결심하면서. 인생은 선택의 연속이다. 그리고 그 선택의 연쇄가 내 삶을 다른 길로 이끌었다.

그해 겨울은 유난히 추웠고 눈이 자주 내렸다. 쉴 없이 돌아가던 공장의 불빛이 꺼졌고, 하수 종말 처리장에는 플라스틱 컵이 산더미처럼 쌓였다. 에코시티에 사는 사람들이 선택하고 방관한 미래였다. 그리고 나의 선택이 내 삶을 다른 길로 이끌었듯, 각자의 선택이 또 다른 미래를 만들어 내고 있었다.

우리는 변화할 수 있을까?

1
살았다 하는 이름을 가졌으나 죽은 자

1

자전거를 막 어스프레소 앞에 세워 두고 체인을 걸고 보니 가게 앞에 두 사람이 서서 이야기를 나누고 있었다. 한 사람은 어스프레소의 점장님, 다른 한 사람은 같은 시간대에 파트타임 아르바이트를 하고 있는 안유리였다.

"점장님, 비가 올 것 같지는 않은데요?"

"아냐. 곧 있으면 온다니까. 내 촉이 딱 왔어."

"아니, 아무리 그래도…… 지금 해가 저렇게 쨍쨍한데요?"

유리는 그렇게 말하며 손가락으로 하늘을 가리켰다. 유리 말대로 아침인데도 해가 쨍쨍했다. 유리가 가리킨 쪽을 봤다가 눈이 부셔서 잠깐 앞이 잘 안 보일 정도였다. 내가 옆에 가서자 유리가 반색을 하며 인사를 건넸다.

"어, 부점장님 오셨네요. 안녕하세요."

"좋은 아침, 화음 씨."

눈이 마주치자 밝게 인사를 건네 오는 유리와 점장님에게 마주 인사하며 무슨 일이냐고 물었다.

"아니, 점장님이 곧 비가 오겠다면서 야외에 내어놓은 의자들 다 들여놓고 창문 닫자고 하시는 거예요. 근데 어딜 봐서 비가 올 거 같은지 모르겠다니까요. 괜히 힘 빼는 거 아니에요?"

"유리야, 너 그 아니 좀 그만해. 너 나중에 취직해서도 그런 말투 쓸래?"

"아니, 그렇잖아요."

점장님도 혼내려는 게 아니라 장난으로 그러는 거였다. 얘가 나중에 어디 가서 버릇없다는 소리 들을까 봐 걱정이라며 투덜거리는 걸 지난달에도 봤다. 그래서 저런 모습을 봐도 별로 걱정이 안 됐다. 투닥거리는 두 사람의 모습을 보고 있으면 오늘도 평범한 하루가 시작됐구나 하는 기분이 들었다.

유리도 말은 저렇게 해도 벌써 의자를 거의 다 들여놓고 나온 상태였다. 나도 한두 개 남은 의자를 마저 가게 안쪽으로 들여놓았다. 그리고 막 폴딩 도어를 닫으려는데, 하늘이 갑자기 흐려지더니 꾸르릉 하는 심상치 않은 소리가 들렸다.

"점장님 말이 맞았네요."

내 말이 끝남과 동시에 빗방울이 쏟아지기 시작했다. 유리 말대로 비가 오고 나서 의자를 옮겼으면 늦었을 것이다.

"거봐, 내 말이 맞지."

"점장님 진짜 어떻게 알았어요?"

"내 나이 돼 봐라, 다 아는 수가 있지."

"허리 아프다거나, 무릎이 쑤신다거나 뭐 그런 거 말하는 건 아니죠?"

두 사람의 대화를 흘려들으며 나는 창문을 때리는 빗방울을 보고 있었다. 조금만 늦었으면 자전거 위에서 우산도 못 펴고 쫄딱 젖을 뻔했다. 그런 상황에 대비해 가게 안에 여분의 옷과 양말을 구비해 놓고 있긴 했지만 내 입장에서야 그걸 안 쓰는 게 가장 좋았다.

사람들이 자주 착각하는 말이 하나 있는데, 지구 온난화는 단순히 지구가 점점 따뜻해지는 것만을 의미하지 않는다. 날씨가 변덕을 부려 언제 어느 때에 돌변할지 예측하기 점점 어려워지는 것에 가깝다. 길을 가다 갑자기 게릴라성 호우가 쏟아지고, 봄에도 어느 날 갑자기 눈이 쏟아져 내리는 식이었다. 멍하니 있다 쫄딱 젖기 싫으면 항상 우산을 들고 다녀야 했다.

날씨도 이 모양인데, 거기다 한술 더 떠서 한 사람이 하루에 버릴 수 있는 플라스틱 양도 제한되었다. 집을 플라스틱 쓰레기장으로 만들고 싶지 않다면 플라스틱 사용을 최대한 줄여야 했다. 이 모든 상황이 복합적으로 작용하는 새로운 일상이 기존의 일상을 밀어내고 당연하다는 듯이 자리를 차지했다. 그게 내가 아는 온난화였다.

인간이 지구를 망친 대가를 받는 거라면 어쩔 수 없지. 하지만 내가 진짜 견딜 수 없는 건 따로 있었다.

"점장님, 이 정도면 이제 아열대성 기후라고 해야 되지 않아요? 습해서 미치겠어요. 우리 에어컨 진짜 조금만 틀어요."

비가 오자 공기가 또 후텁지근해졌다. 가만히 있어도 등에 땀이 줄줄 흘렀다. 점장님도 손수건으로 이마를 계속 훔쳤는데, 그런데도 유리의 말을 "안 돼." 한마디로 일축했다. 그럴 수밖에 없었다. 아침부터 에어컨을 틀면 저녁 무렵엔 오늘 치 탄소 배출량을 초과하게 된다. 친환경을 표방하는 커피 브랜드 어스프레소에서 탄소 배출량 초과로 벌점을 받았다는 이야기가 나오면 본사에서도 한 소리를 듣게 될 게 분명했다.

이럴 때면 나는 10년 전, 20년 전 여름이 간절히 그리워지곤 했다. 아무 걱정 없이 에어컨을 팡팡 틀고 자동차를 타고 다니던 때를. 전기세 내는 거까지는 원래 내는 거니까 그러려니 했지만 거기에 탄소세까지 내라니까 여름에 에어컨 한 번 트는 것도 쉬운 일이 아니게 된 지 오래였다.

하지만 더운 건 더운 거였다. 그리고 지금은 8월 한여름이고, 나는 더위에 무척 약했다.

"점장님. 30분만 안 될까요. 다른 게 아니고 진짜로 습기만 좀 가시면 살 것 같아요."

나까지 약한 소리를 하자 점장님은 어쩔 수 없다는 듯 어깨를 으쓱였다. 허락의 사인이었다. 유리가 신나서 가게 창문을 다 닫고 리모컨으로 얼른 에어컨을 틀었다. 위이잉 소리와 함께 돌아가기 시작한 에어컨에서 곧 바람이 나오기 시작했다. 유리는 에어컨을 틀었을 때부터 그 밑에 서서 바람을 정면으로 맞고 있었다. 내가 슬쩍 그 옆에 가 서자 유리는 나만 보이게 엄지손가락을 치켜들어 보였다.

"아, 살 거 같다."

그러나 유리의 살 거 같다는 말이 끝나기도 전에 가게 유리문이 열리며 종이 울렸다. 불청객은 들어오자마자 가게 곳곳을 둘러보더니 점장님을 향해 한마디 던졌다.

"아침부터 에어컨을 트시면 어떡합니까."

근처를 순찰하던 탄소 배출 감독관이었다. 바깥은 더위가 한창이었다. 감독관의 반쯤 벗어진 머리에도 땀방울이 송골송골 맺혀 있었는데, 그럼에도 가차 없이 공무를 집행하는 모습이 참 감독관다웠다.

"이러시면 오늘 저녁에는 영업 못 합니다. 에코 포인트 드리기 전에 에어컨 끄시고 창문 열고 환기하세요."

감독관은 자기 할 말만 하고는 다시 문을 열고 나가 버렸다. 유리는 감독관이 나가자마자 소리를 빽 질렀다.

"아니 뭐, 저런 사람이 다 있어요? 우리 에어컨 튼 지 1분도 안 됐다고요."

1분도 안 됐지만 별수 있나. 이 한여름에 가게 문을 다 닫고 있으면 에어컨을 틀고 있다고 광고하는 꼴이니 단속에 걸리기 딱 좋았다. 강제적인 조치는 아니었지만 아침부터 에어컨을 틀면 저녁엔 영업하지 못한다는 말이 틀린 말도 아니어서 어쩔 수 없었다. 점장님은 나와 유리가 서 있던 에어컨 밑에 와서 바람을 한 번 쐬고는 한숨을 쉬었다.

"끄자, 애들아."

에어컨을 끄고 나서도 우리는 한참 창문을 열지 않고 버티다가 버틸 수 없을 지경이 되고 나서야 창문을 열었다.

"저 감독관은 말하는 것도 딱 재수가 없어요."

창문을 열며 유리가 말했다. 그렇게 말하지 말라고 하려다가 참았는데, 옆을 보니 점장님 입꼬리도 파르르 떨리고 있었다.

'에코 포인트제'라는 제도가 도입된 지 바야흐로 10년이다. 간단히 말하자면 이렇다. 탄소를 더 많이 배출할수록 더 많은 세금을 내야 한다. 이를 감독하는 기관과 공무원이 따로 생기기도 했다. 그게 탄소 배출 감독관이다. 처음에 생겼을 때야 환경을 위해 좋은 일 한다고, 드디어 공무원이 해야 할 일을 한다고 칭찬 일색이었지 요즘은 탄소 배출 감독관이라고 하면 면전에 대고 인상을 찌푸리기 일쑤였다. 그도 그럴 게 누가 자기 회사, 건물, 집에 와서 탄소 배출량이 기준치 초과라는 기분 나쁜 이야기를 하는 걸 반길까? 한번은 말단 탄소 배출 감독관이 돈을 받고 한 대형 버스 회사 탄소 배출량을 조작해 준 게 걸려서, 신뢰를 크게 잃기까지 했다.

"저 사람들도 저러고 싶어서 저러겠어. 규정이 그런 걸 어쩌겠니."

점장님은 그렇게 말하고는 한숨을 다시 푹 쉬었다. 하지만 유리는 그 말에 반박했다.

"아니, 규정이 그렇다고 해도 굳이 재수 없는 말투로 말할 필요는 없잖아요. 누가 보면 무슨 감투라도 쓴 줄 알겠다니까요. 손님이라도 있었으면 어쩔 뻔했어요?"

나는 대체로 점장님의 말에 동의하고 유리가 하는 말에는 공감하지 못하는 편이었지만 이번만큼은 유리의 손을 들어 주고 싶었다. 나도 궁금했으니까. 어떻게 탄소 배출 감독관들은 하나같이 저렇게 비슷한 말투를 쓰는지.

정오가 되자 태양이 머리 꼭대기 위에 떠올랐다. 슬슬 직장인들이 몰려와 테이크아웃을 해 갈 시간대인데 손님은 하나도 없었다. 당연했다. 이런 땡볕에 에어컨도 안 트는 카페에 올 손님이 있을 리 만무했다.

그 틈을 타 나는 유리와 함께 카페 테이블에 얼굴을 대고 늘어져 있었다. 평택호 바로 앞 관광단지라는 특성 때문에 원래가 직장인보다는 뜨내기손님이 더 많은 가게였다. 단골도 별로 없다. 주변에 같이 장사하는 가게 사장님들 외에는. 자전거를 타고 출퇴근이 가능한 거리라 버스나 지하철을 탈 필요가 없다는 게 유일한 장점이었다.

고개를 들었다가 다시 테이블에 반대쪽 볼을 갖다 댔다. 테이블에서 올라오는 찬기로 얼굴이 조금은 시원해져서 이러고 있으면 그나마 살 것 같았다. 점장님은 이러고 누워 있는 우리를 보고 나무늘보가 따로 없다고 잔소리를 하시지만.

볼을 바꿔 대려고 고개를 다시 들었을 때, 앉아 있는 테이블에서 제일 가까이에 있던 스킨답서스 화분에서 불길한 소리가 흘러나왔다. 듣는 순간 테이블에 엎어져 있던 몸을 벌떡 일으킬 정도로 놀랐다.

"부점장님, 왜 그러세요?"

"아니, 아무것도 아니에요."

이 정도로 놀란 것도 오랜만이었다. 소리가 들린 것 자체가 오랜만이긴 했다. 지난달 초에 한 번 듣고 이번 달에 처음 듣는 거니까 얼추 두 달 만인가. 주변을 두리번거리면 유리가 불안해할까 봐 다시 테이블에 볼을 갖다 대고 누웠다. 누운 채로 점장님이 있는 포스기 쪽을 향해 물었다.

"점장님, 저희 화분 몇 개만 더 뺄 수 없을까요?"

카페 내부에는 보이는 자리마다 화분이 깔려 있다. 어스프레소는 대대적으로 친환경 브랜드라는 점을 강조하는 마케팅을 펼치곤 했다. 일회용 플라스틱 없는 커피 브랜드로도 유명했다. 정확히 말하자면 플라스틱 제로가 아니라, 여기 평택 에코시티에서만 사용이 가능한 신소재 플라스틱만 사용한다는 뜻이지만 신소재 플라스틱은 일반 플라스틱과 달리 금방 썩는다는 특징이 있으니 크게 다른 말은 아니다.

평택이 신소재 플라스틱 시범 사용 도시, 에코시티로 지정된 지 이제 10년째였다. 평택 구도심 아래쪽, 평택호 인근 지역이 에코시티로 지정된 이후 시티 내에서는 사용하는 플라스틱 양에 제한이 없어졌다. 신소재 플라스틱을 사용하는 만큼 탄소 배출도 타 지역보다 20퍼센트까지 더 가능하다. 그 영향인지는 몰라도, 최근 들어 공장이나 기업의 본사가 에코시티로 이전하는 경우가 많아졌다. 어스프레소의 본사만 해도 에코시티 내에 있었다.

그러니까 가게 내부에 가득한 화분은 어스프레소의 친환경 브랜드 마케팅의 일환이었다. 어스프레소 사장님은 의도하지 않았겠지만 그게 내 업무 환경을 저하시키는 데 한몫하고 있었다.

점장님에게 매일 우리 화초 좀 몇 개만 빼자고 말해도 내 의견은 받아들여지지 않았다. 점장님이 말했다.

"명색이 에코시티인데, 초록이 좀 많아야 보기도 좋지 않니?"

초록, 저도 참 좋아하는데요. 그렇다고 손님들의 사생활까지 제가 알아야 할까요……?

스킨답서스 화분에서 다시 음산한 소리가 흘러나왔다.

팀 장 새 끼 죽 었 으 면.

잘못 들은 게 아니다. 점장님이 한 말도 유리가 한 말도, 당연히 내가 한 말도 아니다. 살짝 낮고 허스키한 목소리는 한 시간쯤 전에 아이스 아메리카노를 테이크아웃해 간 근처 직장인의 목소리였다. 일주일에 두어 번 정도 오는 손님이었다. 단골이 거의 없는 카페라 일주일에 두 번 오는데도 얼굴을 외웠다. 외우는 게 그리 어렵지는 않았던 게, 창백한 인상에 다크서클이 짙어 얼굴이 꼭 유령신부 같았다. 주문할 때에는 항상 어딘가 넋이 빠진 목소리여서 이런 강렬한 목소리를 낼 거라고는 상상도 못 했다. 스킨답서스 화분에서 다시 목소리가 흘러나왔다.

왜 안 죽지? 이 개밥버러지만도 못한 새끼. 길 가다 날벼락이라도 떨어져서 죽었으면.

남의 팀장이 개밥버러…… 아무튼 그것보다 못한 사람인 것도, 속으로 욕하는 것도 내가 참견할 일은 아니지만 이렇게 구체적으로 저주하는 말을 듣고 있자면 안타까운 마음이 들었다. 이런 말을 내뱉으면 저주하는 사람에게도 나쁜 영향이 간다. 해서 좋을 게 하나도 없다는 소리다.

말에는 힘이 있다. 이런 생각을 하게 된 건 식물에서 소리가 들리기 시작한 다음부터였다. 지금보다 훨씬 어릴 때는 그게 식물이 말을 하는 거라고 착각하기도 했는데, 결과적으로는 아니었다. 누군가가 반복적으로 내뱉은 말이나 생각, 강하게 남아 있는 원한이나 사념 같은 게 식물에 흔적으로 남은 것뿐이라는 걸 머리가 좀 더 크고 나서야 알았다.

이상하게도 그 어떤 말, 생각보다 식물에 강하게 남는 것은 저주의 말, 원념이었다. 억울함, 한 같은 것도 많이 남았다. 사람이 가진 감정 중에 그게 제일 강하고 오래 남기 때문일 거다.

저런 말을 듣고 있으면 내 기분까지 가라앉았다. 유리가 누굴 욕하는 걸 내가 불편해하는 데에는 그런 이유도 있었다. 그게 가게 안에 있는 식물에 남을까 봐. 지금은 일하는 중이라 노이즈 캔슬링 이어폰 같은 것도 낄 수 없었다. 점장님에게 몇 마디 더 하려다가 말을 꾹 삼키고 다시 테이블에 머리를 댔다. 시원했다.

* * *

점심시간에 햄버거를 사러 나갔던 점장님이 사색이 된 얼굴을 하고 문을 열고 들어왔다. 한쪽 손에는 맥도날드 종이봉투를, 다른 한 손에는 전단지 한 장을 든 채였다.

"화음 씨, 이것 좀 봐."

얼핏 보인 면에는 누구를 찾는다는 말이 적혀 있었다. 금방 실종 전단지라는 걸 알았다.

"그 왜, 에코시티 관광단지 맨 끝에 있는 칼국숫집 있잖아. 그 집 사모님이랑 딸내미가 사라졌대."

전단지를 받아 들어 다시 살펴봤다. 점장님이 말한 내용이 그대로 전단지에 적혀 있었다.

"저 아래 칼국숫집이요? 저 거기 자주 가는데."

유리가 말했다. 나는 한 번도 가 본 적 없는 가게였지만 출퇴근길이 그쪽이라 자전거를 타고 오고 가며 매일 보기는 했다. 그때마다 매장 앞을 비질하는 사장님을 보았었다. 점장님이 말했다.

"애가 없어졌다는 소리에 걱정이 돼서 한 장 받아 왔어. 우리 보윤이 생각도 나고 그래서……."

그렇게 말하며 점장님은 내 얼굴을 쳐다보았다. 무슨 생각을 하는지 알 것 같다. 1년 전에 가게에서 잠깐 한눈판 사이에 사라졌던 점장님 아들을 내가 찾아 데리고 왔던 일을 떠올리고 있을 것이다. 점장님이 물었다.

"화음 씨, 어떻게 방법이 없을까?"

물어보셔도 저는 몰라요. 그렇게 말할 수는 없어서 애매하게 웃었다. 나라고 무슨 뾰족한 수가 있는 건 아니었다.

정말로 운이 좋았다. 카페에 아이가 반복적으로 내뱉었던 단어를 기억하는 화분이 하나 남아 있던 건 천운이라고 할 수밖에 없었다. 고작 '놀이터'라는 단어 하나뿐이긴 했지만 근처 놀이터를 전부 뒤져서 찾아낼 수 있었다. 그런 자세한 건 이야기할 수 없어서 그냥 왠지 거기 있을 것 같았다고 둘러댔는데 점장님은 믿지 않는 눈치였다.

그 일로 점장님은 내게 엄청난 추리력이 있다고 착각하기 시작했다. 아니라고 아무리 이야기해도 소용없었다.

"점장님, 저는 그럴 능력이 안 된다니까요……."

점장님 아들인 보윤이는 가게에 종종 놀러 왔으니까 얼굴이라도 알지, 칼국숫집 아이는 얼굴 한 번 본 적 없는 남이었다. 식물에 남아 있는 소리를 따라간다고 해도 애초에 식물에 그 아이나 주변 사람이 남긴 소리가 있어야 가능한 일이다. 나는 점장님의 시선을 외면하며 말했다.

"그때 그 일은 진짜로 운이 좋았어요, 점장님. 제가 셜록 홈즈도 아니고…… 실종된 애를 찾을 정도의, 그런 추리력은 정말로 없어요."

이건 스스로에게 늘 하는 말이기도 했다. 어쩌다 보니 식물에 남은 소리가 들리게 돼서 이런저런 사건에 관여하고 살았지만, 그건 그냥 운이 좋았을 뿐이라고.

서울에서 대학을 다닐 때는 미스터리 동아리에 들어갈 정도로 추리 소설을 좋아했다. 그 미스터리 동아리가 '미스터리/추리 소설 동아리'가 아니라 그냥 심령 현상, 괴담 같은 걸 좋아하는 사람들이 모인 모임이라는 걸 알고 실망했지만 그렇다고 동아리를 나오거나 하지는 않았다. 심령 현상이나 괴담 이야기도 생각보다 재미가 있어서 동아리 활동도 나름 열심히 했다.

나는 그 정도가 딱 좋았다. 더도 덜도 말고 추리 소설을 좋아하는 카페 직원. 이 정도가 내가 있어야 할 위치였다. 식물의 소리가 들리느니 뭐니, 이런 건 나 혼자 알고 있는 성가신 비밀 정도로 간직하는 게 좋다. 어차피 말해도 아무도 믿어주지 않을 테고.

그사이 내 손에서 전단지를 가져간 유리가 그 내용을 유심히 들여다보더니 물었다.

"근데 애기 엄마도 같이 실종이라는데요. 그럼 그거 가출 아니에요? 엄마가 애 데리고 도망간 걸 수도 있잖아요."

그 말에 점장님은 질색을 했다.

"애, 너 말 조심하랬지. 그 칼국숫집 사장님이 사람 좋기로 얼마나 유명한데. 지금 애기랑 애기 엄마 찾는다고 가게 문도 닫고 전단지 돌리는데, 그런 말이 나와?"

"밖에서 사람 좋다고 안에서도 좋으란 법 있어요? 외국에서 데려온 며느리라고 집에서 뭐라고 했을지 어떻게 알아요."

나는 처음 듣는 이야기였다. 점장님이 말했다.

"유리야. 너 그거 편견이다. 그 집 식구들이 얼마나 며느리한테 끔찍한데. 애기 엄마가 태국인이니 한국말도 배워야 된다고 식당 일 안 시키고, 그 뭐냐, 교회에서 하는 공부방에 가라고 그런다고 하더라."

유리에게서 전단지를 받아와 다시 한번 읽었다. 조그맣게 실려 있는 사진에 엄마와 아이 얼굴이 보였다. 점장님은 가게 안을 둘러보고는 손님이 없다는 걸 확인하고 유리에게 말했다.

"확실하지도 않은 걸로 괜한 사람 잡지 말고. 그리고 소문 같은 거 쫓아다니지 말라고 내가 말 안 했니?"

"……했죠."

"밥 다 먹었으면 가서 매장 청소 좀 하자."

어느새 다 먹었는지 유리는 빈손이었다. 나는 거의 먹지 않아서 반절 이상 남은 햄버거를 든 채 엉거주춤하게 일어섰다. 점장님이 말했다.

"화음 씨는 마저 다 먹어."

그 말에 도로 앉을 수밖에 없었다. 사실 더 먹고 싶은 생각은 없어진 지 오래였는데 점장님이 밥 굶는 거, 거르는 거에 예민하셔서 어쩔 수 없었다. 버거가 입으로 들어가는지 코로 들어가는지 모를 정도로 정신없는 점심시간이었다.

내가 다 식은 햄버거를 먹는 동안에도 스킨답서스 화분에서는 저주의 말이 흘러나오고 있었다. 아마 며칠은 저렇게 쉬지 않고 사념을 내보낼 것이다. 식물에 따라서 일주일 이상 지속되는 경우도 있다. 그런데 그게 저런 강한 원한일 경우 같은 소리를 계속 내보내야 하는 식물의 처지도 참 안타까웠다. 어떨 때는 누가 죽었으면 하는 생각만으로도 세상이 오염된다.

쟤는 그냥 그 시간 그 장소에 우연히 있었던 것뿐인데.

나야 이제 저런 소리 정도는 배경 음악처럼 흘려보낼 수 있게 됐지만 식물은 그러지 못했다. 저렇게 독한 말을 속에 품고 있던 식물은 그 말이 빠져나가고 나면 잎이 노랗게 물들거나 꽃이 시들거나 했다. 이제 그렇게 시든 화분에 영양제를 꽂아 주는 일에도 익숙해졌다. 그럴 때마다 점장님은 "어머, 화음 씨는 이 화분 시들 줄 어떻게 알고 있었어?" 묻곤 했으나 한번도 진실을 이야기한 적은 없다. 며칠 후면 식물은 언제 그랬냐는 듯 다시 푸릇한 잎으로 돌아왔다.

이게 내가 이런 말도 안 되는 능력을 갖게 되고 나서 간신히 만들어 낸 일상의 풍경이었다.

나는 다시 한번 다짐을 새겼다. 내가 미치지 않고 간신히 유지할 수 있게 된 지금의 일상을, 무슨 일이 있어도 지켜 내겠노라고. 그러기 위해서는 일단 첫째로, 남의 불행에 지나치게 눈을 돌려서는 안 됐다.

2

퇴근길, 자동차를 탈 수 없기 때문에 출퇴근길에는 자전거를 타고 다닌다. 이것도 멀미가 나긴 하지만 사방이 막혀 있지는 않아서 자동차보다는 덜하다.

내가 자동차도 타지 못하는 몸이 된 건 아홉 살 무렵이었다.

아빠와 둘이서 놀이공원에 가는 길이었다. 커브 길에서 중앙선을 넘어오는 트럭과 정면으로 부딪히고도 살아남은 건 운이 좋았다는 말로밖에 설명이 안 됐다. 하지만 정말로 운이 좋았다고 해야 할까? 살아남은 건 나뿐이었고 이때의 사고 이후로 식물의 소리가 들리기 시작했다. 거기다 자동차를 타면 구토하게 되는 증세도 덤으로 얻었다.

한번은 유리가 그럼 기차나 비행기도 못 타는 거냐고 물었는데, 기차나 비행기도 마찬가지다. 나는 사방이 막혀 있고 움직이는 것에 타면 구토를 한다. 그 교통사고 이후로 한 번의 예외 없이 늘 그랬다. 상담에서는 늘 심인성 요인이라고 그랬는데 정말 그런지는 모르겠다.

어릴 때는 식물에서 소리가 들린다는 말 같은 걸 하면 그게 조현병 초기 증세로 기록된다는 걸 몰랐다. 학교에서 친구들에게 그런 말을 하면 안 된다는 것도 몰랐다. 너한테만 말하는 거야, 너만 알고 있어. 이런 말들로 시작한 이야기는 며칠후 눈덩이처럼 불어나 학교 전체에 퍼진 소문이 되어 있었다.

박화음이 미쳤대.

식물에서 무슨 소리가 들린대.

나 쟤 버스에서 토하는 거 봤어.

몇 번의 전학을 거치고 머리가 조금 더 자라고 나서야 나는 아무도 내 말을 믿어 주지 않는다는 사실을 알았다. 엄마조차도. 엄마는 집 안에 있던 화초와 화분을 모조리 치우는 것으로 내 증세가 나아지리라고 믿었다.

하지만 그런 일은 일어나지 않았다.

어느 순간부터는 식물에서 소리가 들린다는 말 같은 건

누구에게도 하지 않게 되었다. 엄마는 그것 보라며, 내가 미치지 않았다는 사실에 안심한 듯했지만 다시는 집 안에 화초를 들이지 않았다. 나는 엄마를 이해했다. 나 같아도 그런 말도 안 되는 소리를 믿어 줄 수는 없었을 것이다. 지금은 엄마와 그럭저럭 대화도 하고 매일 안부 전화를 하는 정도로 사이가 나아졌다.

이것도 내가 간신히 일군 일상의 풍경 중 하나였다.

집으로 가는 길은 관광단지를 쭉 지나가야 해서, 칼국숫집 앞을 지나쳐야 했다. 최대한 그쪽을 안 보려고 노력하며 빠르게 자전거 바퀴를 굴려 지나치려는데, 잠시 돌아봤을 때 칼국숫집 앞에서 전단지를 돌리던 사장님과 눈이 마주쳤다.

그때 바로 눈을 돌려야 했는데. 절박하게 도움을 구하는 사람의 눈빛 따위는 보지 말았어야 했다. 사장님은 전단지를 주려는 듯 손을 뻗었다가 내가 빠르게 지나쳐 가자 고개를 푹 숙였다.

나는 천천히 고개를 돌리고 다시 열심히 발을 굴렸다. 하필이면 오르막길이라 자전거의 속도는 한없이 더뎌졌다. 오르막에서 가장 높은 곳까지 낑낑거리며 올라갔다. 이제 내려갈 일만 남았다고 생각하며 고개를 들었을 때 나는 무심코 뒤를 돌아보았다. 칼국숫집 앞의 남자는 조그만 나무젓가락처럼 보였다.

손에 땀이 찼다. 남자는 지나가는 사람에게 전단지를 건

네다가 거절당하고, 다시 거절당하고, 또 거절당했다. 그럼에
도 포기하지 않았다. 두 눈을 꾹 감았다가 떴다.

이놈의 오지랖이 문제다.

어렸을 때 아빠와 나눴던 대화가 떠올랐다. 주말에 집에서
뒹굴다 케이블에서 해 주는 영화를 보던 중이었다. 주인공이
납치당하는 뻔한 설정의 스릴러 영화였다. 주인공을 도와주려
고 한 사람은 많았다. 하지만 그 여자를 구해 주려고 한 선량
한 시민들은 바로 그 선량함으로 인해 납치범에게 살해당했
다. 누워서 엉덩이를 벅벅 긁던 아빠가 말했다.

화음아, 쓸데없는 오지랖은 죽음을 부르는 거다.

남 일에 함부로 끼어들지 마라. 나는 그때 그게 무슨 말
인지 바로 이해하지 못했다. 하지만 납치범이 시민의 뱃가죽
을 칼로 쑤시는 걸 보면서 아빠의 말을 머릿속에 새겼다. 아
빠는 다시 한번 말했다. 오지랖은 뭐라고? 나는 대답했다. 죽
음이요.

아빠의 조기 교육에도 불구하고 불행하게도 나는 세상이
오지라퍼라고 부르는 종류의 사람인지도 모른다. 자전거를 구
르던 발이 점점 느려지고 느려져서 결국 제자리에 멈춰 섰다.
나는 자전거의 머리를 돌렸다. 그리고 반대 방향으로 달리기
시작했다.

내리막길을 날듯이 달려 다시 칼국숫집 앞에 섰을 때 사
장님이 나를 발견했다. 멍하니 서 있는 내 앞까지 다가와서 전

단지를 나눠 주며 말했다.

"한 번만 보고 가 주세요. 아내와 딸애를 찾고 있어요."

전체적으로 인상이 흐릿한 남자였다. 하얀 지점토 위에 눈, 코, 입을 조각칼로 희미하게 새긴 듯한 인상이었다. 특징이라고는 전혀 없었다. 오며 가며 지나쳤는데도 인상이 눈에 하나도 남지 않았다 싶었는데 이런 얼굴이라면 그럴 수도 있겠다 싶었다. 눈사람에 붙이는 단추처럼 눈만 동그래서 거대한 눈사람 같기도 했다. 눈사람 사장님은 식은땀을 줄줄 흘리며 다시 한번 같은 말을 했다. 금방이라도 녹아서 쓰러질 것 같았다. 그런데도 지나가는 사람이 경계할까 봐 그런지 웃음을 잃지 않았다.

전단지를 받아 들었다. 점장님이 카페에 가져온 것과 똑같은 전단지였다. 큼직한 글씨 밑에는 아내와 딸의 사진이 흐릿한 화질로 인쇄되어 있다. 사진을 자주 찍지는 않았던 모양인 데다가 그나마도 흑백이었다. 아까도 생각했지만 이걸로 사람을 찾는 건 무리였다. 겨우 이목구비만 식별 가능한 정도였으니까. 나는 한숨을 쉬고 물었다.

"이런 사진으로는 구별이 잘 안 돼요. 좀 더 잘 나온 사진은 없어요?"

내 말에 눈사람 사장님은 어쩔 줄 몰라 하며 덧붙였다.

"사진을 많이 찍지는 않아서…… 그나마 있는 것 중에 제일 잘 나온 겁니다."

"그러면 적어도 컬러 사진으로 바꿔 보세요. 흑백 사진은 도움이 안 될 거예요."

사장님은 고개를 여러 번 끄덕였다.

"지나다니면서 보게 되면 꼭 알려 드릴 테니까요. 별로 도움은 못 될 거 같지만……."

"아닙니다. 이렇게 신경 써 주는 것만 해도 큰 도움인걸요. 정말 감사합니다."

그 말이 머리꼭지에 달라붙어 집으로 가는 내내 신경이 쓰였다. 도움이 된 게 없는데도 감사하다고 몇 번이나 고개를 꾸벅꾸벅 숙인 사장님 때문이었다. 점장님이 말한 대로 눈빛이 선량하고 좋은 사람 같아 보였다. 눈빛만으로 사람을 판단하면 안 된다는 걸 다년간의 경험으로 알고는 있었지만 막상 사람을 앞에 두고는 그게 잘 안 됐다. 적어도 그 눈사람 사장님이 아내와 딸을 애타게 찾고 있다는 건 알 수 있었다.

만약 아빠가 살아 계셨더라면 이렇게 말씀하셨을 거다.

화음아, 쓸데없는 오지랖은 뭐라고 했지?

하지만 아빠는 오래전에 돌아가셨고 나는 그 오지랖 빼면 시체나 다름없었다. 어쩌면 아빠는 내 물러 터진 성격을 진즉에 간파하고 세상을 살아가는 데 필요한 진짜 조언을 남겼던 건지도 모른다. 물론 나는 아빠 말을 안 듣는 딸로 자랐지만.

* * *

다음 날이 또 하필이면 쉬는 날인 것도 문제였다. 원래는 점심때가 다 되어 느지막이 일어나 라면을 끓여 먹고 하루 종일 집에서 뒹굴 계획이었다. 하지만 눈이 9시에 떠졌다.

일찍 일어난 김에 어쩔 수 없지. 평소답지 않게 아침부터 부지런을 떨며 청소를 했다. 분리수거함에 있는 쓰레기를 버리고, 돌아와 물걸레질까지 했는데 10시였다.

아침부터 그렇게 부산을 떠니 당연히 배가 고팠다. 찬장에 마침 라면이 똑 떨어진 상태였다.

나가서 먹어야지, 어쩔 수 없지. 라면 생각을 하니까 또 면이 먹고 싶었다. 주변에 있는 가게 중에 면 종류를 파는 집은 국숫집뿐이었다.

그리하여 칼국숫집 앞에 서 있게 된 거다. 어스프레소와 같은 관광단지 안쪽에 있는 가게긴 했지만 들어가서 밥을 먹는 건 또 처음이었다. 아직도 전단지를 돌리고 있다면 칼국숫집 사장님이 하는 이야기를 다시 들어 봐야 했다.

입구에서 멀리 떨어진 곳에서 전단지를 돌리고 있는 남자가 보였다. 어제 만난 사람과는 다른 사람이었다. 전체적으로 인상이 눈사람 사장님과 비슷했는데, 얼굴이 닮았다기보다는 분위기가 비슷했다. 특히 그 존재감이 흐릿한 느낌이 그랬다. 동생이거나 형인 것 같았다. 눈썹이 진해서 그런가, 이쪽이 그래도 인상은 더 뚜렷한 편이었다.

나는 다시 한번 전단지를 받아 들고 살펴봤다. 하루 사이에 전단지 속의 사진이 바뀌어 있었다. 어제 말한 대로 좀 더 선명하고, 얼굴이 잘 보이는 컬러 사진이었다.

전단지를 들고 가게로 들어가 테이블에 앉자마자 해물 칼국수를 주문했다. 그리고 가게를 한번 쓱 둘러보았다. 내부는 생각보다 널찍해서 테이블 사이 간격이 그렇게 좁지는 않았다. 오픈 주방이라 주방에서 요리하는 게 보였는데, 주방 위쪽에 큼직한 나무 현판이 걸려 있었다. 여호와는 나의 목자시니 내게 부족함이 없으리로다. 교회 다니는 자영업자들의 가게에 흔히 걸려 있는 장식품이었다. 그러고 보니 가게 곳곳에 성경이나 십자가가 보였다. 계산대 가까운 테이블에는 어린아이들이 쓰는 받아쓰기 노트도 한 권 보였다. 쓰다가 바로 어딘가로 나갔는지 노트는 펼쳐진 채였다. 전체적으로 생활감이 짙게 배어 있는 가게였다.

칼국수를 다 먹고 앉아서 가게에 있는 사장님에게 슬쩍 말을 걸었다.

"사장님, 전단지 봤는데요. 사진 잘 바꾸셨어요. 컬러 사진이 훨씬 도움이 될 거예요."

"아, 어제 그 아가씨."

사장님은 이제 알아봤다는 듯 놀란 표정으로 내 테이블 쪽으로 다가왔다. 어제보다는 한결 사람 같아진 얼굴이었다.

"정말 고맙습니다. 다른 사람들도 다들 잘 바꿨다고 그래요. 밖에 있는 동생이 찾은 사진이에요."

사장님은 그렇게 말하며 웃었다. 웃고는 있어도 속은 말이 아닐 터였다. 나는 사장님에게 물었다.

"저기, 사장님. 혹시 누가 연락하거나 하진 않았나요?"

"그런 연락은 없었습니다."

"어쩌면 나쁜 일이나 범죄에 연루된 게 아닐 수도 있잖아요. 그러니까……."

"애엄마가 가출했을지도 모른다는 거죠?"

점장님이 유리에게는 괜한 억측 하지 말라고 했지만 나는 유리의 말이 꼭 틀렸다고는 생각하지 않았다. 어쩌면 정말로 가출일 수도 있다. 오히려 이런 때는 납치되었다고 여기는 것보다 그게 나을 수도 있었다.

그리고 사장님을 완전히 신뢰할 수도 없었다. 유리 말대로 밖에서 사람 좋다고 안에서도 좋으란 법은 없었다. 누구에게나 친절한 호인이 집에서는 쪽박 찰 수도.

나는 아무리 선량해 보이는 사람이라도 그 사람을 완전히 신뢰하지는 못했다. 도와주고 싶다는 마음과는 별개였다. 어릴 때부터 식물에 남은 사람의 마음 따위를 듣게 되면서 그랬다. 중고등학생 때 교무실에서 알게 된 남의 비밀을 다 이야기하자면 하루 밤낮을 다 써도 모자랐다. 그나마 교실에는 화분이 없어서 괜찮았는데 왜 그렇게 교무실에는 화초가 많은지 곤욕이었다. 게다가 덜 자란 애들의 마음은 그나마 순수하게 악하기라도 하지, 어른들의 속마음 같은 건…… 알고 싶지도 않은 종류가 많았다. 그나마 위선 정도면 양반이었다.

이번에도 혹시나 싶어서 떠 본 거였다. 사장님은 내 말에 머뭇거리다가 눈물을 훔치며 대답했다.

"그 생각을 안 한 게 아니에요. 애엄마가 학교에 애를 데리러 간다고 나간 후로 사라졌거든요. 초등학교 근처를 몇 번이나 돌았는데 교문 근처 CCTV에 찍힌 거 이후로는 기록이 전혀 없고요. 작정하고 가출한 게 아니면 이렇게 감쪽같이 사라지겠느냐고, 경찰에 신고했을 때도 제일 먼저 그 말부터 꺼냈어요."

"그럼……."

"정말 그럴지도 몰라요. 애엄마가 가출할 정도로 힘들었다면 다 제 잘못이에요. 가게 일이 많이 힘들었는지도 몰라요. 하지만 지갑도 두고 나간 데다가 가게 돈도 건드린 흔적 같은 게 없어요. 지금 어디서 뭘 먹고 있기는 할지……."

지금이라도 이 전단지를 보고 돌아와 준다면 더 바랄 게 없다고 흐느끼는 사장님의 모습에 내 속에 싹텄던 의심은 사라졌다. 이 사람은 진짜 아내와 딸을 걱정하고 있다.

사장님을 위로하고 가게를 나섰다. 아직도 전단지를 돌리고 있는 사장님 동생 모습이 보였다. 안타깝기는 했지만 내가 도울 수 있는 방법은 극히 한정적이었다. 주변에 소리가 남아 있는 식물이 없다면 다 소용없는 일이다. 그리고 가게에 오는 길에 벌써 한차례 확인하면서 왔는데 그런 소리가 남은 식물은 없는 것 같았다.

내가 할 수 있는 건 여기까지다. 더 관여해서 좋을 것도 없다. 스스로를 설득하는 데 오랜 시간이 걸리지는 않았다. 내일 나는 다시 카페에 출근해야 하고, 오늘은 그저 칼국수를 먹으러 나온 길이었다고.

그런데 가게를 나설 때 가게 문 앞에 놓인 포인세티아 화분에서 이상한 소리가 났다.

뭐지? 하고 멈춰 선 순간 다시 소리가 흘러나왔다. 낯선 외국어 발음이었다. 허스키한 여자 목소리. 아무리 다시 들어 봐도 goh-hok(꼬-혹)이라는 소리로밖에 안 들렸다. 밑도 끝도 없이 갑자기 무슨 소리야. 하도 짧은 단어라 누군가가 장난을 친 것 같기도 했다.

뭔가 더 남아 있는 소리가 없을까 싶어서 한동안 가게 앞에 서서 기다렸지만 포인세티아 화분에서는 더 이상 어떤 소리도 나오지 않았다. 어쩐지 이 소리를 무시하면 안 될 것 같아서 몇 번이나 입속으로 단어를 되뇌었다. 그나마 짧아서 다행이었다.

집으로 가며 혹시나 해서 몇 번이나 뒤를 돌아봤지만 역시나 화분에서는 그 의미 모를 한마디 외에는 아무 소리도 들리지 않았다.

* * *

집에 돌아가자마자 노트북을 켰다. 검색 엔진에 '꼬혹'이라고 검색해 봐도 나오는 결과는 '고혹을 잘못 검색하셨나요?' '고혹적인' '고혹적이다' 같은 것밖에 없었다. 이런 식으로 찾아질 리가 없다. 그러다 점장님이 했던 말에 생각이 닿았다.

실종됐다는 이 집 사모님이 태국에서 왔다는 이야기.

어쩌면 이 단어는 태국어일지도 모른다. '태국어'라는 단서를 앞에 붙여서 다시 검색해 봤다.

그러자 블로그나 카페에 태국어를 공부하는 사람들이 기록해 둔 정보가 떴다. 창을 열어 천천히 스크롤을 내렸다. 입으로 소리 내며 단어를 눈으로 좇았다. 그리고 드디어 꼬혹이라는 단어를 발견했다.

그건 태국어로 '거짓말'이라는 뜻이었다.

누가, 대체 어떤 거짓말을 하고 있다는 소리야? 내가 들었던 소리를 다시 떠올렸다. 허스키한 여자 목소리. 원념이 될 정도로 강하게 누군가를 부정했던 소리였다. 지금 다시 생각해보니 비명 같기도 했다. 이 거짓말이라는 단어 하나로 순식간에 내가 보고 듣고 강화한 편견이 뒤집혔다.

가장 먼저 내릴 수 있는 가정은 사장님이 거짓말을 하고 있다는 것.

모두 자기 잘못인 것 같다며 울던 남자의 등이 떠올랐다. 그런 사람이 거짓말을 했다고는 믿고 싶지 않았다. 하지만 믿고 싶지 않다고 외면할 수는 없었다. 중학생이던 그때라면 몰라도 지금은 달랐다. 나는 이제 사람은 눈물을 보이면서도 속으로는 다른 생각을 할 수도 있는 존재라는 걸 알았다.

사장님이 정말 거짓말을 하고 있는 거라면 왜?

단순하게 떠올릴 수 있는 건 가정 폭력 및 아동 학대 혐의였다. 겉으로는 사람 좋은 척하는 남자가 집에서는 폭력적인 남편일 수도 있었다. 부인은 그런 남편의 위선과 폭력을 견디다 가출한 걸지도 모른다. 하지만 그렇게 생각하면 지금 그 사모님의 신변이 위험했다. 사장님과 그 동생이 사모님을 먼저 찾는다면 어떤 일을 당할지 알 수 없었다.

그리고 그 일에 내가 일조하기도 했다. 도움을 주겠답시고 나서서 컬러 사진으로 바꾸라느니 뭐니 훈수를 두고 오지랖을 떨었다. 그 오지랖으로 어떤 여자는 다시 지옥 같은 곳으로 잡혀 올 수도 있었는데.

그렇게 생각하니 도저히 외면할 수가 없었다. 남의 불행에 눈 돌리지 말자고 수도 없이 다짐했는데. 내 능력은 보잘것없고, 내가 품은 마음은 쓸데없는 오지랖이라는 걸 알면서도 자꾸만 끼어들게 되는 건 정말 어쩔 수가 없었다.

3

며칠 동안 출퇴근길에 틈틈이 칼국숫집 근처를 훑으며 다녔다. 점장님이 "화음 씨 요새 출근 시간이 평소보다 조금씩 늦어진다?" 한마디 하시기는 했지만 내가 무슨 일을 벌이고 다니는지 의심하는 눈치는 아니었다.

칼국숫집 건물은 2층짜리 건물이었는데, 1층은 가게로 쓰고 있고 2층에 사장님과 그 식구들이 살고 있었다. 그 옆으로 쭉 상가들이 이어졌다. 주변에 가로수는 꽤 있는데 가로수에 사념이 남는 경우는 거의 없는 편이라(이유는 잘 모르겠지만 아마 지나가는 길에 그렇게 강력한 사념을 남기기는 힘들어서 그런 게 아닐까 싶다.) 그 속에서 유의미한 소리를 찾는 건 모래밭에서 바늘 찾기나 다름없었다.

무의미한 소리가 남는 경우가 압도적으로 많기 때문이기도 했다. 이런 가로수처럼.

하나님 나의 힘이요 내 생명 되시니.

칼국숫집 바로 앞에 있는 가로수 두세 그루는 끊임없이 찬송가를 불러 댔다. 음정도 박자도 다른 두세 가지의 찬송가가 중첩되면서 끔찍한 화음을 만들어 냈다. 원래 그 찬송가를 부른 사람들의 노래 실력도 한몫했다.

가게 안에서 현판을 봤을 때도 참 독실한 신자구나 생각했지만 평소에도 집에서 예배를 자주 드리는 모양이었다. 무슨 교회에 다닌다고 했었는데. 점장님이 교류하는 맘 카페 지인도 거기 다닌다고 지나가듯 이야기해 준 것 같은데 기억이 나진 않았다. 최근 들어 신자가 늘어나 증축하고 건물을 더 올린다고 들은 것만 기억났다.

"요새 은근슬쩍 자꾸 거기 같이 가자고 그래서…… 최근에 연락을 끊었거든."

점장님은 그렇게 말하며 덧붙였다.

"상가 연합회에서도 거기 다니는 사람 많아. 다들 사람은 참 좋은데 곤란하네."

이상한 일이긴 했다. 요즘 세상에 그 규모로 세를 불리는 교회는 흔치 않은데.

나는 교회와 관련된 단어를 다시 주의 깊게 들어 보기 시작했다. 그리고 드디어 퇴근길에 칼국숫집 건물 뒤쪽에 있는 가로수에서 찬송가가 아닌 소리를 하나 집어냈다.

소리가 너무 작고 희미해서 하마터면 모르고 지나칠 뻔했다. 자전거를 길가에 세워 두고 가로수에 머리를 바짝 가져다 댔다.

기도원으로 보내.

칼국숫집 사장님의 목소리가 아닌, 모르는 중년 남자의 목소리였다. 누구를, 어디의 기도원에 보내라는 건지는 몰라도 관련이 있을지도 모른다는 생각이 들었다. 어쩌면 사라진 엄마와 아이가 저 기도원에 있을지도 모른다.

핸드폰으로 지도를 켜 '기도원'이라고 검색했다. 거리가 가까운 순으로 설정하자 주변에 있는 기도원 두 곳이 떴다. 하나는 에코시티 외곽에 있는 시내산기도원이었고, 다른 하나는 에코시티 관광단지 근처의 영천교회 옆에 딸린 영천기도원이었다. 그리고 그 이름을 보자 기억이 났다. 점장님이 내게 말해 줬던 그 교회의 이름이 영천교회였다. 굳이 두 곳을 다 들르는 수고는 필요 없을 것 같았다.

나는 자전거를 타고 영천기도원으로 향했다.

* * *

이 앞에 며칠 동안 잠복해 있는 동안 몇 명의 사람이 기도원 문을 두드리고 그 문 앞에 드러누웠는지 모른다. 딸을, 남편을, 엄마를 돌려 달라고. 해준은 혀를 쯧 차고는 담배를 물었다.

누군가는 이렇게 물을지도 모른다.

"속는 사람이 바보 아니야?"

이성적으로 생각할 수 있으면 누가 그딴 걸 믿어. 그렇게 말하는 사람들도 몇 가지 조건만 갖춰지면 같은 꼴을 당할 수 있다는 걸 해준은 알았다. 자신은 당하지 않는다고 100퍼센트 장담할 수 있는 일 따위는 없다. 특히나 이런 곳은 사람의 마음이 가장 약해져 있을 때를 노리는 하이에나들이 드글드글했다. 기본적으로 사기나 다름없다고 해준은 생각했다.

의뢰가 아니면 이딴 미친 종교 시설 같은 데는 오지 않았을 텐데. 해준은 다 피운 담배 끝을 잡아 털고 남은 꽁초를 주머니에 구겨 넣었다. 마침 주머니에서 핸드폰 진동이 울렸다. 사무소의 하나뿐인 직원 남수빈이었다. 해준은 통화 버튼을 밀며 "잠복 중에 자꾸 전화하지 말라고 했지." 대꾸했다. 수빈은 아랑곳하지 않고 "낚시도 입질이 있어야 하지. 아무 떡밥도 없는데 조용히 한다고 뭐가 걸리겠어요?" 받아쳤다. 그 말대로였다.

며칠째 기도원에서 나오는 사람은 한 명도 없었다. 누군가의 이름을 부르며 제발 나오라고 그 앞에 드러눕는 사람은 많았어도.

며칠 전 해준의 탐정 사무소로 파리한 얼굴의 부인이 찾아왔다. 이런 사무소에 찾아올 만한 일이라고는 없어 보이는 여자였다. 작은 몸집 어디에서 그렇게 눈물이 나오는지 부인은 끝없이 쏟아져 나오는 눈물을 손수건으로 닦아 내며 말을 이었다. 해준은 그 손수건에 새겨진 로고를 흘깃 쳐다보았다. 가방은 루이비통, 지갑은 프라다, 그리고 손수건은 구찌라. 부인이 울며 이야기를 하는 동안 해준은 홍차를 타서 그 앞에 놓아주고 참을성 있게 기다렸다. 늘어지는 의뢰 내용에는 드문드문 빈 공간이 있었고, 두서가 없었다.

한 시간가량 계속된 두서없는 이야기를 종합해 보자면 이랬다. 딸이 사라졌다. 책상 위에 자신을 찾지 말라는 쪽지를 남겨 둔 채로. 이야기를 다 듣고 나서 해준은 타당한 의문을 제기했다.

"가출한 게 아니고요?"

그 말에 부인은 해준의 얼굴을 노려보았다. 그리고 경찰에서도 똑같은 소리밖엔 하지 않았다고, 그러니까 탐정 사무소까지 찾아온 거라는 불평을 늘어놓았다. 해준은 말을 정정했다.

"의심하는 게 아니라 확실하게 해 두려고 합니다. 가출인지 실종인지에 따라 탐문 방법이 달라지니까요."

부인의 기세는 곧 누그러졌다. 손수건으로 코를 한 번 팽풀고 나서 다시 시작된 이야기는 자신의 딸이 얼마나 모범적이고 성실한지에 대한 일장 연설이었다.

"그러니까 가출은 절대 아니에요. 요즘 공무원 시험 준비 때문에 애가 많이 힘들어하긴 했어도, 그런 생각을 할 애는 아니란 말이에요. 집, 학교, 독서실밖에 모르는 애예요."

"하지만 쪽지를 남겼다면서요? 따님의 필체가 맞습니까?"

"그건…… 맞지만 애가 누구한테 협박당하고 있는 건지도 모르잖아요."

"그럴 가능성도 있죠."

말은 그렇게 했지만 해준은 내심 가출 쪽으로 결론을 내리던 참이었다. 이런 일이야 흔하고 널린 케이스였다. 단순 가출 사건. 스스로 그런 쪽지까지 남겼다면 더 말할 것도 없었다. 그런데 부인이 말했다.

"어디로 갔는지 짐작 가는 곳이 있어요."

몇 달 전부터 딸이 봉사 활동을 나가던 교회가 있다고 했다. 부인의 집안은 원래 대대로 성당에 다녔다. 부인과 가족들은 냉담자로 돌아선 지 오래라고는 했지만 딸이 다시 교회에 다니고, 그것도 봉사 활동을 다닌다는데 반대할 이유는 없었다.

"아무리 생각해도 그거 말고는 요 몇 달 사이에 달라진 점이 없어서요."

교회 쪽으로도 몇 번 찾아가 봤지만 그런 사람은 여기 없다는 답변만 들은 것도 수차례. 시간이 지날수록 초조해져서 견딜 수가 없는데 경찰에서는 똑같은 소리만 반복한다고, 부인은 해준에게 자초지종을 설명하고 이곳 교회의 주소를 건넸다.

"지금이야 성당에 나가진 않지만 저도 정상적인 교회라는 게 어떤 건지는 알아요. 그런데 거기는 신자가 되려면 반드시 기도원에서 합숙을 해야 한다고 그래요. 거기까지는 그래, 괜찮아요. 이해는 안 되지만 며칠 합숙 정도는 그럴 수 있어요. 여름 성경 학교 같은 건 줄 알았죠. 그런데 기도원에서 나오려면 목사의 허락이 있어야만 가능하다니."

안 그래도 파리한 안색이 한층 하얗게 질려 있었다. 부인이 이어서 말했다.

"그런 게 정상일 리 없잖아요."

해준은 단순 가출 사건이라는 결론을 머릿속에서 지웠다.

그리고 교회의 주소가 적힌 종이를 노려보았다. 종교 관련 사건 같은 건 별로 맡고 싶지 않았다. 전공이나 전문도 아니고. 특히나 사이비 종교 같은 건 잘못 건드리면 골치가 아프다. 사연은 안됐지만 그 딸이 자신의 의지로 들어가 있는 거라면 데리고 나올 방법도 딱히 없었다. 고민하는 걸 알았는지 부인은 의뢰비라며 현금이 담긴 봉투를 건넸다. 딸을 찾기만 하면 달라는 대로 더 주겠다는 말에 해준은 고개를 끄덕였다. 이번 달 사무실 월세를 생각하면 선택의 여지가 없었다.

사무실 월세가 그렇게 비싸지는 않았다. 서울도 아니고, 경기도 외곽이니까. 에코시티는 경기도 다른 지역보다 조금 더 비싸긴 해도 서울에 댈 건 아니었다. 조금 열심히 일해서 의뢰를 서너 건 정도 해결하면 감당 가능한 정도였다. 문제는 다른데 있었다.

사실 해준이 진짜 세우고 싶었던 건 탐정 사무소가 아니라 연구소였다. 가능하다면 서울에. 안 그래도 '법의 생태학'이라고 하면 "그게 뭐야?" 하는 사람들이 많은데 저 먼 경기도 외곽에 우리나라 제1호 법의 생태학 연구소 같은 게 있다고 해 봐야 누가 알아주겠나 싶어서. 하지만 서울의 사악한 월세를 생각하면 이 정도가 최선이었다. 연구소는 사무실만 달랑 있다고 해서 되는 게 아니었으니까. 연구실 장비며 뭐며 사야 할 것들이 한 트럭이었고 해준은 그걸 사느라 자신의 명의로 대출할 수 있는 최대치를 갖다 썼다. 투자도 받긴 받았다. 쥐꼬리 만 한 돈이라도 투자라고 부를 수 있다면.

그렇게 만든 사무실이었다. 해준 혼자만 법의 생태학 연구소라고 부르는, 다른 사람들은 대충 사무실인가 보다 할 정도로 작디작은 연구소였다. 사실 법인 이름은 탐정 사무소로 낸 게 맞았다. 진짜 법의 생태학 연구소를 설립하기에는 돈이 모자라고 연구비도 지원받기가 힘들어서 현실과 적당히 타협한 결과가 탐정 사무소였다. 그래야 탐정 의뢰를 받아서 이 구멍 난 통장을 메꿀 수 있을 테니까. 사설탐정업이 공식적으로 법제화된 지 벌써 5년도 넘었으니까 불가능한 건 아니었다.

다만 해준의 위치가 애매했다. 해준은 원래 식물학과 화분학을 전공한 식물학자였다. 어쩌다 시신의 콧속에 남은 꽃가루를 분석해 달라는 의뢰를 받아 국내 1호 법의생태학자가 되기는 했으나 학계에서는 식물학자가 무슨 법의학을 하냐고 보는 시선이 많아서 자연스레 소외되었다. 그렇다고 법의학 쪽에서 열렬히 환영받는 쪽도 아니어서(오히려 전공자가 아닌데 나선다고 보는 시선이 많았다) 결국 어느 쪽에도 걸쳐지지 못한 존재로 남았다. 그러다 보니 국내 최초로 법의 생태학 연구소를 설립하고도 아무런 지원도 관심도 받지 못했다. 아직도 법의 생태학 연구소라고 하면 그게 "뭐 하는 데야?" 하는 소리를 들었다.

그 결과 월세와 대출 이자에 허덕이는 연구소 대표와 직원 하나가 남았다.

"그 딸만 찾으면 돈 달라는 대로 다 준다고 했다고요?"

"그래."

"아무리 그래도 그렇지. 지금 여기서 씻지도 못하고 이게 며칠째예요. 거기 뭐 보여요?"

"아니."

해준은 망원경을 들여다보며 말했다. 사실 망원경을 볼 것도 없었다. 해준이 지키고 있는 후문 쪽으로는 개미 새끼 한 마리 지나가지 않았으니까.

의뢰인의 딸, 양소연이 있는 것으로 추정되는 장소는 영천교회 옆에 딸린 영천기도원. 기도원 하나를 위해 세웠다기에는 꽤 큰 부지였다. 층수가 그렇게 높지 않은 여러 개의 가건물이 하나의 통로로 이어져 있었다. 입구와 출구가 각각 정문 후문 하나밖에 없으니, 드나드는 사람을 감시하는 데 이보다 효과적인 구조는 없었다.

그런데 그게 잠복하는 해준과 수빈에게도 뜻하지 않게 도움이 됐다. 한 사람씩 정문과 후문을 맡아 감시하기만 하면 드나드는 사람을 확인할 수 있었으니까. 의외로 일이 잘 풀리게 생겼다고 기뻐하기도 잠시, 해준은 나오는 사람이 없으면 보고 있어 봤자 소용이 없다는 것을 곧 깨달았다. 수빈이 말했다.

"이게 다 선배 때문이야. 연구소라며. 연구소에서 무슨 이런 일을 해?"

"이게 다 우리 연구소를 위한 거다? 연구는 뭐 땅 파서 흙 퍼다 해? 조금만 참으면 우리도…… 어!"

망원경에 이상한 게 걸렸다. 해준은 핸드폰을 귓가에서 떼고 망원경을 들여다보았다.

"선배, 그런 식으로 또 핑계 대고 끊으려는 거잖아. 이번엔 진짜……"

뭐라고 더 떠드는 걸 무시하고 전화를 끊었다. 해준은 망원경 속에 나타난 사람을 다시 바라보았다. 핑곗거리를 찾고 있던 게 맞긴 했다. 하지만 눈앞에 나타난 핑곗거리는 해준의 생각보다 훨씬 더 이상했다.

기도원의 후문 앞에 나타난 사람은 키가 길쭉하니 큰 여자였다. 청색 점프 슈트를 입은 여자는 그 앞에 타고 온 자전거를 세워 놓고는 후문 앞에 쪼그려 앉았다가 일어났다가, 후문 철문을 잡았다 흔들었다 했다. 문이 잠겨 있는 것까지 확인하고 나서는 그 근처 한 바퀴를 돌았다.

또 하나 왔구나.

사이비 종교에 홀린 가족을 찾으러 온 사람만 벌써 한 트럭이었다. 해준은 혀를 쯧 차고는 망원경을 내려놓았다. 먼저온 사람들에게 그랬듯이 적당히 타일러서 돌려보낼 생각으로 몸을 일으켰다. 여기서 이러고 있어 봤자 사이비 종교에 한번 미친 사람은 돌아오지 않는다. 그 사실을 깨닫는 데 누군가는 며칠이, 누군가는 몇 년이 걸린다.

딸을 찾아서 데리고 오겠다고 의뢰를 받긴 했지만 억지로 데려온다고 해도 그 마음까지 어떻게 할 수는 없었다. 종교 전체를 어떻게 할 수 있는 문제도 아니고. 탐정 일이라는 게 알면서 모른 척해야 하는 일이 더 많았다.

가까이 다가설 때까지 여자는 골똘히 생각에 잠겨 있었다. 해준이 입을 열려던 순간 여자기 갑자기 바닥에 몸을 납작 엎드렸다.

이건 또 뭐 하자는 거지?

여자는 바닥에 몸을 엎드린 채로 귀를 바싹 갖다 댔다. 그러고도 성에 안 찼는지 무릎을 움직이며 땅바닥을 기었다. 키가 커서 그런지 하는 동작마다 눈에 띄어서 훨씬 더 기괴해 보였다. 해준이 말을 잃은 사이 여자는 고개를 휙 들고는 주변을 두리번거렸다. 그러다 눈이 마주쳤다. 해준은 거기서 뭐 하냐는 말도 묻지 못한 채 입을 벌렸다.

이상한 여자다.

머릿속에 이상한 사람이니 피하라는 경고등이 울렸다. 해준이 뒷걸음질을 치자 여자는 자리에서 벌떡 일어나 그게 아니라고 손을 저었다.

* * *

길가에 피어 있는 잡초에 혹시 남은 소리가 없나 들어 보려던 참이었다. 분명히 주변에 사람이 없는 걸 몇 번이나 확인했는데.

일어나서 최대한 아무렇지 않은 척 무릎을 탁탁 털었다.

흙먼지가 뽀얗게 피어올랐다. 나는 일어나면서 손에 쥔 민들레 씨를 보며 말했다.

"……여기 민들레가 있었네."

누가 들어도 공허한 혼잣말이었다. 말도 안 되는 변명인 걸 눈앞의 이 사람도, 나도 알고 있었다. 하지만 어쩔 수 없었다. 식물에 남은 소리를 찾고 있었다고 말해 봤자 그런 건 아무도 믿어 주지 않는다.

나를 보고 뒷걸음질을 친 사람 키가 나보다 컸다.

얼굴이 하얗고 머리가 단발에 가까울 정도로 길어서 순간적으로 여자인 줄 알았다. 어깨에 닿는 길이의 머리는 사방으로 뻗쳐 있었다. 그렇다고 지저분해 보이지는 않고, 일부러 저런 히피 스타일로 손질한 것처럼 느껴졌다. 가늘고 긴 외까풀이 인상적인 얼굴이었는데, 말을 꺼낸 사람의 목소리가 생각보다 훨씬 낮아서 남자라는 걸 알았다. 남자가 물었다.

"거기서 뭐 합니까?"

"어……."

내가 말을 얼버무리는 사이 혼자 추측을 끝냈는지, 다시 물었다.

"누구 찾으러 왔어요? 아니, 아니지. 그럼 이런 이상한 짓을 할 리가 없지."

"이상한 짓이라뇨."

"당신 사설탐정이죠?"

"그래, 그럼 말이 되지." 하면서 혼잣말을 중얼거리던 남자는 다시 고개를 들고는 그렇게 물었다. 나한테 이상한 짓이니 뭐니 떠들던 주제에 눈은 벌겋게 충혈되어서 희번덕거리는 게 며칠 못 잔 사람처럼 퀭했다. 피부가 희고 깨끗한 탓에 눈가가 붉게 달아오른 것이 똑똑히 보였다. 그 와중에 눈만 형형하게 빛났다. 남자가 말했다.

"동종 업자면 정보 공유나 좀 합시다. 나도 지금 여기서 며칠째 노숙 중이라."

"무슨 소리예요, 아까부터."

"의뢰받고 온 거 아니에요?"

무슨 이유에선지 나를 사설탐정이라고 생각하는 것 같았다. 나는 잠자코 입을 다물었다. 탐정이 아니라고 하면 조금 전에 보인 기행을 설명할 방법이 없었다. 말을 돌리며 물었다.

"그러는 그쪽은 여기서 뭐 해요? 그것도 며칠씩이나."

"이 사이비 종교에 미친 딸을 좀 빼내 달라는 의뢰를 받아서요."

남자는 그렇게 말하며 기도원 건물을 가리켰다. 나도 십자가 첨탑이 올라간 교회 건물 꼭대기를 바라보았다.

사이비 종교?

사이비라기에는 너무 멀쩡한 교회 건물이었다. 동네에 이 교회에 다니는 어르신 누구도 이 교회가 그런 이상한 종교라는 말은 하지 않았다. 자기 입으로 그런 말을 할 리가 없긴 하겠지만.

"사이비 종교라고요?"

"뭐야, 그것도 모르고 그냥 왔어요?"

이 이상한 남자, 그러니까 본인 입으로는 사설탐정이라는 이해준 씨가 들려준 이야기는 충격적이었다.

교단의 이름은 영천교. 하늘 그 자체가 인격화된 신, 하느님을 신으로 모신다고 알려져 있다. 교주인 박순영이 자신을 하느님의 대리자, 풍백(風伯)이라 칭하며 스스로 살아 있는 신을 자처했다. 내용만 들으면 전형적인 사이비였다. 게다가 풍백이고 천신이고 어디 단군 신화에서 대충 단어만 가져온 분위기가 풀풀 풍겼다.

"그런 짜깁기한 단어로 대충 만든 종교를 사람들이 믿어요?"

내가 그렇게 묻자 이해준 씨는 더 들어 보라며 목소리를 낮췄다. 우리 말고 누가 듣는 것도 아니었는데.

"기본적으로 날씨에 중점을 둔 종교예요. 기후 위기가 심각해지면서 새롭게 떠오른 신흥 종교인 것 같은데, 기본적인 교리는 여느 사이비 종교와 다를 바 없이 이중적이고. 성경을 여기저기 잘라서 짜깁기했으니 앞뒤가 맞을 리가 없죠. 한 가지 특이한 점은, 교주인 박순영이 펼치는 주장이 꽤 그럴듯하게 들린다는 겁니다."

"본인이 날씨의 신이라고 주장하시는 분이 하는 말이요?"

"박순영은 정부가 기후 위기의 심각성을 잘못된 방식으로 호도하고 있다고 주장하고 있어요. 당연히 정부의 탄소세와 플라스틱 규제에도 반대하고요."

"그건…… 상당히 그럴듯하게 들리네요."

혹하는 사람이 생길 법도 했다. 요즘은 정부의 탄소세나 플라스틱 규제 정책에 반감을 가지는 사람이 많았다. 가려운 곳을 긁어 주는 사람이 등장한다면 그 말에 넘어가는 사람이 생기는 것도 당연했다. 해준이 말을 이었다.

"그래 봤자 사이비 종교지만요. 그것만 주장하면 또 모르겠는데, 박순영은 종말의 날에 대비해 자기들끼리의 공동생활을 주장해요. 공동체의 헌신을 통해서만 이 기후 위기를 극복하고 다 같이 천국에 갈 수 있다나요. 물론 그 과정에 모든 금품은 교단에 상납해야 하고요. 한번 기도원에 들어온 신도는 교주의 허락이 있어야만 퇴소할 수 있습니다. 멀쩡한 성인도 말이죠."

교주의 허락이 없으면 기도원에서 나오지 못한다는 말이 귓가에 남았다.

어쩌면 사라진 엄마와 아이는 저 기도원에 갇혀 있는 게 아닐까?

칼국숫집 건물 뒤쪽에 있는 가로수에서 들었던 목소리를 떠올렸다. 기도원으로 보내라는 말. 지금 다시 생각해 보니 꽤나 냉정한 말투였다. 사라진 엄마와 아이가 저 기도원에 있을

지도 모른다는 내 추측이 맞을지도 모른다.

하지만 그렇다면 한 가지 의문이 남는다.

칼국숫집 사장님과 가족들은 왜 사라진 모녀를 찾고 있을까? 자기들 손으로 기도원에 밀어 넣은 거라면 굳이 전단지를 뿌리고 동네에 광고하며 찾을 필요가 없다. 오히려 모녀가 사라졌다는 사실을 숨기려고 할 것이다.

그렇다면 칼국숫집 사장님과 가족들 모르게 모녀 둘만이 기도원에 들어온 게 아닐까?

알 수가 없었다. 이 교회가 사이비 종교라는 사실을 알았다고 해도 아직은 모든 게 의문투성이였다. 이해준 씨는 말을 마치고 나서 내 쪽을 가리키며 말했다.

"이제 당신이 아는 걸 좀 들어 봅시다. 의뢰받고 왔다면서요."

"의뢰 아닌데요. 사설탐정 같은 것도 아니고요."

내 말에 이해준 씨는 한 대 얻어맞은 표정을 했다. "탐정도 아닌데 여기서 그 이상한 짓은 왜 한 겁니까?" 묻는 말은 무시하고 물었다.

"이해준 씨 사설탐정이라고 했죠?"

"일단은 맞습니다."

자칭 탐정이라는 사람의 옷차림을 다시 살펴보았다. 푸른색 폴로 리넨 셔츠에 검은색 진. 홈스처럼 트렌치코트를 입지도 않았고 푸아로처럼 중절모 같은 걸 쓰지도 않았다. 내가 그렇게 말했더니 이해준 씨는 지금 사설탐정업이 허가 난지가 언젠데 구시대적 이야기를 하느냐며 핀잔을 주었다. 하지만 내가 처음 만난 탐정이 이렇게 탐정 같지 않은 모습이라니, 사실 실망했다. 표정에 그게 드러났는지 이해준 씨는 "진짜 탐정입니다." 하며 안주머니에서 명함을 꺼내 건넸다.

명함이 두 장이었다. 하나에는 '해준 탐정 사무소, 탐정 이해준'이라고 적혀 있었고, 다른 하나에는 조그만 글씨로 '법의 생태학 연구소 법의 생태학자 이해준'이라고 적혀 있었다.

"저는 박화음이에요. 카페에서 일해서 명함 같은 게 없네요. 근데 투잡이에요?"

"설명하기 복잡한데 그렇다고 합시다."

법의 생태학 연구소는 또 뭐람. 하나는 탐정, 다른 하나는 연구자. 눈앞의 남자는 두 개의 타이틀에 전부 다 어울리지 않았다. 하지만 지금 그게 중요한 건 아니었다. 나는 다시 말을 이었다.

"저기 들어간 사람을 찾고 있다고 했죠?"

"그런데요."

"그렇게 위험한 종교면 저 안에 있는 사람들도 위험한 거 잖아요?"

"위험하다고는 안 했습니다. 어쨌든 교주도 저 안에 사람들이 바치는 돈이 필요할 테니까 해코지는 안 할 테고요."

"아까 여기서 며칠째 노숙 중이라고 했잖아요. 찾는 사람이 나올 때까지 그렇게 계속 기다릴 거예요?"

"그야…… 뭐. 오늘까지 기다려 보고 안에 잠입할 계획이었습니다."

"계획은 있고요?"

"그럼 아무것도 없이 여기 죽치고 있었을까 봐요."

"저도 같이 가요."

"예?"

"의뢰는 아니지만 찾고 있는 사람이 있어요. 저 안에 있을 거예요, 분명히."

"이봐요. 무슨 사정인지는 모르겠지만 놀러 가는 게 아니에요. 사이비 종교가 해코지는 안 한다고 해도, 저 안에서 무슨 일이 일어나는지 모르는데 당신 같은 비전문가를 데리고 들어갈 수는 없습니다. 괜히 들켜서 쫓겨날 수도 있고요."

"내가 도움이 될 거예요."

"무슨 근거로요?"

내 쪽을 못 미덥다는 듯이 쳐다보는 시선이 느껴졌다. 조금 전에 못 볼 꼴을 보였으니 그럴 만도 했다. 이해준 씨가 말했다.

"사이비 종교에 미친 가족이 있는 거면 집에 가서 얌전히 기다려요. 억지로 끌고 나와 봤자 소용없으니까. 다시 돈 해다 바친다고 집이나 안 털어 가면 다행이죠."

말에 뼈가 있었다. 하지만 나도 여기까지 온 이상 포기할 수는 없었다.

"가족 아니에요. 며칠 전에 실종된 아이 엄마랑 여자애를 찾고 있는데, 아무래도 여기 있는 것 같아서요."

"그걸 왜 그쪽이 찾아요? 자원봉사해요?"

그러게요.

그 말이 목 끝까지 올라왔지만 참았다. 내가 여기서 뭘 하고 있는 건가 후회가 될 때마다 아빠가 했던 말이 떠올랐다. 화음아, 쓸데없는 오지랖은 죽음을 부르는 거다. 아빠가 과장하기는 했어도 그 말이 크게 틀리지는 않다는 걸 나도 알고 있었다. 이해준 씨가 말했다.

"그런 일은 경찰에 맡기고 그만 돌아가세요."

이해준 씨의 말이 옳았다. 나는 탐정도, 경찰도 아니다. 하지만 역시 찜찜했다. 포인세티아 화분에서 들었던 '거짓말'이라는 외침이 자꾸 귓가에 맴돌았다. 나는 돌아서는 이해준 씨의 옷소매를 붙잡았다.

"어쩌면 가정 폭력 정황이 있을지도 몰라요. 그리고 기도원에 감금당했을지도 모른다고 생각하고요. 구체적인 증거가 있는 건 아니지만……."

증거 관련해서는 목소리가 쪼그라들었다. 누구에게 말할 수 있는 것도 아니고, 확실한 것도 아니었다. 거짓말이라고 외치던 비명은 어디까지나 심증에 불과했다. 그러나 그럼에도.

"그게 사실이라면 집으로 돌려보낼 수는 없어요."

내 말에 이해준 씨는 가만히 서서 내 얼굴을 들여다보았다. 거짓말을 하는 거라고 생각할까? 말도 안 되는 소리 취급하며 돌려보내려고 할까?

　조금 뒤에 이해준 씨는 한숨을 쉬고는 어디론가 전화를 걸었다.

　"어, 난데. 잠복은 이제 중단. 이래서는 개미 새끼 한 마리 못 잡겠어. 어. 두 번째 계획으로 바꿀 건데, 넌 그만 사무실로 돌아가도 돼. 잠입은 나 혼자 들어갈게."

　통화는 짧게 끝났다. 이해준 씨는 메고 있던 가방을 열어, 안에서 뿔테 안경과 헤어 왁스, 체크무늬 남방을 꺼냈다. 그리고 왁스를 대충 손에 짜서 머리를 2 대 8로 넘겼다. 그렇게 하니까 인상이 확 달라졌다. 거기다 체크무늬 남방까지 걸치니까 진짜로 공대생, 아니면 회사에 다니는 평범한 개발자처럼 보였다.

　내가 멍하니 그 모습을 바라보고 있자 이해준 씨가 가방에서 무테안경을 하나 더 꺼내 건네며 말했다.

　"뭘 보고 있어요? 이거 쓰고 머리도 좀 묶어요. 단정해 보이게."

　"네?"

　"옷이 좀 그렇긴 한데, 위에 카디건 하나 걸치면 될 것 같네요. 잘 들어요. 나는 이 동네 미장원 아주머니 소개로 들어가는 거예요. 여기는 소개가 아니면 신도를 안 받거든요. 당신은 나랑 같은 회사에 다니는…… 경리라고 합시다. 내 소개로 같이 들어가겠다고 하면 받아 줄지도 모르죠."

그 말에 나는 이해준 씨의 마음이 바뀌기 전에 얼른 안경을 쓰고 카디건을 걸쳤다. 이해준 씨의 가방에서 나온 곱창 밴드로 머리까지 묶자 내 인상도 꽤 달라 보였다. 이해준 씨가 말했다.

"조금이라도 상황이 이상해지거나 위험해지면 당신은 돌아가는 겁니다."

"탈출하는 루트는 있어요? 여기 교주 허락이 없으면 나가지도 못한다면서요."

"그건 밖에 있는 우리 직원이 도와줄 거예요."

나는 고개를 끄덕였다. 이제야 이해준 씨가 좀 탐정 같아 보였다.

4

교리실은 여느 교회와 다르지 않았다. 맨 앞에 계단식 단상이 있고, 그 가운데 강단이 있는 구조. 강단 한가운데에 십자가가 걸려 있었다. 의자도 교회에서 흔히 볼 수 있는 긴 나무 의자였다. 오래 앉아 있으니 허리가 배겼다.

사이비라고 해서 무슨 제단 같은 걸 차려 놨을 줄 알았는데.

그것도 내 편견이었던 모양이었다. 들어가자마자 그 교리 공부인지 뭔지를 듣느라 반나절을 꼼짝없이 거기 앉아 있었다. 한쪽 귀로 듣고 흘리면서 이 교리실 안에 사라진 모녀가 있나 눈으로 찾았지만 보이지 않았다. 그건 옆옆 의자에 앉은 이해준 씨도 마찬가지인 모양이었다.

저녁 시간이 되어서야 겨우 풀려났다.

기도원에서는 '금언'이라고 해서 다른 신도와 길게 말을 섞는 것을 금지하고 있었다. 그건 밥 먹을 때도 마찬가지라서, 식당으로 이동한 다음 이해준 씨 옆에 앉긴 앉았는데 식판만 바라보고 있어야 했다. 김치 몇 조각이 희멀건하게 떠다니는 김칫국과 깍두기, 보리밥이 오늘의 메인 메뉴였다. 이게 지금 사람 먹으라고 내놓은 밥인가 항의하고 싶은 마음이 요동쳤다. 이래서 말을 못 하게 하는 건가, 묵언 수행 비슷한 건가 생각했는데 이해준 씨 말로는 자기들끼리 친목을 다지는 걸 금지하는 거라고 했다.

"괜히 무리 같은 게 생기면 신도들을 관리하기도 힘들어지고, 자기들끼리 말하다가 교리에 모순이 있다는 걸 눈치채기도 하거든요."

이해준 씨는 식판을 들고 일어서며 속삭였다. 그리고 방으로 돌아가는 복도에서 나와 합류했다. 나는 식판을 놓고 나와서 이해준 씨의 얼굴이 보이자마자 말했다.

"아무래도 예산 착복이 있는 거 같아요."

내 말에 이해준 씨는 고개를 끄덕였다. 식당 근처는 사람이 많아서 방으로 이동하는 척 복도를 걷기 시작했다. 이해준 씨가 말했다.

"영천교는 육식을 불경하다고 생각하거든요. 기후 위기를 일으킨 주범이라고 주장하니까요. 틀린 말은 아니에요. 축산업이 끼친 해악은 진짜니까."

"그걸 곧이곧대로 믿어요?"

"설마요. 전제가 옳다고 해서 그 목적이 무조건 올바른 것도 아니고. 교리는 핑계고 급식에 들어가는 예산을 해 먹는 사람이 따로 있겠죠. 원래 비건이 돈이 더 들어요. 근데 여긴 딱히 비건도 아닌 것 같고. 김치도 젓갈이 들어가면 비건이 아니거든요."

그렇게 말하던 이해준 씨가 갑자기 멈춰 섰다. 그래서 뒤따라 걷던 나도 멈춰 설 수밖에 없었다.

"왜요? 무슨 일이에요?"

복도 끝에서 희미한 빛이 새어 나오고 있었다. 이해준 씨가 성큼성큼 걸어 그 앞에 가서 섰다. 나도 뒤따라 옆에 서자 안이 자세히 보였다. 창살이 쳐져 있어서 내부가 다 들여다보이는 방이었다. 안에는 무릎을 꿇고 앉아 있는 남자가 한 명 있었다. 나이는 50대 중반쯤. 하얗게 샌 머리카락이 많아서 그보다 더 나이 들어 보이기도 했다.

이해준 씨가 문을 열어 보려고 손잡이를 움직였지만 열리지 않았다. 밖에서도 열 수 없는 문인 모양이었다. 이상한 구조의 방이었다.

이해준 씨가 안에 있는 남자에게 몇 번 말을 걸었지만 남자는 대답하지 않았다.

"저기요. 거기 갇혀 있는 건가요?"

그런데 내가 이렇게 묻자 남자가 고개를 획 쳐들었다. 텅 비어 있는 눈동자와 눈이 마주쳤다. 순간적으로 온몸에 소름이 돋았다. 길거리에서 몇 번 사이비 교도와 마주쳤을 때 봤던, 어딘가 초점이 안 맞는 눈과 본질적으로 큰 차이는 없었을 텐데. 이상하게 기분이 나빴다. 이해준 씨가 말했다.

"갇혀 있는 거면 도와줄게요. 일단 여기서 나갑시다."

그 말에 남자는 뭔가를 중얼거리기 시작했다. 자세히 들어 보니 똑같은 말을 계속 반복하는 중이었다. "……벌을 받는 거야. 나는. 벌을 받아야 해." 그 말만을.

전혀 말이 통할 것 같지가 않았다. 철창을 붙잡고 있던 나는 그 방 안에 달린 손잡이에 아무 걸쇠도 걸려 있지 않다는 걸 발견했다.

저 사람은 언제든 마음만 먹으면 문을 열고 나올 수 있다. 하지만 그렇게 하지 않는 것이다.

나는 물러서며 이해준 씨에게 물었다.

"사이비 종교에 미쳐 있는 사람한테 나가자고 하면 '예, 그럽시다' 하고 순순히 나갈 줄 알았어요?"

"저 사람은 누가 봐도 갇혀 있잖아요."

"안쪽 문에는 걸쇠가 없어요."

내 말에 이해준 씨는 철창 안쪽을 건너다보았다. 그리고 이내 문에 달린 손잡이를 발견했는지 인상을 찌푸렸다.

"걸쇠 없이도 잠글 수는 있습니다."

"당신 탐정 맞아요? 문은 안에서 열 수 있는 게 당연하잖아요."

열쇠가 없는 이상 문은 안에서 열어야 한다. 이 단순한 사실을 우리는 잠시 잊어버리고 있었다. 문에 달린 철창을 보고 나서 당연히 밖에서 잠긴 문이라고 생각했던 것이다. 이해준 씨는 잠시 멍하니 내 얼굴을 바라보고 있다 정신을 차렸다.

결국 남자를 그냥 내버려 둔 채로 그 복도를 돌아 나오면서 오늘 밤에는 이 이상한 기도원에서 잠을 청해야 한다는 결론에 다다랐다. 아직까지는 위험해 보이는 것도 없었다. 단서도 없었지만. 우리는 각자 배정받은 방으로 향했다. 여자가 쓰는 방은 별관, 남자가 사용하는 방은 본관에 있었다.

내가 배정받은 방에 들어가기 전에 이해준 씨는 아까 소지품 검사하면서 내놓은 핸드폰 말고 다른 핸드폰을 하나 내밀었다.

"무슨 일이 있으면 연락해요. 내 번호는 1번에 저장되어 있으니까."

밤사이에 무슨 일이 있겠느냐고 너스레를 떨고 싶었지만

그런 말이 나오지가 않았다. 본관에서 별관으로 이어지는 긴 복도에는 유리 진열대가 있었는데, 거의 다 말라 죽어 가는 철쭉 화분과 잎이 다 노래진 뱅갈 고무나무 화분, 얼룩투성이의 족자와 항아리, 십자가 모양의 나뭇조각이 전시되어 있었다. 나머지는 생긴 게 좀 꺼림칙하긴 했어도 거슬리는 정도까지는 아니었는데 문제는 화분 쪽이었다. 복도와 가까운 방이라 화분에서 새어 나오는 비명이 밤새 계속되었다. 흐느끼는 소리, 비명, 누군가 방언을 외는 소리, 기도하는 소리. 강렬한 염원이 담겨서 그런가, 화분에 남은 소리도 가지각색이었다. 화분이 노랗게 뜨고 말라 버린 것도 이해가 갔다.

건네받은 핸드폰을 한 손에 꼭 쥐고 몸을 웅크렸다. 잠이 올 것 같지가 않았다.

* * *

다음 날 기도원 시설을 소개해 준다는 명목으로 신도 하나가 따라붙었다. 자신을 문윤정이라고 소개한 여자는 아침부터 나타나 식당까지 따라오면서 우리를 감시하듯 쳐다보았다. 내 또래로 보였다. 그러고 보니 이 종교에는 이상하게 젊은 사람이 많았다. 식당에 모여 밥을 먹는 사람들도 비교적 젊은 편이었다. 기본적으로 눈이 퀭하고 다크서클이 진한 게, 다들 어딘가 넋이 나가 보이는 건 똑같았지만. 그래서 이상했다. 그렇게 나이가 많아 보이진 않는데도 이상하게 청년에게서 느껴질 법한 활기가 없었다.

감시 덕분에 아침에는 이해준 씨와 서로 대화 한마디 하지 못했다. 게다가 아침 메뉴로 어제 먹다 남은 듯한 김칫국이 다시 나왔다. 여기에 며칠 더 있다간 미처 버릴지도 몰라. 사람들이 에너지가 없는 건 어쩌면 이 식당 메뉴 때문일지도 모른다. 나는 목 끝까지 차오른 말을 다시 꾹꾹 눌렀다.

하루 종일 문윤정이 옆에 따라다니는 통에 이해준 씨와는 말 한마디 제대로 나눌 기회가 없었다. 그런 데다가 찾고 있는 아이와 엄마도 보이지 않았다. 의뢰인의 딸을 찾지 못한 건 이해준 씨도 마찬가지인 모양이었다.

저녁을 먹으러 다시 식당에 가는 길에 나는 슬쩍 물러서며 이해준 씨에게 눈빛을 보냈다. 어차피 오늘이 마지막이었다. 오늘은 오프였지만 내일은 출근해야 한다. 요새 내 직업이 뭔가 헷갈리는 순간이 많긴 했으나 내 본업은 바리스타가 맞다. 탐정이 아니라.

이해준 씨는 내 눈빛을 제대로 이해했는지, 걷는 속도를 늦추며 나와 보폭을 맞췄다. 마침 저 앞에 방이 하나 있었다. 아까 문윤정이 여기는 창고로 쓰는 방이라고 설명하고 그냥 지나간 방이었다. 문이 잠겨 있을지 아닐지는 알 수 없었다. 하지만 일단 해 보는 수밖에 없었다. 나는 손가락으로 하나, 둘, 셋 수신호를 보냈다. 우리는 셋에 문윤정에게 달려들었다. 내가 문윤정을 끌고 창고 문을 열고 들어오자마자 이해준 씨가 문을 닫고 그 앞에 버티고 섰다.

"뭐, 뭐 하는 거예요?"

문윤정이 소리를 질렀다. 원래 이 방법까지는 쓰지 않으려고 했지만 달리 떠오르는 게 없었다. 나는 미안하다고 사과하며 주머니에서 전단지를 꺼내 들었다.

"미안해요. 억지로 끌고 올 생각까지는 없었는데. 하나만 물어보려고 그러는데요."

"소리 지를 거예요."

"하나만 대답해 주세요."

이해준 씨도 사진 한 장을 내게 건넸다. 나는 사진과 전단지를 문윤정의 눈앞에 들이밀며 물었다.

"이 사람들 기도원에서 본 적 있어요?"

문윤정은 입을 꾹 다문 채 고개를 젓기만 했다. 하지만 사진을 보여 줬을 때 눈꺼풀이 파르르 떨리는 걸 보았다. 그것만으로 거짓말이라고 단정 짓기는 힘들겠지만 의심이 더 컸다.

그 후로 식당으로 향하는 사람들을 붙잡고 사진부터 들이밀며 물었지만 의뢰인의 딸이나 모녀를 봤다는 사람은 나오지 않았다. 보이는 반응은 문윤정과 대체로 비슷했다. 입을 다문 채 고개를 젓는다. 말을 하면 안 된다는 금언 교리 때문에 별다른 말을 하지 않는 것 같았다. 하지만 얼굴 근육이 부자연스럽게 실룩인다든지, 손으로 얼굴이나 눈을 가리며 주여 하고 중얼거린다든지, 손을 가만 두지 못하고 옷깃이나 넥타이를 만지작거린다든지 하는 반응이 많았다.

분명히 뭔가를 알고 있는 것이다.

창고 안쪽에서 문윤정이 소리를 질렀다. 일부러 가둬 두려던 건 아니었는데, 지나가는 사람들을 붙잡고 물어보다 보니 그렇게 됐다. 이해준 씨가 문을 열어 문윤정을 내보내 주었다. 문윤정은 뒤도 돌아보지 않고 금세 복도를 가로질러 뛰어갔다. 그 뒷모습을 보며 이해준 씨가 물었다.

"이제 곧 들킬 거예요. 지금 나갈 거죠?"

"그래야죠."

이 기도원에 더 머물러 봤자 소득이 없을 것이다. 이해준 씨나 문윤정은 눈치채지 못했겠지만 하루 종일 기도원을 돌아다니면서 보이는 화분이나 나무마다 들리는 소리가 없나 체크해 봤다. 쓸 만한 소리, 내가 포인세티아 화분에서 들었던, 그 목소리 주인의 흔적은 남아 있지 않았다. 신도들이야 하나같이 입을 다물고 있으니 그 사람들한테서 건질 것도 없고. 분명히 이 기도원에 갇혀 있을 거라고 생각했는데, 막상 들어와 보니 기척이나 흔적이 전혀 느껴지지 않았다.

마치 증발한 것 같았다.

5

사람이 증발하다니, 말도 안 되는 소리라는 건 안다. 하지만 살아 있는 사람인 이상 소리는 남기기 마련이다. 특히 기도원 같은 염원의 집합체 같은 곳은 더 그랬다. 그래서 기도원에 들어가기만 하면 사라진 모녀의 목소리를 찾을 줄 알았다. 확실히 시끄러울 정도로 소리가 많이 남아 있긴 했지만 모녀의 목소리는 없었다.

나는 원점으로 다시 돌아가 보았다. 모녀가 사라진 지점, 아이가 다닌다는 초등학교 주변부터 다시. 초등학교 근처엔 잡목이 꽤 많아서 의미 있는 소리가 있을지 모른다. 운동장이나 교정에도 심어 놓은 나무, 꽃이 꽤 많았다. 나는 운동장 가장자리에 있는 왕벚꽃나무에 귀를 갖다 대고 들리는 소리가 없나 주의를 집중했다. 스읍 하고 숨을 들이쉬자마자 옆에서 방해꾼이 물었다.

"지금 뭐 하는 거예요?"

옆에 붙은 혹만 없었으면 더 조용하고 좋았을 텐데.

"조용히 좀 해 봐요. 안 들리잖아요."

"그렇게 하면 뭐가 들려요?"

그날 밤 거의 기다시피 기도원 담장을 넘어서 나왔을 때 후문 앞에 낡은 지프차 한 대가 세워져 있었다. 우리 직원이 준비해 놓은, 여기서 나갈 방법 어쩌고 떵떵거리고 자랑하기에 그럴듯한 계획이 있는 줄 알았는데. 현실은 그냥 도망갈 때 탈 자동차 한 대가 다였다. 심지어 나는 타지도 못하는.

데려다줄 테니 조수석에 타라는 말을 무시한 채로 나는

내 자전거를 찾았다. 몸은 피곤해 죽겠다고 소리를 지르는데도 저걸 타면 카시트에 토해 버리고 말 거라는 강렬한 예감이 들었다. 그런 내 속도 모르고 이해준 씨는 "왜 안 타요? 내가 운전하는 차는 타고 싶지도 않다는 거예요?" 난리였다. 몇 번이고 집요하게 물어보는 통에 결국 내가 차만 타면 토를 한다는 것까지 털어놓고 말았다. 보통은 그렇게 말해도 '에이, 차멀미하는 것 가지고 유난이네', '그냥 타요, 비닐봉지 줄게.' 이런 식으로 말하곤 하는데 이해준 씨는 눈썹을 한 번 까딱하고는, 그럼 잘 가라며 쌩하니 사라졌다.

결국 부서질 것 같은 다리로 페달을 밟으면서 집에 돌아왔다.

그걸로 탐정 선생과의 인연은 끝인 줄 알았는데.

내가 나무에 바짝 다가가 소리를 듣는 동안 이해준 씨는 옆에서 내가 하는 걸 따라 나무껍질에 귀를 붙이고 있었다.

"여기서 무슨 소리가 나요? 나뭇잎 바스락거리는 소리, 새소리, 저 바깥에 자동차 소리밖에 안 들리는데."

탐정 선생의 시선은 무시하기로 했다. 가끔은 너무 작은 소리가 남아 있는 경우도 있다. 그 소리를 듣기 위해서는 다른 때보다 특별히 더 집중해야 했다. 어차피 나무에 귀 좀 대고 있다고 해서 나무에서 나는 소리를 듣는 거라는 생각을 하는 상상력 풍부한 사람은 거의 없다. 그런 말을 해 봤자 믿어 주는 사람도 없다.

아무리 탐정이라고 해도 마찬가지일 것이다. 하지만 무시하려고 해도 방해가 되는 건 어쩔 수 없었다. 나는 한숨을 쉬며 말했다.

"저기 많이 한가하신 모양인데, 이제 그만 좀 가시죠. 방해되거든요."

그 말에도 이해준 씨는 꿈쩍하지 않았다.

"당신 옆에 있으면 뭔가 실마리를 찾을 것 같은 기분이 들어요. 다른 건 몰라도 내가 감 하나는 잘 맞거든요."

감이 잘 맞는다는 사람이, 어쩌면 하는 일마다 이렇게 허술할까. 탐정 맞아? 이해준 씨는 이제 옆에서 나뭇가지를 하나들고 나무를 쿡쿡 찔러보기 시작했다. 그냥 거대한 통나무가하나 따라다닌다고 생각하는 게 나을 것 같았다.

"내가 어스프레소에서 일한다는 건 어떻게 알았어요?"

가게 앞에서 마주쳤을 땐 진짜 기절하는 줄 알았다. 내가어스프레소 직원이라는 이야기는 한 적이 없다. 카페 직원이라는 말은 했어도.

"바리스타라고 했으니까요."

"근처 커피숍을 다 뒤지고 다닌 건 아니겠죠?"

그럼 그거 스토커잖아. 내 표정에 생각이 드러났는지 이해준 씨는 손사래를 쳤다.

"설마요. 에코시티에 커피숍이 딱 세 군데인데, 그중에 기산동에서 자전거를 타고 출퇴근할 만한 곳은 여기밖에 없거든요."

그렇게 말하니 또 할 말이 없었다. 이제 제발 조용히 좀 하라고 당부하고 다시 고개를 돌렸다.

* * *

학교 안에 있는 나무 주변은 전부 다 돌았는데 운동장에는 초등학생 아이들이 남긴 소리밖에 없었다. 사라진 아이 목소리를 찾을 수 있다면 좋을 텐데. 문제는 내가 애엄마의 목소리는 알아도, 아이 목소리는 들어 본 적이 없다는 거였다. 결국 초등학교 밖으로 나가는 수밖에 없었다.

교문 근처를 특히 더 꼼꼼하게 살폈다. 교문 바로 맞은편에 조그만 슈퍼가 하나 있고, 그 옆에는 문구점이 있다. 평범한 초등학교 교문 앞의 풍경이었다. 그나마 다행인 건 교문 앞에 있는 길이 가로수길이라는 점이었다.

나는 길을 따라가며 소리가 남아 있는 나무가 없나 확인했다. 자동차 소음과 상가에서 흘러나오는 소리가 뒤섞여 소리가 잘 들리지는 않았다. 옆에서 자꾸만 말을 거는 인간도 문제였다. 이해준 씨가 물었다.

"이미 죽었을지도 모른다고는 생각 안 해 봤어요?"

왜 안 해 봤겠나. 생각이 자꾸만 그쪽으로밖에 흘러가지 않아서 잠까지 설쳤다. 이미 늦었을지도 모른다는 낭패감이 나를 이 일에 자꾸 집착하게 만들었다.

"전단지를 돌리고, 찾아 나서는 사람이 실종의 주범인 경우가 간혹 있거든요. 가정 폭력 의심된다고 했잖아요? 그래서 더 일부러 그렇게 행동하는 걸지도 모르죠. 이미지 만들기 딱 좋잖아요."

처음부터 그걸 의심했어야 했다. 어쭙잖은 선의로 남을 돕겠다고 나서기 전에.

하지만 이미 늦었다고 해도, 두 사람을 찾아주고 싶었다. 아무도 찾지 않고 이대로 이 사건이 어딘가에 묻히는 건 참을 수가 없었다.

"시체라도 있어야 그 사람 처벌할 수 있을 테니까."

이를 악물고 중얼거리자 이해준 씨가 말했다.

"하긴 우리나라에서 시체 없는 살인은 처벌되지도 않죠. 증거 불충분으로 풀려날 테니까."

벌써 교문은 저 멀리 있었다. 초등학교에서 칼국숫집까지는 성인의 보통 걸음으로 15분 정도 걸렸다. 이 초등학교가 에코시티의 유일한 초등학교였다. 요새 에코시티 인구가 늘어났다고는 해도 태어나는 애들이 거의 없으니 그럴 만했다.

가로수길이 거의 끝나 갔다. 나는 마지막 가로수 앞에 쪼그려 앉았다. 나무줄기에 귀를 바싹 갖다 대고 눈을 감았다.

희미한 여자 목소리가 들렸다. 낮고 허스키한 여자 목소리. 거짓말이라고 비명을 질렀던 여자가 평상시보다 더 작게 속삭인다면 이런 목소리일 것 같았다.

포터…… 고 가요.

포터? 무슨 포터, 해리 포터? 내가 아는 포터라고는 해리 포터뿐인데.

"포터, 포터……?"

무슨 의미인지 몰라서 입속으로 계속 중얼거렸는데, 그 소리를 들은 이해준 씨가 건너편 도로에 세워져 있는 트럭을 가리키며 말했다.

"포터는 저게 포터인데요?"

"저게 포터라고요?"

"네. 포터2."

길가다 흔히 볼 수 있는 하얀색 1톤 트럭이었다. 저 트럭 이름이 포터인지 뭔지, 알게 뭔가 싶었지만 목소리가 의미하는 건 해리 포터가 아니라 이쪽이 맞는 것 같았다.

그러고 보니 칼국숫집의 배달 트럭이 저 하얀색 1톤 트럭이었다.

자리에서 벌떡 일어나 주변을 둘러봤다. 이해준 씨와 눈이 마주쳤다.

"칼국숫집으로 가야겠어요."

그러고 나는 바로 초등학교 앞의 자전거 보관소로 달려갔다. 이해준 씨는 그 짧은 거리를 굳이 자기 지프차를 타고 오겠다고 고집을 부려 내버려 뒀다.

당연히 이해준 씨가 나보다 먼저 도착했다. 나는 자전거를 대충 눕히고 트럭 앞으로 뛰어갔다. 마침 가게 앞에 트럭이 그냥 세워져 있었다. 가게 안쪽을 보니 손님도 사장도 보이지 않았다. 운전석에도 아무도 없다는 걸 확인한 뒤, 포터 안쪽을 들여다보았다. 선팅이 되어 있지는 않아서 운전석과 조수석이 훤히 들여다보였다. 앞쪽 백미러에 사진이 걸려 있는 게 언뜻 보였는데 아마도 가족사진인 것 같았다.

외관 역시 살펴봤지만 누가 봐도 그냥 어디에서나 볼 법한 배달용 트럭이었다. 군데군데 칠이 벗겨진 것 빼고는 평범했다.

이게 뭐 어쩼다는 거지?

한참을 트럭을 보고 있어도 나오는 게 없는 게 당연했다. 이건 식물도 아니고 소리가 남아 있지도 않을 테니까. 차 안에 화분을 두는 사람도 없으니 더 이상 내가 할 수 있는 게 없었다. 허탈해서 그저 트럭을 보고만 있는데, 옆에 서서 같이 포터를 보던 이해준 씨가 갑자기 쪼그려 앉아 트럭 바퀴에 얼굴을 바짝 갖다 댔다.

"뭐 하는 거예요?"

내가 땅바닥에 고개를 처박고 있었을 때 이해준 씨 심정이 이랬을까 싶다. 기겁을 하고 뒷걸음질을 치자 이해준 씨가 타이어에서 얼굴을 떼고는 그 위에 붙은 것을 손가락으로 가리켰다.

"여기 좀 봐요."

이해준 씨가 가리킨 자리, 타이어 홈에 눌린 꽃잎이 달라붙어 있었다. 샛노란 꽃잎이라 바로 눈에 띄었다.

"그게 뭐요?"

"이건 미나리아재비꽃입니다. 평범하게 배달만 하고 다녔으면 묻지 않았을 흔적이에요. 콘크리트나 시멘트에서는 이 꽃잎이나 꽃가루가 묻을 일이 거의 없거든요. 그러니까 이건 이 트럭이 노지나 산길에 들어갔다 나왔다는 뜻이에요."

그렇게 말하며 이해준 씨는 자기 지프차 트렁크에서 뭔가를 꺼내 왔다. 큼직한 상자 안에서 제일 먼저 일회용 라텍스 장갑을 꺼내 손에 꼈다. 그리고 핀셋으로 미나리아재비 꽃잎을 떼어내 슬라이드 글라스 안에 집어넣었다. 눈에 보이는 꽃가루 역시 커다란 붓 같은 물건으로 슬라이드 글라스 안에 쓸어넣었다.

"그걸로 뭘 할 수 있어요?"

내가 묻자 이해준 씨는 "글쎄요."라며 글라스를 뚫어져라 쳐다보기만 했다. 답답해서 내가 한번 더 물어보려 할 때 칼국숫집 가게에서 누가 나왔다.

"거기 누구야?"

사장의 목소리였다. 가게 안에 안 보이기에 다른 곳에 나간 줄 알았는데 안에 있었던 모양이었다. 나는 이해준 씨의 머리를 손으로 꾹 누르며 몸을 숙였다. 하지만 별 소용이 없었던 모양이다.

"거기서 뭐 하세요?"

트럭 앞까지 다가온 사장이 물었다. 나는 하하 웃었고 이
해준 씨는 짜증을 내며 뒷머리를 탁탁 털었다. 그사이에 슬라
이드 글라스는 전부 안전하게 가방 안에 넣어 둔 것 같았다.

"여기 처음 보는 꽃이 타이어에 붙어 있길래 신기해서 좀
봤습니다. 어디 다녀오셨나 봐요."

뻔뻔한 이해준 씨의 말을 사장은 대수롭지 않게 넘겼다.

"아, 몇 주 전에 한 번 차를 도난당했거든요. 길가에 잠시
세워 둔 사이에 누가 차를 몰고 가 버렸어요. 바로 경찰에 신
고하고 CCTV 추적해서 찾긴 했는데, 공터에 키도 꽂아 놓은
차를 그대로 두고 갔더라고요. 아마 그때 뭐가 묻은 모양이
네요."

"없어진 물건은 없었습니까?"

이해준 씨가 물었다. 사장은 고개를 저었다. "차에 놔둔 현
금이 조금 없어졌어요. 그 외에는 훔쳐 갈 만한 게 없었겠지
만." 그러고는 트럭을 흘깃 쳐다봤다. 나는 그 말의 진위를 파
악하려고 사장의 얼굴을 쳐다봤지만 역시 보는 것만으로는
알 수가 없었다.

"사모님이랑 따님 행방은 찾으셨나요?"

충동적인 물음이었다. 내 질문에 사장은 손바닥으로 얼굴
을 덮으며 한숨을 쉬었다. "아뇨. 어디서 어떻게 지내는지만이
라도 알고 싶네요……."

그 모습에 나도 최대한 돕겠다고, 형식적인 위로의 말을 건넬 수밖에 없었다. 역시 보는 것만으로는 알 수가 없었다. 사람의 생각이 식물을 거치지 않고 바로 들렸다면 이게 진심인지 거짓인지 밝혀내기 한결 수월했을까.

사장이 가게 안으로 들어가고도 한참 동안 나는 그 주변을 서성였다. 혹시 그사이에 새로운 소리가 남지는 않았나 싶어서. 그러는 동안에도 이해준 씨는 트럭 주변에서 뭔가를 채취하고 있었다.

"그걸로 뭘 알아낼 수 있어요?"

조금 전의 질문을 다시 묻자 이해준 씨가 씩 웃으며 말했다.

"식물이 무슨 말을 하는지 한번 봅시다."

이상하게도 그 말을 던진 순간에는 이해준 씨도 나처럼, 식물이 내는 소리를 들을 수 있는 사람 같았다.

그럴 리가 없겠지만.

6

해준은 꼬박 엿새 만에 사무실 한편에 딸린 연구실에서 나왔다. 표본 분석은 지난한 작업이었다. 눈알이 뽑혀 나올 정도로 오랜 시간을 고성능 현미경만 들여다보고 있으면 여기가 어디인가 나는 뭘 하고 있나, 근원적인 물음에 가닿게 되곤 했다. 게다가 이번 건은 경찰에서 받은 의뢰도 아니었다. 엄밀히 말하자면 탐정 사무소로 들어온 의뢰도 아니었다.

처음엔 오지랖이 지나친 사람이라고 생각했다. 해준 역시 돈이 되지 않는 의뢰를 받아들일 때도 있었지만 이렇게까지 남의 일에 얽힌 것은 처음이었다. 정신을 차리고 보니 그렇게 되어 있었다.

"이번에는 아예 자원봉사를 하기로 했어요?"

며칠 내내 연구실에서 먹고 자고 하는 해준을 보고 수빈이 빈정거렸다.

"자원봉사는 아니지. 뭔가 냄새가 나거든."

연구소 쪽으로 들어오는 의뢰는 범죄와 관련된 사건이 대부분이었다. 경찰에서 연락을 받으면 해준은 범죄 현장이나 영안실로 달려간다. 그리고 현장 혹은 시신에서, 시신이 입고 있던 옷이나 신발 등에 남은 꽃가루, 곰팡이, 지의류, 미생물의 미세 입자를 채취한다. 그 화분 혼합물이 이야기하는 진실을 찾아내는 것, 그래서 가능하다면 범죄 현장을 밝혀내는 것, 혹은 사라진 시신을 찾아내는 것이 해준의 임무였다. 이번 건은 의뢰도 뭣도 아니었지만 범죄의 냄새가 진하게 났다. 게다가 그 사라진 모녀를 찾으면 기도원에서 사라진 의뢰인 딸의 행방도 실마리를 찾을 수 있을 것 같았다.

기본적으로 해준은 감이 좋았다. 그렇다고 해서 감에 의존해 분석하는 건 아니었지만. 자칫 잘못하다간 엉뚱한 사람을 범죄자로 몰거나 수사를 잘못된 방향으로 호도할 수 있어서 분석을 할 때는 신중에 신중을 거듭해, 오차를 최대한 줄이려고 노력했다. 이 일은 무엇보다 실수하지 않는 것이 중요했다. 단 한 번의 실수조차 치명적일 수 있기 때문이다. 자신의 판단에 누군가의 운명이 걸려 있다는 생각을 하면 허투루 일할 수 없었다.

해준은 여기저기 흩어져 있는 꽃가루 알갱이를 분석하고 표면의 무늬를 확인하며 그 수를 셌다. 그리고 식물이 자라는 모양을 상상한 다음, 그 식물이 자랄 법한 환경을 머릿속에 그렸다. 그건 침엽수가 가득한 숲속 한가운데이기도 했고, 이끼가 잔뜩 긴 울타리로 둘러싸인 라벤더 정원이기도 했으며, 담쟁이덩굴이 자라는 오래된 건물 외벽이기도 했다. 그 상상 속 풍경은 점점 정교해져 어떤 때에는 그 침엽수 숲속에서 지저귀는 새소리까지 들릴 정도로 선명했다.

법정에서 증언할 때마다 해준이 가장 많이 듣는 말은 겨우 꽃가루 하나로 장소를 특정하는 게 가능하냐는 말이었다. 하지만 현미경 슬라이드에 펼쳐진 여러 종류의 꽃가루 알갱이는 생각보다 많은 걸 이야기해 준다. 예를 들어 돼지풀 꽃가루 하나만 가지고 그 식물의 서식지를 밝혀내는 건 불가능한 일이지만, 돼지풀과 떡갈나무, 자작나무, 소나무 등의 꽃가루가 한 군데에 모여 있는 군락을 찾는 건 그렇게 불가능한 일만은 아니다. 말하자면 확률의 문제에 가깝다. 가능한 한 많은 미세 입자를 확보해서 특정 장소의 상을 그리고, 그 확률을 높여 가면 된다.

그리고 해준은 이번에도 그 장소를 찾아냈다. 수수께끼의 정답을 하나씩 맞힐 때마다 머릿속에서 폭죽이 펑 터지는 것 같았다. 그게 해준이 탐정 사무소라는 직함을 내세우면서까지 이런 허름한 연구소를 포기하지 못하는 이유였다.

해준은 밤을 새운 탓에 붉게 충혈된 눈을 잠시 붙이기도 전에 화음에게 전화부터 걸었다. 해준은 이 순간을 가장 좋아했다. 누군가에게 자신이 바로 그 장소를 찾았다고 말할 수 있어지는 그 순간을.

"차 타고 가면 금방인데, 뭐 하러 이걸 타냐고요."

해준은 자전거의 페달을 발로 툭툭 차며 불만을 쏟아 냈다. 자전거는 옛날에 대학에 다닐 때 몇 번 타 본 게 전부였다. 몇 년 만에 타는 거라 제대로 탈 수 있을지도 가늠이 안 됐다.

"그럼 이해준 씨는 차 타고 오라니까요. 누가 자전거 안 타면 죽는대요?"

화음의 대꾸에 해준은 또 툴툴거렸다.

"어차피 그쪽이 올 때까지 멍하니 기다려야 하잖아요. 나야말로 묻고 싶은데, 차 타면 누가 죽이러 쫓아오기라도 해요?"

"내가 지금 누구 생각해서 이러는지나 알아요? 차에 토해 놓으면 손해 배상 청구할 사람이."

그 말에 결국 해준이 백기를 들었다. 화음이 공용 자전거 대여소에서 빌려 온 자전거 안장 위에 올라탔다. 익숙하지 않아서 불편한 느낌이 엉덩이에서부터 올라왔다. 해준은 몇 미터 발을 구르다가 브레이크 페달을 잡았다. 그리고 뒤따라오던 화음에게 당당하게 말했다.

"나랑 자전거 바꿔요. 이거 불편해서 못 타겠습니다."

결국 화음은 자신의 자전거를 내어 주고 나서야 목적지를 향해 출발할 수 있었다.

해준의 분석 결과 표본으로 채취한 미세 입자의 식생과 가장 유사한 장소는 에코시티 평택호 인근의 화훼 농원이었다. 화훼 농가이니, 여러 종류의 꽃을 재배하는 것으로 알려져 있지만 특히 양액 재배를 실시하여 수명이 길고 꽃대가 굵은 절화류로 유명했다. 이 농원의 주력 상품은 장미였다.

"슬라이드에서 미나리아재비꽃 말고 가장 많이 발견된 미세 입자가 있는데…… 이게 뭔지가 관건이었죠. 이 입자의 정체가 장미일 수도, 검은딸기나무일 수도, 그것도 아니면 산사나무일수도 있거든요. 화분학자라고 현미경으로 딱 보고 이게 무슨 꽃가루 입자다 확신할 수 있는 게 아니에요. 같은 과에 속하는 식물 종의 꽃가루는 패턴이 상당히 유사하거든요. 이 입자의 특징은 세 개의 골짜기와 세 개의 구멍, 회오리 모양의 줄무늬예요. 하지만 패턴만 가지고는 이 입자가 장미의 꽃가루다, 특정할 수 없어요. 거기서부터 문제였습니다."

현장에 도착해서 해준은 주변을 살폈다. 짐작한 대로 침엽수와 낙엽수가 섞인, 좁은 길이 나타났다. 몸집이 꽤 큰 지프차가 과연 이 길을 지나갔을는지 알 수 없었다. 자전거라 다행이었다고, 해준은 생각했다.

표본에서 나온 수종은 굴참나무와 검양옻나무, 소나무, 그리고 장미과(인지 산사나무인지 알 수 없는 꽃가루)와 미나리아재비꽃이었다. 장미과 꽃가루인지 아닌지 판단하는 데에는 미나리아재비꽃이 결정적인 단서를 줬다.

해준은 자전거를 멈춰 세우고는 길가에 드문드문 피어 있는 노란 꽃들을 가리켰다.

"저게 미나리아재비꽃이에요."

길가를 따라 미나리아재비꽃이 바람에 흔들리고 있었다. 몇 분 더 걷자 해준이 말한 대로 축축한 진흙이 깔린 도랑이 나타났다. 타이어 자국이 꽃이 난 길을 따라 선명하게 이어지고 있었다. 짓밟힌 미나리아재비꽃도 눈에 띄었다.

"이 정도면 타이어에 묻을 만하네요."

화음의 말에 해준은 고개를 끄덕였다. 여기가 맞았다. 해준이 현미경을 통해 보고, 머릿속으로 그린 장소는 분명히 이곳이었다. 그 포터 트럭은 이 길을 지나간 적이 있다.

"확실할까요?" 화음이 물었다. "솔직히 타이어에 남은 꽃가루를 분석해서 그 트럭이 어디에 다녀왔는지 밝혀낸다는 게, 이런 걸 본 적이 없어서 그런가, 잘 믿기지는 않아요. 그 트럭이 돌아다닌 지역이 한두 군데도 아닐 거고." 일하면서 해준이 가장 많이 듣는, 스스로에게는 수십, 수백 번 던지는 질문이었다. 질문 자체에 악의가 없다는 것을 이제는 안다.

"솔직히 말하자면 언제나 확실하지는 않아요. 100퍼센트 확신을 가지고 할 수 있는 말이라는 게 있어요?"

이런 일을 하는 사람에게 100퍼센트의 확신이라는 건 존재하지 않았다. 저 사람이 100프로 범인이다, 저곳에서 죽인 게 100프로 확실하다, 말할 수 없는 것과 비슷했다. 하지만 그럼에도 시도하는 수밖에 없었다. 진짜 범인을, 진짜 범행 장소를 찾을 수 있다면 해 볼 만한 일이었다. 화음은 한참 생각하더니 말했다.

"듣고 보니 그러네요. 함부로 말해서 미안해요."

화음의 말에 해준은 웃었다. 그런 말을 일일이 사과하는 사람은 또 처음이었다. 보통 경찰들은 "이거 확실해요?" 물어 놓고 사과하는 법이 없었으니까. 증거가 확실한지 검증하는 게 경찰의 일이라는 걸 해준 역시 알았기에 여태껏 신경 써 본 적이 없었는데. 사실 경찰이 그런 질문을 던지는 건 당연하다. 이 분야를 잘 모르는 사람이 보기에는 사이비처럼 보이리라는 것도 이해했다. 해준은 괜찮다고 말하고 타이어 자국을 가리켰다. 트럭이 타이어 자국을 남겨 준 덕분에 슬라이드 표본의 정확한 서식지를 찾아내야 하는 수고를 덜었다.

해준과 화음은 타이어 자국을 따라갔다. 그리고 그 길의 끝에서 발견한 것은 꽤 큰 규모의 비닐하우스였다.

* * *

비닐하우스의 외관은 평범했다. 화훼 농원이니까, 비닐하우스가 있는 게 이상한 일은 아니다. 하지만 자세히 들여다보니 하우스 안에 꽃이나 작물이 보이지 않았다. 그 대신이라고 말하긴 뭣하지만 빨간 고무 대야와 여기저기 널브러진 냄비와 프라이팬이 눈에 띄었다. 휴대용 버너도 보였다. 취사를 했던 흔적이었다.

"여긴…… 숙소 같은데요?"

내 말에 이해준 씨도 고개를 끄덕였다. 빨간 고무 대야 안에는 물에 흠뻑 젖은 오리 인형이 둥둥 떠다녔다. 누군가 살고 있는 흔적은 있는데 정작 그 사람이 보이질 않았다. 우리가 오기 전에 숨었거나 다른 곳으로 도망쳤거나……

이해준 씨가 고무 대야 안에서 오리 인형을 꺼내 들었을 때, 누군가 빽 소리를 질렀다. 어린아이의 비명이었다. 내가 소리가 난 쪽으로 고개를 돌리자 하우스 안쪽에서 누군가가 뛰쳐나와 이해준 씨 쪽으로 달려오는 게 보였다. 피하라고 말할 틈도 없었다. 뛰쳐나온 사람이 이해준 씨를 향해 냄비 뚜껑을 휘둘렀다. 그 일격에 깔끔하게 얻어맞은 이해준 씨는 바닥을 굴렀다. 탐정답다고는 할 수 없는 모양새로.

"왜 이래요? 일단 진정 좀 하고……."

내가 말을 걸자 냄비 뚜껑을 휘두른 여자는 마른 팔을 덜덜 떨었다. 자기가 때려 놓고 되려 놀란 모양이었다.

"죽, 죽은 거예요?"

나는 엎어진 이해준 씨의 머리를 살폈다. 머리에 혹이 좀 생길 것 같기는 해도 피가 나지는 않았다. 게다가 이 엉터리 탐정 선생은 기절한 것도 아니었다.

"쪽팔린 건 알겠는데 그만 일어나요. 놀라잖아요."

내 말에 이해준 씨는 뒷머리를 만지작거리며 일어났다. "내가 지금 날 폭행한 여자까지 배려해야 해요?"이거 다 의뢰인한테 피해 보상 청구할 거예요. 그렇게 툴툴거리던 이해준 씨는 하우스 안쪽에서 나타난 다른 두 사람을 보고는 입을 다물었다.

전단지 사진 속의 그 모녀였다. 사진보다 마르고 여위기는 했어도 분명히 그 두 사람이었다. 일곱 살 정도 되었을까 싶은 여자아이가 냄비 뚜껑을 든 여자의 옷소매를 끌어당기며 말했다. "언니, 그만해."

냄비 뚜껑을 든 여자와 아이를 번갈아 보았다. 그러고 보니 냄비 뚜껑을 든 여자 역시 낯이 익었다. 이해준 씨의 의뢰인이 찾고 있다던 실종자였다.

"이게 대체 어떻게 된 거예요?"

내가 묻자 세 사람이 서로 시선을 교환했다. 어떻게 해야 할지 결정하지 못한 것 같았다. 이해준 씨가 말했다.

"우리는 그 종교에서 나온 거 아니니까 걱정 마세요."

뭔가 짐작하고 있었다는 듯한 말투였다. 그 말을 듣고 나서야 의뢰인의 딸이 손에서 냄비 뚜껑을 내려놓았다.

의뢰인 딸의 이름은 양소연. 이해준 씨가 받아 온 사진 속의 양소연 씨는 긴 머리였는데 지금은 숏컷에 가까운 갈색 단발머리라 한눈에 알아보기가 어려웠다. 기도원 생활 중에 거추장스러워서 잘라 버렸다는데, 그곳의 공동 시설을 생각하면 이해가 안 되는 선택도 아니었다. 욕실은 특히 열악했다. 신도들에게서 헌금을 받아 대체 어디에 쓰는지 알 수 없을 정도였다. 양소연 씨가 말했다.

"저는 원래부터 열성적인 신도는 아니었어요."

비닐하우스 안쪽엔 이불이 깔린 조그만 방이 하나 있었다. 양소연 씨는 대충 이불로 방석 비슷하게 말아서 우리에게 자리를 만들어 주었다.

"자원봉사를 하다가 알게 된 단체가 있는데, 거기서 성경 공부를 시켜 준다고 해서 따라갔거든요. 원래 집안이 천주교이기도 했고. 처음엔 정말 사이비라는 생각을 요만큼도 못 했어요. 뭔가 이상하다는 걸 알았을 땐 이미 깊숙이 들어온 다음이었고요. 다들 좋은 사람들이고, 하는 말이 그럴듯하게 들렸거든요. 기후 위기 문제나 뭐, 그런 거. 요즘 살기 팍팍해진 거 알잖아요."

나는 고개를 끄덕였다. 기후 위기 관련해서 음모론을 조작하려고 하면 얼마든지 가능했다. 그걸 믿는 사람들이 생기는 것도 어쩔 수 없었다.

"뭔가 이상하다고 생각하기 시작한 건 여러 명목으로 걸어 가는 헌금의 종류가 늘기 시작했을 때였어요. 보통의 종교였다면 거기까지였을 거예요. 그런데 영천교는, 납기일을 반드시 맞춰서 돈을 내야 했어요. 없으면 빌려서라도 내라고 그러더군요. 여기저기 돈을 빌려서 내도 납기일은 반드시 돌아오니까 점점 감당이 안 되기 시작했어요."

"나와야겠다는 생각은 안 해 봤어요?"

이해준 씨의 물음에 양소연 씨는 고개를 떨궜다.

"그래요, 그때까지도 정신을 못 차리고 있었죠. 결정적으로 여길 탈출해야겠다는 결심은 그러던 와중에 생겼어요."

양소연 씨는 그렇게 말하며 옆에 앉은 두 사람을 바라보았다.

"일단 한번 기도원에 들어오게 되면, 교주님의 허락 없이 기도원에서 나가지 못해요. 그렇다고 해서 나가려다 붙잡힌 사람이 하나도 없었을까요? 당연히 있었어요. 와이랑 유나는 애초부터 영천교 신자가 아니었으니까요. 가족들이 강제로 집어넣은 거였어요. 그러니 억압적인 교리, 때마다 돌아오는 납기일 같은 걸 견디지 못했을 거예요. 부모 자식 간에도 예외는 없어서 서로 말을 하지 못하게 했거든요. 애들한테는 가혹한 일이었어요."

유나는 바닥에 엎드려 스케치북에 뭔가를 그리고 있었다. 조금 전에 이해준 씨가 집어 든 오리 인형은 유나의 것이었는지, 다른 한 손에는 오리 인형을 꼭 쥔 채였다. 양소연 씨가 말을 이었다.

"결국 와이는 유나를 데리고 기도원을 나가려고 했어요. 그 와중에 붙잡혀서 끌려왔지만. 난 두 사람의 사정을 아니까 애가 딱하고 가여웠어요. 그런데 교주님이 그날 나를 불러서 그러더군요. 교리를 어긴 신자에게 체벌을 해야겠으니, 네가 대신 하라고. 그 말을 거역할 수 없었어요. 모두가 보는 앞에서 와이의 뺨을 있는 힘껏 내리쳤어요. 그것도 여러 번."

양소연 씨는 이를 악물었다.

"그것도 모자라 교주는 와이가 직접 유나를 때리라고 지시했어요."

그런 종교가 있다고는 들었다. 내부의 결속력을 다지기 위해서, 그리고 교리가 무너지는 걸 막기 위해서 체벌의 형태로 사람들을 억압한다고. 하지만 어디까지나 건너 건너 들은 이야기, 내게는 별세계에서 일어나는 일처럼 느껴졌다.

요즘 세상에 그런 곳이 정말 있다고?

"그건 해서는 안 되는 짓이었어요. 나는 다음 날이 되어서야 내가 무슨 짓을 저질렀는지 정신이 들었고요. 와이와 유나를 데리고 거기서 나오기로 결심했어요. 이후는 뭐, 당신들이 짐작한 대로예요. 와이가 남편의 차 키를 훔쳤고, 내가 여기까지 트럭을 몰았어요. 그리고 여기서 멀리 떨어진 야산 공터에 몰래 갖다 버리고 왔죠."

그때까지 한마디도 하지 않고 앉아 있던 와이는 자신은 괜찮아도 아이에게 그러는 건 참을 수 없었다고 중얼거렸다. 내가 포인세티아 화분에서 들은 그 목소리가 맞았다.

두 사람이 이렇게까지 말하는데 그게 정말 진짜냐고 묻는 건 무용한 일이었다. 양소연 씨가 말했다.

"우리를 어떻게 찾았는지는 몰라도, 그 악귀 같은 놈들한테는 절대로 찾았다고 전하지 마세요."

그 말엔 정말로 뭐라 답해야 할지 알 수가 없었다. 이해준 씨도 나도, 두 사람이 가족들에게 돌아가야 한다는 말 같은 건 할 수 없었다.

"그럼 앞으로 어떻게 하실 거예요?"

이해준 씨가 가장 현실적인 걸 물었다. "여기서 계속 살 수도 없고, 그보다 여기 불법 점거 한 건 아니죠?"

"아니에요. 기도원에서 나올 때 우릴 도와준 사람이 있어요. 문윤정 씨라고. 그 사람이 자기 본가 부모님이 운영하는 농원이 하나 있는데, 하우스가 하나 비어 있다고 거길 쓰라고 했어요. 원래는 여기서 일하던 이주 노동자가 쓰던 하우스라고 했는데, 그 사람들 다 더는 못하겠다고 나가 버렸다고."

그 말 안 되는 비상식적인 종교에 그나마 사람 같은 사람이 하나 더 있었다니, 그리고 그게 그 문윤정이라니 놀라운 일이었다. 내가 봤을 때는 딱 종교에 미친 사람 같은 눈을 하고 있었는데. 그게 다 연기라면 여우 주연상을 받아야 할 정도였다. 이해준 씨와 내가 서로 '그 문윤정이 도와줬다고?' 하는 눈빛을 교환하는 사이에 양소연 씨가 말을 이었다.

"앞으로 어떻게 할지는 아직 정하지 못했어요."

대책이 없다는 말에 이해준 씨는 한숨을 내쉬었다.

"일단 양소연 씨는 집으로 돌아가세요. 이제야 말하는 것도 우습지만 저는 당신 어머니가 고용한 탐정입니다. 어머니가 탐정까지 써 가며 당신을 애타게 기다리고 있거든요."

"그럴 수는 없어요. 이대로 와이랑 유나만 두고 가면 언제 기도원 사람들이 들이닥쳐 끌고 갈지 몰라요."

"세 사람이 있다고 해서 무사하진 않을 것 같은데요."

내 말에 양소연 씨는 입을 다물었다. 여기서 계속 지낼 수는 없다는 이해준 씨의 말이 맞았다. 다 쓰러져 가는 기둥이 간신히 하우스 전체를 받치고 있었다. 금방이라도 무너질 듯 아슬아슬했다. 게다가 한여름이었다. 검은 천으로 둘러싼 비닐하우스 안쪽은 불가마나 다름없었다. 안 그래도 더운데 땀이 계속 나서 숨을 쉬기도 어려울 지경이었다. 여기서 일하던 사람들이 못 살겠다고 나갔다는데 그 심정이 절절히 이해가 됐다. 나는 옷소매로 이마를 닦으며 말했다.

"제가 여기 남을게요."

"그럼 뭐가 달라져요?"

"여기서 두 사람을 보호하는 동안, 이해준 씨는 양소연 씨를 집에 데려다주세요. 여기 계속 있는 건 위험해요. 붙잡혀 가기 전에 열사병에 먼저 걸리겠다고요."

그 말에 반박할 수 있는 사람은 아무도 없었다. 모두가 삐질삐질 땀을 흘리고 있었으니 당연했다.

* * *

밤이 되어도 비닐하우스 안쪽의 열기는 쉽게 사그라지지 않았다. 도대체 그동안 여기서 어떻게 잠을 자고, 먹고, 생활했는지 쉽게 그려지지가 않았다.

아직 이렇게 어린데.

녹이 슨 냉장고 냉동칸에서 얼음을 가져다 입에 문 아이는 내게도 그 얼음을 나눠 주었다. 나는 군말 없이 그걸 입에 털어 넣었다. 그러자 좀 살 것 같았다. 얼음을 천천히 입에서 굴리며 바깥을 내다보았다.

이해준 씨가 해가 뜨기 전에는 돌아오기로 약속했다.

믿어도 될까? 탐정 선생은 의뢰받은 일만 해결하면 되는 사설탐정이고, 의뢰인의 딸을 찾아서 집에 돌려보냈으니 거기서 의뢰는 종료된 것이나 마찬가지였다. 이 모녀를 위해 탐정 선생은 돌아올까? 믿어 보는 수밖에 없었다. 자동차에 올라타지도 못하는 내게 운전 면허증이 있을 리가 없으니까. 차를 가지고 오겠다는 말을 얌전히 믿고 기다릴 수밖에.

바닥에 깔아 놓은 이불 끄트머리에 가만히 앉아 있던 와이 씨가 물었다. 목소리에서 다 지우지 못한 경계심이 묻어났다.

"왜…… 우리를 도와주는 거예요?"

그건 이 모든 일을 겪으며 내가 스스로에게 몇 번이고 되물었던 질문이었다. 나는 왜 이렇게까지 하는가. 왜 남의 일에 신경을 끄고 살지 못하는가. 왜 안 해도 될 고생을 사서 하는가. 나는 왜, 나는 왜, 나는 왜. 그런 걸 생각하다 보면 한도 끝도 없었다.

그냥 그러고 싶으니까. 생각해 보면 그 마음보다 가장 근본적인 답은 없었다. 오지랖은 죽음이라고 나한테 가르쳤던 아빠 역시 사실은 곤경에 처한 사람을 지나치지 못하는 다정한 사람이었다. 그건 누구보다 내가 제일 잘 안다.

나는 대답했다.

"얼음을 나눠 주는 아이니까요."

물론 얼음을 나눠 주지 않았어도 똑같이 했을 것이다. 와이 씨에게 한 대답은 어디까지나 핑계였다. 하지만 한편으로 나는, 자신의 무언가를 나눌 줄 아는 아이가 세상의 쓸데없는 악의에 고통받기를 원하지 않았다.

와이 씨가 뭐라고 더 말을 하려고 입을 뗀 순간, 바깥쪽에서 눈부신 헤드라이트 빛이 들어왔다. 나는 바로 달려 나가서 라이트를 끄라고 소리를 질렀다. 아무리 여기가 주변이 하우스뿐인 농지여도 저렇게 요란하게 등장하면 누군가의 눈에 띌지도 몰랐다.

"왜 이렇게 늦었어요?"

"준비할 게 좀 많았어요. 얼른 타요."

뒤따라 나온 와이 씨와 유나가 먼저 뒷좌석에 탔다. 챙겨 온 짐은 낡은 스포츠백 하나가 다였다. 그리고 유나 손에 들린 오리 인형 하나.

이해준 씨는 타지 않는 나를 건너다보고는 물었다.

"이번에도 안 탈 거예요?"

나는 고개를 끄덕였다. 탈 수 있을 리가 없었다. 와이 씨의 사촌 언니가 서울에 살고 있다고 해서 그쪽에 데려다주기로 이야기가 되어 있었다. 서울이라면 에코시티에 기반을 둔 이 종교가 힘을 쓰지 못할 거라는 계산이 깔려 있었다. 하지만 에코시티에서 서울까지는 자동차로 최소 한 시간 반 정도가 걸린다. 그 와중에 내가 토하지 않을 거란 보장이 없었다.

"부탁할게요."

내 말에 이해준 씨는 "별 걱정을." 하고는 창문을 올렸다. 구체적으로 뭘 부탁한다는 건지 말을 안 해도 탐정 선생은 대충 잘 알아들은 모양이었다.

자동차에 시동이 걸리는 소리가 들렸다. 점점 멀어지는 지프차의 뒤 꼬랑지를 바라보며 나는 비닐하우스 앞쪽에 대충 던져두었던 내 자전거를 찾아냈다.

몸이 물 먹은 솜처럼 축축 늘어졌다. 그래도 더는 여기 있을 수 없었다. 해가 떠오르고 있었고, 오늘 오프가 아닌 나는 오전 출근을 해야 했다.

이런 몸 상태로 출근해야 하다니 벌써부터 최악의 하루였다.

자전거를 질질 끌며 에코시티 관광단지 초입에 들어서는데, 칼국숫집 앞에서 전단지를 돌리는 남자가 보였다. 멀리서 보니 그 허여멀건한 얼굴과 검은자위가 큰 눈 때문에 더 눈사람 같았다. 이마에는 땀이 송골송골 맺혀 있었다. 금방이라도 녹아 쓰러질 것처럼 휘청거리는 몸과 달리 그 눈빛만큼은 누구 하나 베기라도 할 듯 형형했다. 자신은 올바른 일을 하고 있다고 여기는 사람의 눈동자였다. 그 정성과 신념이 제대로 된 방향을 향했다면 좋았을 것이다.

나는 그들이 다시는 만나지 않기를 빌었다.

2
이름 없는 무덤

1

일이 끝난 후에는 휘핑을 잔뜩 올린 커피를 마신다.

내가 퇴근하려고 옷을 갈아입고 나오면 점장님이 한 잔씩 커피를 내려 주곤 했다. 점장님은 신소재 플라스틱 역시 되도록 쓰지 말자는 주의여서, 매장 머그컵을 주로 사용했는데 그 머그컵 밖으로 흘러넘칠 정도로 크림이 가득 올라가 있었다. 내가 휘핑을 좋아한다는 걸 알고 있으니까 늘 그렇게 만들어 주신다.

나도 똑같이 내린다고 내리는 건데 점장님이 내린 커피는 어쩐지 맛이 더 좋았다. 비결이 뭐냐고 물어도 점장님은 그저 조용히 웃기만 했다.

평소에는 포스기 앞자리에 앉아서 커피 한 잔을 다 마실 때까지 점장님이나 유리랑 수다를 떨다가 퇴근했다.

앞자리에 앉은 불청객만 없었다면 평소와 같았을 것이다. 나는 휘핑을 숟가락으로 건져서 한 입 떠먹고 나서야 입을 열었다.

"여긴 왜 자꾸 찾아와요?"

"카페에 뭐 하러 오겠어요? 커피 마시러 오는 거죠."

그렇게 말하며 이해준 씨는 뜨거운 아메리카노를 한 모금 홀짝였다. 더위와 열기가 조금 가셨다고는 해도 이 계절에 뜨거운 아메리카노를 마시는 사람은 이해준 씨밖에 없을 것이다.

한여름에 그 일이 있고 나서 한 달가량이 흘렀다.

입추가 지났다고는 해도 아직 해가 뜨거웠다. 사실 우리나라의 전통적인 절기로 계절을 가늠하는 건 이제 어려운 일이 되었다. 어떤 해는 10월까지도 여름처럼 더웠고, 또 어떤 해는 9월 초에 갑자기 추워지기도 했다. 올해는 전자인 모양이었다.

"와이 씨랑 유나는 잘 지내요?"

나는 아무렇지 않은 척 물었다.

한 달의 시간이 흐르는 동안, 틈날 때마다 칼국숫집 주변을 살폈다. 혹시 가족이 모녀를 찾았다는 소식이 들릴까 봐. 점장님이나 유리한테 그런 소문을 듣지 못했느냐고 묻기도 했다. 아직까지는 칼국숫집 가족이 모녀를 찾았다는 소식을 듣지 못했다.

하지만 언젠간 찾아낼지도 모른다.

서울로 갔다고는 해도, 가족인 이상 언젠가는 그 사람들이 와이 씨와 유나를 찾아낼지도 모른다. 가족이라는 게 참 그랬다. 주민 등록과 가족 관계 증명서에 묶여 있으면 찾는 게 그렇게 어렵지도 않았다. 와이 씨가 경제 활동을 일절 하지 않고 얼마나 버틸는지도 알 수 없었다. 그런 내 불안을 알아차렸는지, 이해준 씨는 걱정하지 말라는 듯 말했다.

"네. 가끔 연락이 오거든요. 대포폰을 하나 줬어요."

"그거 불법 아니에요?"

"기도원에서 그쪽한테 준 것도 대포폰입니다."

이해준 씨에게 깜빡하고 돌려주지 못한 핸드폰이 아직도 가방 한구석에 남아 있었다. 내가 그걸 돌려주려고 꺼내자 이해준 씨는 됐다고 고개를 저었다.

"혹시 필요할 일이 있을지도 모르니까요."

"그런 일은 없었으면 좋겠는데요."

"위험한 일이 생길 거라는 뜻은 아닙니다."

그것참 위로가 되네요…… . 내가 그렇게 중얼거리자 이해준 씨가 고개를 끄덕였다. 나는 주변을 한번 둘러본 뒤, 점장님과 유리가 근처에 없다는 걸 확인하고 목소리를 낮췄다.

"혹시 와이 씨랑 유나를 계속 좀 지켜봐 줄 수 없어요? 뒤에서 몰래라도 좋으니까."

"그거 의뢰예요?"

"아니, 의뢰라기보다는…… ."

내가 말을 얼버무리자 이해준 씨는 코웃음을 쳤다.

"우리가 뭐 해 달라면 다 해 주는 덴 줄 알아요?"

증거 수집이 우리 전문이지, 누굴 숨겨 주고 그런 건 경호 업체에나 부탁해요. 이해준 씨의 말이 맞았다. 탐정 사무소에 경호를 의뢰하는 것도 웃기긴 했다. 나는 입을 다물었다. 됐다고, 실언이었다고 말하려던 차에 이해준 씨가 물었다.

"그래서, 진짜로 보이는 거예요?"

"아니라고 대체 몇 번을 말해요."

"발뺌할 생각 말아요. 탐정의 직감이 수상하다고 말하고 있으니까. 뭔가 있는 거죠?"

이해준 씨는 테이블 쪽으로 몸을 낮추고 은밀히 속삭였다. 영감이나 영 능력. 뭐 그런 거.

그러니까 문제는 이거였다. 이해준 씨가 어스프레소 문턱이 닳도록 매일 드나들면서 추궁하는 건 내게 영 능력이 있는가 없는가 하는 문제였다.

내가 보여 준 모습이라고는 나무껍질에 얼굴을 대고 있는 거나 땅바닥에 엎드려 잡초 소리를 듣는 것뿐이었는데. 얼마나 상상력이 풍부하면 생각이 그쪽으로 튈 수가 있지. 황당하다 못해 어이가 없었다. 그 와중에 식물의 소리를 들을 수 있다는 쪽으로는 상상이 미치지 않는 모습이 우스웠다.

"이해준 씨 과학자 아니에요? 무슨 과학자가 그런 걸 믿어요."

"과학자는 다 무교일 거라는 것도 편견이에요. 그리고 난 일단 내 눈으로 본 이상한 현상은 의심해 봐야 직성이 풀리거든요. 당신이 그때 포터 트럭이라는 단서를 어디서 얻었는지, 한참 생각해 봐도 답이 안 나와요. 포터가 트럭이라는 것도 몰랐으면서."

"아무튼 난 아니에요."

아닌 건 정말 아니니까. 내가 가진 게 영 능력이었으면 차라리 더 쓸모가 있었을지도 모른다.

몇 번 이런 비슷한 실랑이를 벌인 이해준 씨는 내 대답에, 물러나 앉으며 팔짱을 꼈다. 역시나 믿지 않는 눈치였다.

"뭐, 굳이 말하고 싶지 않다면 상관없어요."

난 그저 당신의 능력이 필요한 것뿐이니까. 그렇게 말하며 이해준 씨는 팔짱을 풀었다. 그리고 기분 나쁘게 웃었다.

"우리 사무소 의뢰 하나만 맡아 줘요."

"이해준 씨, 미쳤어요?"

탐정 선생이 더위를 먹은 게 아닐까? 내가 그런 고민을 하는 사이에 이해준 씨는 말을 이었다. 막힘없이 이어지는 목소리는 유려했다. 한두 번 약을 팔아 본 솜씨가 아니었다.

"탐정 사무소 계약직에는 아직 자격증이 필요 없거든요. 만들어진 지 얼마 안 돼서 여기저기 법에 구멍이 많아요. 아무튼 불법은 아니니까 안심하고. 그냥 파트타임 잡 하나 맡았다고 생각해요. 여기서 풀타임으로 일하는 것도 아니잖아요?"

"내가 왜요?"

"간단하긴 한데 좀 특이한 건이라서. 당신이 딱 적임자예요. 그, 영 능력으로 물어보면 되잖아요."

"그러니까 그런 게 아니라고 몇 번을 말해요?"

"뭐가 있긴 한가 봐요?"

허를 찔리는 바람에 내가 말을 잃자 이해준 씨가 덧붙였다.

"이번 의뢰 맡아 주면, 서울에 있는 두 모녀가 안전하게 지낼 수 있도록 살펴볼게요. 들키지 않고 일할 수 있는 곳도 찾아볼 거고요."

"지금 거래를 하자는 거예요?"

"어감이 좋진 않네요. 서로 윈윈하자는 거죠. 물론 박화음 씨가 맡은 의뢰 건에 대해서는 수임료도 제대로 챙겨 드릴 겁니다."

그렇게 말하니 또 나쁘지 않은 제안으로 들렸다. 사람을 이용해 먹는 데에 도가 튼 사람 앞에 선 느낌은 들었지만. 이해준 씨 말대로 내게도 나쁜 일은 아니었다. 결국 내가 백기를 들었다.

"알았어요. 근데 그 능력이란 거 정말 없으니까, 내가 일을 제대로 못해도 책임을 물을 생각은 말아요."

"실패한다고 해도 착수금 정도는 드릴 테니까 걱정 마세요."

내가 뭐라고 대꾸하려던 차에 이해준 씨는 자리에서 일어섰다. 그리고 목적은 정말 그것뿐이었다는 듯 인사를 하고 사라졌다. 귀신에 홀린 느낌에 멍하니 앉아 있자 지나가던 점장님이 내 어깨를 잡아 흔들었다.

"화음 씨, 퇴근 안 해?"

그나저나 요즘 매일 찾아오는 저 사람은 누구야? 은근히 물어오는 말에 나는 "퇴근해야죠." 하며 웃어 보였다. 앞에 놓인 머그잔에는 휘핑크림이 녹아 죽처럼 질퍽해진 커피가 남아 있었다. 갑자기 갈증이 솟았다. 머그잔에 남은 커피를 단숨에 들이켜고 자리에서 일어났다.

너무 얼떨결에 하겠다고 말해 버린 건 아닐까?

탐정 사무소 의뢰를 덜컥 맡아 버렸다. 탐정도 아니면서. 이해준 씨 말하는 것만 듣고 휩쓸려 버린 기분이었다. 하지만 내가 냉정하게 생각할 틈도 없이 다음 날 퇴근 시간에 이해준 씨는 어스프레소에 다시 들이닥쳤다. 그리고 거절할 새도 없이 이해준 씨의 탐정 사무소까지 끌려왔다.

사무실 소파에 앉아 기다리고 있는 사람이 있었다. 머리가 하얗게 샌 노부인과 품이 조금 커서 맞지 않는 양복을 차려입은 노신사였다. 이 날씨에 덥지도 않은지 중절모까지 쓰고 계셨다. 할머니 쪽 역시 하얀 물결 무늬가 들어간 쪽색 공단 스카프를 둘렀다. 부부인 것 같았다. 할머니는 할 수 있는 최대한 몸을 옹송그리고 바닥만 쳐다보다가 우리가 막 사무실 문을 열고 들어서자 고개를 들었다. 지팡이를 짚던 할아버지는 우리와 눈이 마주치자 흠 하고 헛기침을 했다. 이해준 씨는 만면에 친절해 보이는 미소를 띠고 그 앞에 앉았다. 그리고 내게도 옆에 앉으라고 고갯짓을 해 보였다.

"많이 기다리셨죠. 이쪽이 이번 의뢰 조사를 맡은 조사원입니다."

그게 나를 가리키는 말이라는 걸 한 박자 늦게 깨달았다.

"아, 안녕하세요."

내가 생각하기에도 영 못 미더운 말이 튀어나왔다. 그렇지만 나는 조사원도 아니고 탐정도 아닌 데다가 이런 종류의 일은 해 본 적도 없었다. 신뢰감을 주는 조사원의 말투가 뭔지 내가 어떻게 알아? 다행히 할머니는 별 의심을 하지 못한 것 같았다. 할아버지 쪽은 모르겠지만. 몇 번 더 헛기침을 하던 할아버지가 입을 열었다.

"찾을 수 있겠어요?"

뭘 말하는 건지 나만 몰랐다. 이해준 씨는 여기 조사원의 능력이 훌륭하니 잘 찾아낼 거라는 말도 안 되는 허풍을 떨어 댔다. 그 꼴을 보고 있자니 하도 기가 막혀 말도 제대로 안 나왔다. 도대체 무슨 소리를 하는 거냐고 이해준 씨에게 말하려던 순간 할머니가 핸드백에서 사진을 하나 꺼내 건넸다.

"우리 만복이 사진이에요."

말만 들었을 때는 노부부의 아들 이름인 줄 알았다. 하지만 사진 속에서 나를 바라보는 건 고등어 무늬의 고양이였다. 뚱한 얼굴로 정면을 쳐다보고 있는.

고양이 찾기 의뢰인가?

탐정 소설이나 영화에서 자주 본 흔하디흔한 의뢰였다. 쉬운 의뢰라서 나한테 맡기려는 건가 싶어졌다. 이해준 씨도 그렇게 생각이 없는 사람은 아니었던 것이다.

"귀여운 고양이네요."

내 말에 노부인은 살며시 미소를 지었다. 참 말이 없는 할머니였다. 조금 더 고양이의 특징이나 성격 같은 걸 자세히 듣고 싶었지만, 할머니는 더는 입을 열지 않았다. 구부정한 자세 그대로 바닥을 바라보기만 했다. 눈을 마주치는 것도 가끔 고개를 들 때뿐이었다.

이 정도면 나도 할 수 있지 않을까?

나는 별생각 없이 최선을 다해 찾아보겠다고 약속했다.

얼마나 후회하게 될지도 모르고.

두 사람이 돌아가고 난 뒤에 이해준 씨는 계약서부터 들이밀었다.

"건별 계약이에요. 박화음 씨도 본업이 있으니까 이 편이 더 편리하겠죠."

나는 제일 중요한 수임료 분배에 관한 조항을 살폈다. 의뢰 성공 시 전체 이익은 조사원과 탐정 사무소가 7:3으로 나눠 가지는 것으로 되어 있었다. 이쪽 업계가 보통 얼마씩 나눠 갖는지는 모르지만, 사무소를 끼고 있어야 의뢰를 받기 수월한 만큼 이 정도 수수료는 지불할 가치가 있었다. 실패 시에는 착수금을 전부 조사원이 가져가는 것으로 되어 있었다.

이 정도면 조건은 나쁘지 않다. 나는 계약서를 훑어본 후 사인했다. 사인을 하자 이해준 씨는 계약서를 제대로 살펴보라고 고개를 까딱였다.

그제야 의뢰 내용이 눈에 들어왔다.

"이게 뭐예요?"

"박화음 씨는 계약서에 아무렇게나 사인하는 버릇 좀 고쳐야겠어요."

할 말이 없었다. 계약서를 제대로 확인하지 않은 건 내 쪽이었으니까. 하지만 의뢰 내용을 멋대로 착각하게 만든 이해준에게는 분명 미필적 고의가 있었다. 내가 그 점을 피력하자 이해준은 콧방귀를 뀌었다.

"그러게 누가 착각하래요?"

"그럼 그 고양이 사진은 뭐야? 뭐 하러 보여 준 거예요?"

이제야 이해가 됐다. 고양이의 성격이나 특징 같은 건 알 필요도 없었던 것이다.

"글쎄요, 나도 모르죠."

"화장까지 다 해서 뼛가루가 된 고양이 유골함을 찾아 달라는 이유가 뭐예요?"

"한 달 전인가, 장례식까지 하고 고양이 유골함을 동네 뒷산에 묻었다더군요. 비가 많이 오는 날이었대요. 그렇게 사랑하던 고양이의 유골함을 산에 묻고 돌아서서 나왔는데, 아뿔싸. 다음 날 다시 찾아가려고 보니까 어디다 묻었는지 기억이 전혀 나지 않더라는 거예요. 그 나이쯤 되면 그런 일이 다반사죠. 유골함을 아무 산에나 묻으면 안 되는 걸 몰랐다고, 이제라도 유골함을 찾아 납골당에 제대로 안치하고 싶다는 게 의뢰 내용이에요."

할 말이 없었다. 고양이 찾기 의뢰가 아니라 유골 찾기 의뢰였다니. 이해준 씨가 웃으며 말했다.

"고양이의 영혼도 귀신이 되나 모르겠네요. 어쨌든 박화음 씨한테는 그렇게 어려운 일은 아닐 것 같아서요."

탐정 선생이 착각하는 내용을 당장 정정해 주고 싶었다. 고양이의 영혼 같은 건 나도 모른다고. 동물의 사념 같은 것은 그렇게 강렬하지 않아서 식물에 잘 남지 않는다. 그런 강한 사념을 갖는 건 인간뿐이다. 유골함을, 그것도 고양이의 유골을 찾는 거라면 나라고 별 뾰족한 수가 있는 건 아니었다.

하지만 계약서를 쓴 이상, 하는 수밖에 없었다.

2

노부부가 기억하는 단서는 두 가지였다.

유골함을 들고 화장터를 나와서 10분쯤 걷자 산이 하나 나왔고, 남편이 그 산에 만복이를 묻자 해서 산을 올랐다고 한다. 산은 그렇게 험하지 않았기에 노부부 둘 다 지팡이를 짚으며 어찌어찌 올라갈 수 있었다. 비가 많이 와서 토사가 무너지는 바람에 짚으로 만들어진 길이 잘 보이지 않았다.

원래는 정상까지 올라가서 묻어 줄 생각이었는데, 길이 잘 보이지 않고 비바람 때문에 앞까지 잘 안 보여서 산 중턱 즈음을 헤매다가 키가 큰 나무를 발견하고는 그 나무 밑에 유골함을 묻었다.

"키가 얼마나 컸는데요?"

이런 사소한 정보라도 간절할 만큼 단서는 전무하다시피 했다. 할머니는 안경을 고쳐 잡고는 남편 쪽을 향해 물었다.

"얼마나 컸었지……?"

"자네 키 두 배는 될 만큼 컸지."

"맞아, 한참 올려다봐야 할 만치 컸지."

도움이 전혀 안 됐다. 할머니의 키는 언뜻 보기에 150센티미터 전후였다. 두 배쯤이면 3미터다. 좀 큰 나무는 대부분 그 정도 길이는 된다. 질문을 바꿔 보았다.

"잎은 어떻게 생겼어요? 가늘고 길쭉한 편이에요? 둥글고 넓적한 편이에요?"

할머니는 고개를 갸웃거리고는 남편 쪽을 향해 다시 물었다.

"어떻게 생겼었지……?"

할아버지 역시 고개를 절레절레 저었다. 어떻게 이렇게까지 기억나는 게 없지 싶을 정도로 절망적인 메모리 용량이었다.

"벌써 한 달도 더 지났는데 그런 걸 어찌 기억하누."

할아버지의 툴툴거리는 목소리가 이어졌다.

"왜 이렇게 똑같은 걸 자꾸 물어."

이해준 씨가 의뢰 내용이 상세하게 적힌 서류를 건네주기는 했다. 나도 그걸 몇 번이나 다시 읽었다. 쓸 만한 정보가 전혀 없어서 믿을 수가 없었던 것뿐이다. 그래서 이야기를 들어야겠다고 직접 노부부의 집을 찾았다.

집은 평범한 주택가에 있었다. 연립 주택 3층에 위치한 노부부의 집 역시 평범했다. 방 두 개에 화장실 하나가 딸린 가정집.

꽤나 단출한 살림살이였다. 꼭 필요한 가구만 있어야 하는 위치에 놓여 있었다. 거실 소파에 앉아 할머니가 내오신 녹차를 홀짝이다가 꽃무늬 찻잔에 이가 조금 빠져 있는 것을 발견했다. 눈이 어두워 잘 안 보이셨을 수도 있지. 별말을 하지 않고 거실을 훑어보다 뭔가 허전하다는 생각이 들었다. 그러고 보니 텔레비전이 없었다. 요즘은 어르신들이 텔레비전을 잘 안 보나? 그 시절 어른들은 텔레비전을 바보상자라고 부르는 일이 많았다. 없다고 해서 특별히 이상할 건 없었다.

나는 메모를 하던 수첩을 가방에 넣고, 자리에서 일어섰다. 더 물어 봤자 얻어 낼 정보는 없을 것 같았다. 이제 그만 들어가 보겠다고 인사를 하고 현관을 나서다가 문득 생각난 게 있어서 돌아섰다.

"유골함을 묻을 때 두 분은 어떤 생각이 가장 많이 드셨어요?"

내 말에 할머니는 한참을 골똘히 생각했다.

"글쎄요……. 슬프고, 그날은 비가 와서 너무 춥기도 했고…… 춥다, 슬프다, 그런 생각을 했던 것 같은데."

할머니의 말에 옆에서 듣던 할아버지가 끼어들었다.

"생각을 하긴 무슨 생각을 해? 유골함 묻으면서 무슨 생각을 하겠어?"

내 질문이 화를 더 돋운 것 같았다.

"어, 근데 이사하세요?"

현관에서 서서 보니 안방 쪽에 박스가 여러 개 쌓여 있었다. 포장 이사 할 때 쓰는 파란 박스였다.

"이 집은 만복이 생각이 나기도 하고……. 아들이 입원한 병원 근처로 옮기는 게 좋지 않을까 해서……."

할머니가 말을 흐렸다. 할아버지는 "뭘 쓸데없는 걸 주절 주절 떠들어?" 하고는 또 역정을 냈다.

나는 불똥이 튀기 전에 잽싸게 인사를 하고 집을 나왔다.

아드님이·어디가 안 좋은가 보네. 그런 얘기를 처음 보는 사람에게 하고 싶지는 않겠지. 이해할 수 있었다. 하지만 그런 사정을 이해하는 것과 별개로 노부부가 이야기해 준 단서는 사실 거의 도움이 안 돼서, 없다고 보고 움직이는 게 나았다. 그래서 먼저 고양이를 화장한 장례식장을 찾았다. 여기서부터 시작해야 했다.

그날 택시를 타고 장례식장까지 온 노부부는 화장한 고양이의 유골함을 안고 이 장례식장을 나왔다. 최대한 노부부의 시선으로 주변을 둘러보려고 노력하면서 사방을 살폈다.

장례식장 주변은 공터나 다름없었다. 하긴 누가 반려동물 화장터 근처에 건물을 짓고 싶겠냐만. 혐오 시설이라고 기피당한 게 먼저인지, 아니면 그저 이 지역이 개발이 덜 된 지역인지는 모르겠다. 노부부의 말대로 저 멀리에 조그만 산이 여러 개 이어지는 풍경이 보였다. 화장터에서 10분쯤 걸었다고 들었는데. 딱 봐도 노인의 걸음으로 10분 정도 걸리는 거리는 아니었다. 하지만 주변에 보이는 길이라고는 그 산으로 난 길 하나밖에 없어서 선택의 여지가 없었다. 가 보는 수밖에.

장례식장 앞에 잠시 세워 놓았던 자전거에 다시 발을 올렸다. 산 쪽으로 난 길은 그늘이라고는 하나도 없는 땡볕이었다. 여름이 끝나 가는 게 맞는 걸까? 천천히 가면 더 더울 것 같아서 빠른 속도로 페달을 밟았다. 산속으로 들어가면 그나마 나을 거라고 기대하면서.

* * *

"유리 씨, 시원한 아메리카노 한 잔만 부탁해요⋯⋯."

"어서 오세요⋯⋯ 어? 부점장님, 괜찮으세요?"

빈말로도 괜찮다는 말은 나오지 않았다. 신경 쓰지 말라는 의미로 손을 내젓고 비품실로 향했다. 땀을 닦고 옷을 갈아입고 나오자 아이스 아메리카노가 나를 반기고 있었다. 한 번에 다 마시고 얼음까지 입에 물자 좀 살 것 같았다.

"미안해요. 이런 건 직접 타 마셔야 되는데, 부탁해서."

"아니에요. 근데 부점장님 무슨 일 있었어요?"

있긴 있었지. 그 주변 산을 이 잡듯이 뒤지면서 일일이 나무 한 그루, 한 그루 소리를 들으면서 움직였다. 지금으로서는 할머니나 할아버지가 유골함을 묻으면서 남긴 사념, 뭐 슬프다거나 춥다거나 하는 생각이 조금이라도 나무에 남아 있기를 바라는 수밖에 없었다. 그런 비슷한 소리를 내는 나무를 몇 그루 찾긴 찾았다. 아주 조그만 소리라도 소리가 나는 나무가 있으면 그 나무 밑동을 호미로 팠다. 나오는 건 아무것도 없었지만. 노가다나 다름없는 작업을 계속하다가 정신을 차리고 보니 출근 시간이었다.

내가 마감을 맡은 날이었다. 다시 전속력으로 자전거를 달려 에코시티로 돌아와야 했다. 이런 일련의 과정을 전부 다 이야기할 수는 없어서 나는 그저 얼버무리고 너무 더워서라는 핑계를 댔다. 유리는 평소와 달리 더 캐물으려 하지 않았다.

오히려 어딘가 멍하니 넋이 나가 보였다.

"유리 씨야말로 무슨 일 있어요?"

"어, 별일은 아닌데요⋯⋯."

그렇게 말하는 얼굴이 별일이었다. 찡그린 얼굴이 금방이
라도 울음을 터뜨릴 것 같았다.

"저희 집 햄스터를 잃어버린 것 같아요."

"유리 씨 햄스터 키우고 있었어요?"

"네. 원래 걔가 자주 케이지 밖으로 도망가고 다시 돌아오
고 그랬어서 별 걱정은 안 했는데요, 어차피 집 안에 있는 거
니까. 근데 이번에는 열린 문이나 창문으로 밖으로 나가 버렸
나 봐요. 아무리 찾아도 안 보여요."

유리가 저렇게 우울해 보이는 모습은 처음이었다. 사람이
좀 말을 막 하는 경향이 있기는 해도 정이 많고 기본적으로
밝은 사람이었다. 유리가 말을 이었다.

"이렇게 더운 날에 대체 어디로 갔을까요. 밖에서 더위라
도 먹는 건 아닌지⋯⋯."

"아유, 금방 돌아올지도 모른다니까. 조금만 더 기다려
봐."

근처를 지나가던 점장님이 한마디 보탰다. 이미 햄스터 이
야기를 들으신 모양이었다. 유리는 조그만 목소리로 항변했다.

"게다가 걔는 지금 임신 중이란 말이에요."

딱히 도와줄 방법도 없고 위로해 줄 방법도 알지 못해서

입을 꾹 다물고 있는데, 그때 유리가 뜻밖의 말을 꺼냈다.

"이런 사소한 일도 탐정 사무소에서 받아 줄까요? 드라마 보니까 고양이 찾는 것도 의뢰하던데."

탐정 사무소라니. 유리가 어디서 들은 것도 없이 탐정 사무소 같은 걸 떠올리지는 않았을 것이다. 에스프레소에 올 때마다 잊지 않고 사무소 명함을 돌리던 이해준 씨 때문이었다. 그럴 때 보면 무슨 영업 사원 같았다. 나는 조용히 이를 갈았다. 남의 직장에서 영업 좀 그만하라고, 한마디 해 줘야겠다.

"무슨 탐정 사무소니 뭐니 하는 데를 찾아가요."

"저한테는 중요한 일이에요."

"아, 그러니까 중요하지 않다는 게 아니라……. 그 탐정이 좀 못 미더워서 그래요. 제가 몇 번 봤는데, 아주 사람이 못됐고 악덕업자 같아요. 분명히 터무니없는 수임료를 불러 댈 거예요."

틀린 말은 하지 않았다. 이해준 씨는 못 미덥고, 못됐고, 못 말리는 자기중심주의자였다. 절대 내가 계약서 사인할 때 속아서 그런 게 아니다.

"지금 당장 그렇게 큰돈은 없는데 어떡하죠."

유리의 얼굴이 다시 울상이 됐다. 탐정 사무소까지 갈 생각을 했던 걸로 봐서는 정말 절박한 것 같았다. 나는 그런 유리를 모른 척할 정도로 무심한 사람이 못 되었다.

"탐정 사무소까지 갈 필요 없어요. 내가 도와줄게요."

내 앞에 놓인, 유리가 타 준 커피 잔을 보았다. 다 마신 커피 잔에 남은 얼음이 녹아 차가운 물이 되어 있었다. 남은 물을 한 번에 들이켜고 차가운 숨을 내쉬었다. 나중에 후회하더라도 지금 손을 내미는 수밖에 없었다.

3

나는 왜 같은 실수를 반복하는 걸까?

이제 와서 후회해 봤자 소용이 없지만 이 입이 문제였다. 언제나 말을 잘못 꺼내서 후회할 일을 만들고 마는 이 헛바닥 때문에 안 해도 될 일에 엮인 게 한두 가지가 아니었다. 최근의 나는 카페 일도 하면서 동시에 고양이의 유골함도 찾아야 하고, 유리의 햄스터도 찾아야 했다. 몸이 두 개라도 됐으면 싶었다. 그나마 유리의 햄스터는 아직 살아 있다는 점에서 좀 나았다.

유리가 건네준 햄스터 사진을 다시 들여다보았다. 얼굴은 황갈색 털로 덮여 있었고, 몸통은 하얀 털과 황갈색 털이 섞여 있었다. 평범한 골든햄스터였다. 햄스터의 이름은 뤼팽이라고 했다.

"뤼팽이요?"

내가 되묻자 유리는 "넷플릭스 드라마를 보던 중이었거든요. 걔 이름 지을 때. 주인공 이름이 뤼팽이었어요." 하고 대답했다.

"그 소설이 드라마화가 됐어요?"

"아, 원작 내용이랑 좀 달라요. 원작을 모티브로 가져오긴 했는데, 완전 다른 캐릭터인 것 같더라고요."

그래서 나는 그 뤼팽이 내가 아는 뤼팽이 아니라는 걸 알았다. 유리도 추리 소설을 좋아하는 줄 알고 원작 뤼팽도 보았냐고 물었더니 유리는 고개를 저었다.

"아뇨, 전 그렇게 긴 건 못 읽어요."

시리즈가 좀 길긴 하지. 나도 어릴 때 몇 달은 그것만 붙잡고 읽었던 기억이 난다. 유리를 붙들고 뤼팽이 얼마나 멋진지, 헐록 숌즈°와는 다른 어떤 매력이 있는지 일장 연설을 늘어놓기 전에 사실을 알아서 다행이었다.

사진 속의 햄스터는 얼굴에서 한쪽 귀만 하얬다. 그렇게 보니 얼굴이 외알 안경을 낀 아르센 뤼팽 같아 보이기도 했다.

뤼팽이되 뤼팽 아닌 햄스터를 찾기 위해 출퇴근길에 주변을 둘러보며 다니는 동시에 동네를 헤집고 다녔다. 그러면서 노부부의 목소리가 남아 있는 나무가 있는지 확인하는 것도 잊지 않았다.

덕분에 요즘은 퇴근하고 나서도 업무가 연장되는 기분이었다. 이게 다 내 업보라 누굴 원망하고 말 것도 없었다. 이해

° 아르센 뤼팽 시리즈에서 작가가 셜록 홈즈라는 캐릭터를 가져다 쓸 수 없어서 헐록 숌즈라는 이름으로 탐정을 만들었다.

준 씨는 좀 원망해도 되겠다 싶었지만.

나 같은 초짜한테 의뢰를 맡겨 놓고 연락 한 번 없이 뭘 하고 있는 걸까. 이렇게 생각하면 진짜 태평한 사람이었다.

한 블록에 있는 가로수를 대충 다 훑고 나서 고개를 들자 산 쪽으로 노을이 지고 있었다.

장례식장에 인접한 산으로 다시 돌아와 있었다. 일부러 그쪽으로 방향을 잡고 조사를 시작한 거니까 당연한 거였지만. 가로수가 있는 길은 여기서 끝이었다.

몇 가지 마음에 걸리는 게 있었다. 며칠, 아니 몇 주 동안 동네에 있는 가로수와 산에 자라는 나무들을 관찰하면서 발견한 거였다. 모든 나무가 그런 건 아니었는데 몇몇 나무의 잎이 말라 붉게 변해 가고 있었다.

병충해가 도는 걸까?

소나무 재선충병이나 내가 모르는 어떤 새로운 종류의 병충해가 이 동네에 도는 건지도 모른다. 이런 건 내가 전문가가 아니라서 함부로 판단할 수 없었다. 이미 전체적으로 퍼져 있는 거라면 내가 할 수 있는 일도 없을 게 분명했다.

그보다 더 신경이 쓰이는 게 하나 있었다. 노부부가 남긴 사념이나 감정을 단서로 유골함을 찾고 있는데, 산에 남아 있는 사념은 그 감정의 결이 노부부가 이야기한 것과는 조금 달랐다. 할머니가 말한 감정은 '슬프다', '춥다'에 가까운데 그동안 내가 찾은 소리가 나는 나무들은 굳이 따지자면 '불안'

에 가까운 감정을 갖고 있었다. 이런 산속에서 길을 잃었다면 불안함을 느끼는 건 당연하겠지만. 문제는 이렇게 어긋나는 결 때문에 유골함을 찾는 일이 점점 더 어려워지고 있다는 거였다.

옆에 잠시 세워 두었던 자전거에 다시 올라탔다. 등산로 앞까지는 자전거를 타고 가는 게 나았다.

등산로 앞에 자전거를 세우고 체인을 막 걸어 뒀을 무렵, 빗방울이 하나둘 쏟아지기 시작했다. 오늘 비가 온다는 예보 같은 건 없었는데. 예보가 없어도 스콜처럼 비가 오는 게 흔해졌기에 나는 동요하지 않고 가방에서 우비를 꺼내 입을 수 있었다. 빗방울이 굵어질 기미가 보였다.

이런 식으로 정말 그 나무를 발견할 수 있을까?

스스로도 확신할 수 없었다. 벌써 한 달이 넘게 지난, 목소리가 남아 있을지 어떨지도 모르는 나무를 찾아서 온 산을 헤집고 돌아다니는 게, 이게 맞는 건가 싶었다. 며칠만 더 이 생활을 반복했다가는 이해준 씨 사무소에 쳐들어가서 탐정 선생 먹살을 잡을 것 같았다.

도대체 내 뭘 보고 이런 의뢰를 맡긴 거냐고.

탐정 선생은 아마 먹살이 잡힌 채로도 실실 웃기나 할 테지만. 그래서 내 분이 풀리지도 않겠지만 그렇게라도 하지 않으면 억울해서 견딜 수가 없다.

내리는 비 때문에 체온은 계속해서 내려갔고, 저녁을 먹지도 않고 산을 올라 배도 고팠다. 추위, 배고파. 그리고 무서워. 아마 그날 밤에 고양이의 유골함을 묻을 때 노부부 역시 지금 나와 같은 심정이었으리라. 그래, 지금 이런 심정이었으면 산 정상까지 가기는커녕 대충 산 중턱 아무 나무에 유골함을 묻고 싶어진 것도 이해가 간다. 이해가 가는 것과는 별개로 왜 그런 짓을 해서 지금 이런 귀찮은 일을 만들었냐고 소리치고 싶었지만.

소리를 지르고 싶은 것을 꾹 참고 묵묵히 다음 나무를 향해 걸음을 옮겼다. 질퍽해진 흙이 운동화에 달라붙었다 쩍 하는 소리와 함께 떨어졌다. 그 바람에 중심을 잃고 넘어질 뻔했다. 바로 앞에 나무가 있어서 꼴사납게 진흙탕에 구르는 것만은 면했다.

나무껍질이 얼굴 바로 앞에 있었다. 손으로 줄기를 짚고 일어서자 몸이 휘청거렸다.

그때 내가 짚은 나무에서 무슨 소리가 들렸다.

여기다…… 묻자.

잘못 들은 게 아니었다. 여기다 뭔가를 묻자고 말하는 사람의 목소리가 다시 울렸다. 남자, 나이 든 남자의 목소리였다. 나이는 아마도 50대 중후반 전후. 노부부의 목소리는 아니었다. 한번 들은 목소리는 잘 잊어버리지 않아서 그건 바로 알수 있었다.

이상하다는 생각이 들긴 했다. 하지만 이 말도 안 되는 노가다 끝에 처음 찾아낸 나무였다. 뭔가 단서가 될지도 몰랐다.

가방에서 챙겨 온 호미를 꺼내 들었다. 허겁지겁 나무 밑동 흙을 호미로 파냈다. 빗물 때문에 흙이 평소보다 더 무겁게 느껴졌다. 몇 번 더 있는 힘껏 흙을 파내자 밑동 밑에 묻혀 있는 게 얼핏 보였다. 그 부분을 집중적으로 더 파냈다.

그리고 묻혀 있는 것의 전체 모양이 보이기 시작하자 나는 호미질을 하던 손을 어쩌지 못한 채 뒤로 나동그라졌다.

나무 밑에 묻혀 있던 것은 유골함이 아니라, 하얗고 둥그런 머리뼈였다. 진흙이 덕지덕지 묻어 전체적인 모양이 잘 보이지 않기는 해도 분명히 무언가의 머리뼈였다. 동물의 뼈라기엔 부피가 꽤 컸다. 나도 모르게 손이 덜덜 떨렸다.

사람 머리뼈일까?

순간적으로 든 생각이었으나 터무니없었다. 이런 곳에 갑자기? 사람 머리뼈가 나온다고? 내가 그렇게까지 재수가 없다고? 믿을 수 없었다. 다시 보니까 소뼈 같기도 하고 말 머리뼈 같기도 했다.

다리에 힘이 풀려 일어설 수가 없었다. 나동그라진 자세로 가방에서 핸드폰을 간신히 꺼냈다. 이해준 씨가 준 대포폰이었다. 경찰, 경찰에 연락해야 한다는 생각이 먼저 들었는데 그전에 이해준 씨에게도 이야기해야 할 것 같았다. 단축번호 1번을 길게 꾹 누르자 이해준 씨 번호로 연결이 되었다.

전화 연결음이 두어 번 울리고 나서 이해준 씨는 바로 전화를 받았다.

여보세요.

그 목소리에 순간적으로 눈물이 나올 뻔했다. 내가 지금 야밤에 산에서 왜 이 고생을 하고 있는 거냐고, 횡설수설 하소연을 하다가 반쯤은 화풀이를 하다가 이상한 머리뼈를 발견했다고 이야기를 하자 이해준 씨는 잠시 침묵했다. 제대로 알아들은 건지 알 수가 없었다.

"사람 머리뼈인 것 같은데 어떡해요."

나는 이해준 씨가 내 말을 바로 부정해 주길 원했다. 사람 머리뼈라니 무슨 소리를 하는 거냐고 말 뼈다귀 같은 소리 하지 말고 얼른 집에 가서 잠이나 자라고 해 줬으면 싶었다. 하지만 돌아온 건 내 기대와는 전혀 다른 말이었다.

"경찰에 신고해야겠네요."

내가 그걸 몰라서 지금 이러고 있을까? 이어지는 말이 더기가 막혔다.

"신고하면 우리 탐정 사무소 의뢰라는 말은 하면 안 됩니다."

절대로. 그 순간 나는 깨달았다. 아무리 무서운 상황에 처해 있어도 화가 나면 눈에 뵈는 게 없어지는구나. 분노가 공포를 간단히 앞질렀다. 한밤중에 아무도 없는 산에서 시체일지도 모르는 백골을 앞에 두고 있는데도 분노로 눈앞이 새까맣게 변하자 더는 무섭지도 두렵지도 않았다.

지금 그게 할 말이야? 물론 탐정 사무소가 경찰과 얽혀 좋을 건 하나도 없을 것이다. 나도 안다. 하지만 사람이 이런 일을 당했으면 도의상 괜찮냐고 물어보는 게 먼저 아니냐고. 나는 화를 가라앉히려 심호흡을 몇 번 하고 나서야 겨우 아무렇지 않은 척 물을 수 있었다.

"그럼 내가 야밤에 이런 데서 도대체 뭘 파고 있었다고 하라고요?"

비가 오는 날 산에서 땅을 파고 있던 수상한 여자. 누가 봐도 범죄의 냄새가 짙게 났다. 당장 내가 아는 공포 영화를 몇 개 댈 수도 있었다. 이해준 씨는 심각하지 않은 상황이라고 판단했는지 대수롭지 않게 말했다.

"조사원 일 하다 보면 이런저런 일도 생기는 법이죠. 버섯이라도 캔다고 해요."

"당신 같으면 그걸 믿겠어요?"

"지금이라도 망태기에 눈에 보이는 잡초 아무거나 집어넣으면 되겠네요."

더 대화를 끌어 봤자 이 인간한테서 기대할 게 없다는 걸 깨달았다.

"망태기나 좀 갖다주고 그런 말을 해요."

화를 꾹꾹 눌러 담은 한마디를 뱉고 전화를 끊었다. 이제부터가 정말 문제였다.

4

한밤중에 파출소로 백골 사체 발견 신고가 들어왔다. 신고자가 그 백골이 사람 머리뼈 같다고 하도 강력하게 주장을 해서 강력계 쪽으로 일이 넘어왔는데, 출동하면서도 상원은 보나 마나 허위 신고라고 생각했다.

산에서 나오는 뼈가 다 백골 사체면 우리나라 산은 뭐, 다 시체 더미 산이게?

파트너 형사인 양준희에게 도착하면 이야기하라고 말하고 상원은 하품을 쩍 한 번 하고는 눈을 감았다.

상원이 에코시티 경찰서 강력1팀으로 발령받은 지도 벌써 2년째였다. 에코시티는 참 재미가 없는 동네였다. 좋게 말하면 평화로웠고 나쁘게 말하면 지루했다. 물론 그 지루함은 경찰로서는 나쁘지 않았다. 범죄 없는 도시로 선정된 지도 올해로 꼭 5년째였다. 한마디로 말하자면 백골 사체와는 그동안 전혀 인연이 없었던 도시라고 할 수 있다. 그래서 더욱 그 신고에 신빙성이 없다고 상원은 생각했다. 동물 사체나 동물 뼈랑 착각한 거겠지.

"도착했어요, 선배."

준희의 도착했다는 말에 상원은 장우산을 들고 차에서 내렸다. 비가 그칠 기미가 보이지 않았다. 이런 날씨에 산에서 백골 사체를 발견했다는 그 신고자가 의심스러웠다. 원래 강력 범죄 같은 경우 신고자가 범인인 경우가 종종 있었다. 자기가 파묻어 놓고 시치미를 떼는 것이다. 만약 산에서 나온 게 정말 백골 사체라면 신고자부터 참고인 조사로 끌고 가야겠다고 생각하며 상원은 폴리스라인을 넘었다.

먼저 도착해 있던 감식반 이 경위가 다가와 인사를 건넸다. 이런 사나운 날씨에도 웃음을 잃지 않는 게 참 한결같은 여자였다. 늘 얼굴을 찌푸리고 다니는 상원과는 정반대였는데, 어쩌다 보니 세트로 묶여서 끌려다녔다. 경대 시절부터 그랬다. 상원은 인사치레 없이 바로 결과부터 물었다.

"그래서, 그 뼈의 정체가 뭐야?"

"당분간 좀 바빠지겠다. 진짜 백골 사체야. 나이나 성별은 좀 더 조사해 봐야 알겠지만."

"확실해?"

"그럼 내가 말 뼈다귀를 사람 뼈라고 할까 봐?"

"신고자는?"

"저쪽에."

이 경위가 가리킨 곳에 파란색 우비를 입은 사람이 주저앉아 있었다. 폴리스라인 바로 앞이었다. 상원은 현장을 둘러보기도 전에 신고자부터 찾았다.

신고자 앞에 얼굴을 들이밀자 신고자가 흠칫 놀라는 게 보였다. 상원은 제 얼굴이 사람들에게 어떤 인상을 주는지 잘 알고 있었다. 양 순경은 선배는 형사가 안 됐으면 어쩔 뻔했냐고 농담을 하곤 했다. 하지만 이 얼굴은 언제나 취조에 꽤 유리했다. 그리고 상원은 그 점을 최대한 이용할 줄 알았다.

"에코시티 경찰서 강력1팀 최상원 경위입니다. 몇 가지 묻고 싶은 게 있는데 잠시 협조 좀 부탁합니다."

부탁이라고는 했지만 부탁으로 들리지 않을 것이었다. 다소 날카로운 말투에 양 순경은 아직 용의자도 아닌데 벌써부터 취조하려 그러시면 안 된다고 상원을 말리고 나섰다. 신고자는 어딘가 넋이 나간 얼굴로 고개를 끄덕였다.

"23시 38분. 백골 사체를 발견한 것 같다고 경찰에 신고하셨죠?"

"……네."

상원은 출동 신고가 들어왔을 때 본 신고자의 이름을 떠올렸다.

"박화음 씨. 백골 사체를 발견한 당시 상황을 좀 더 설명해주세요."

화음은 잠시 생각하는 것처럼 고개를 옆으로 기울였다. 좋지 않은 신호다. 거짓말을 하려고 하거나 변명하려 할 때 사람들이 보이는 전형적인 패턴이었다. 화음이 말했다.

"상황…… 어, 네. 그러니까요. 나무 밑을 호미로 팠는데 무슨 머리뼈 같은 게 나왔어요. 아무리 봐도 동물 뼈 같지가 않아서…… 신고를 해야겠다고 생각했고요."

"그러니까 이 야밤에, 비도 오는데 혼자서 산에서 나무 밑을 파고 있었다는 말이죠? 왜 그랬습니까?"

대화를 나눌수록 이상한 점이 한둘이 아니었다. 이 여자는 아주 수상하다. 상원은 점점 더 심증을 굳혀 갔다.

"어, 음…… 네, 그러니까 버섯을…… 캐고 있었어요."

상원은 고개를 돌려 양 순경과 눈빛을 교환했다.

이래도 이 여자가 용의자가 아니야?

양 순경도 이제 고개를 절레절레 저었다. 누가 봐도 수상한 꼴이었다. 옷차림부터 그랬다. 파란색 우비 밑에는 긴 플리츠스커트를 입고 있었다. 아직도 한 손에는 호미를 꼭 쥐고 있었지만, 심마니로도 등산가로도 보이지 않았다. 비도 오는 야밤에 산에서 혼자 호미로 땅을 파던 여자. 이 문장 하나만으로도 의심할 이유는 충분했다.

"잠시 서까지 동행해 주시죠."

임의 동행이라는 명분이었지만 수갑만 안 채웠지 사실상 체포나 다름없었다.

* * *

버섯 캐던 중이라는 말만 안 했어도.

그 말을 하자마자 눈앞에 있던 형사들의 눈빛이 바뀌었다. 그나마 내 편을 들어 주려던 젊은 형사마저도. 내가 생각해도 미친 대답이긴 했다. 하필 그때, 대답할 말이 없어 궁색하던 그때, 이해준이 던져 준 멍청한 대답이 가장 먼저 머리에 떠오른 게 문제였다.

무슨 탐정이 그래?

한 시간째 붙잡고 안 놔주는 형사보다도 그딴 걸 대답이랍시고 가르쳐 준 이해준에게 더 화가 났다. 그래서 신분 증명해 줄 사람이 없냐고 형사가 물었을 때 냉큼 이해준에게 연락부터 했다. 이 시간에 이런 일로 떨어져 사는 엄마에게 연락할 수는 없었다. 안 그래도 심약한 양반인데 딸내미가 경찰서에 있다 그러면 뒷목 잡고 쓰러질 수도 있었다.

이해준 씨는 전화했을 땐 있는 대로 성질을 냈으면서도 전화한 지 한 시간을 넘기기 전에 나타났다.

"귀찮은 일 처리하려고 조사원 쓰는 건데 일을 더 귀찮게 만들면 어떡해요?"

오자마자 던진 말을 듣고 그나마 개미 눈곱만큼 생기려고 했던 고마운 마음이 씻은 듯이 사라졌다. 자정을 한참 넘긴 시각에 나를 위해 경찰서에 출두했다는 사실은 전혀 중요하지 않았다. 하여튼 말 한마디로 초를 치는 인간이었다.

"우리 사무소 조사원이에요."

이해준 씨가 내 옆에 앉자마자 한 말에 앞에 있던 형사는 한숨을 내쉬었다. 둘이 구면인 것 같았다. 이해준 씨 하고 말을 꺼낸 형사는 또 한숨을 푹푹 쉬었다.

"탐정이면 탐정이라고 말하면 되지 뭐 하러 버섯을 캔다느니 그런 말을 해서 공권력을 낭비하게 만듭니까?"

"버섯 캐는 쪽이 더 신빙성이 있지 않나요?"

어차피 탐정이라고 했어도 최 경위님은 경찰서에 임의 동행하자고 그랬을 거 아니에요. 이해준 씨는 뻔뻔한 태도로 대꾸했다. 그 말엔 형사도 할 말이 없었던 것 같다. 결국 꺼낸 말이 인신공격이었던 걸 보면. 형사가 말했다.

"역시 대단한 법의 생태학자님이 운영하는 탐정 사무소답습니다."

"지금 여기서 그 얘기가 왜 나와요?"

"칭찬한 건데 왜 화를 내고 그러십니까."

형사는 그렇게 말하며 성의 없이 박수를 두어 번 쳤다. 경찰서 안에 있는 누구도 웃지 않았다. 나는 그제야 경찰서 안에 있는 사람들의 시선이 그다지 호의적이지는 않음을 눈치챘다. 하긴 그럴 만했다. 이해준 씨는 말 한마디로 천 냥 빚을 지는 사람이었다. 형사들이 미운 말만 하는 탐정을 곱게 볼 리가 없었다.

그 숨 막히는 분위기에 무슨 말을 꺼내야 할지 몰라 입술만 몇 번 달싹거리자 최 경위가 내 쪽을 향해 말했다.

"박화음 씨는 그만 가 보셔도 됩니다."

"네?"

이렇게 간단히요? 내 표정에 그런 말이 쓰여 있기라도 했는지 최 경위는 이해준 씨를 가리키며 말했다.

"이 사람이 신원을 보증해 줬으니까요."

호의적이지 않은 것과는 별개로 신원 하나는 확실하게 믿어 주는 것 같았다. 그 말에 이해준 씨는 의자에서 몸을 일으켜 먼저 경찰서를 나섰다. 나도 따라가려는데, 최 경위가 내 뒤통수에 대고 덧붙였다.

"다음부터는 거짓말하지 말고 그냥 탐정이라고 하십시오."

그게 훨씬 덜 의심스러우니까. 최 경위의 말에 나는 알았다고 대답할 수가 없었다. 나를 탐정이라고 생각해 본 적이 없으니까. 임시 조사원일 뿐이지. 스스로를 탐정이라고 칭하는 건 어쩐지 거짓말을 하는 것 같았다.

경찰서를 나서자 후덥지근한 공기가 느껴졌다. 비가 와서 더 습해지는 바람에 어항 속을 걷는 것 같았다. 이런 날씨를 늦여름이라고 부를 수 있나. 입구 근처에 마련된 흡연 구역에서 담배를 피우던 이해준 씨는 내가 나오자 거의 다 피운 담배를 눌러 껐다.

"원래 담배 피웠어요?"

내가 묻자 이해준 씨는 애매하게 고개를 끄덕였다.

"거의 끊었었어요."

거의 끊었다는 말은 끊지 못했다는 소리다. 유리는 벌써 세 번째 금연 시도 중이었다. 걔도 항상 끊고 있는 중이라는 소리를 달고 살았다. 요즘은 집 나간 햄스터 걱정 때문에 끊고 있는 중이라는 소리도 안 하고, 매일 줄담배를 피웠다.

나는 이해준 씨에게 유리의 햄스터 이야기를 하려다가, 다른 이야기를 꺼냈다.

"안 그래도 만나면 이야기하려고 했는데. 조사하면서 좀 이상한 걸 봤는데요."

"뭔데요?"

"요새 이 동네에 무슨 병충해가 도는 것 같아요. 이상하게 잎이 붉게 변하고 말라 죽은 나무가 많아요. 그쪽은 나무 전문가니까, 혹시 뭐 아는 게 있나 싶어서요."

"내가 화분학이랑 식물학을 전공하긴 했지만 모든 나무의 전문가까지는 아닌데요."

"모르면 말고요."

내가 별 미련 없이 물러서자 이해준 씨는 무슨 생각을 했는지, 한번 알아보겠다고 대답했다. 그거면 됐다. 심각한 문제라고 생각해서 꺼낸 얘기가 아니었으니까.

새벽의 경찰서 앞은 한산했다. 이해준 씨가 세워 놓은 낡은 지프가 보였다. 시동이 걸려 있었다.

"주차장 공회전은 환경 오염의 주범인 거 몰라요?"

"시동 켜 놓은 지 5분도 안 됐어요. 그나저나 오늘도 안 탈 거예요?"

이해준 씨가 지프를 가리키며 물었다. 물어보나 마나 내 대답은 똑같았다.

"안 타요."

"여기서 에코시티까지는 그럭저럭 자전거 타고 갈 만하니까 뭐, 알았어요. 그런데 아까 경찰서에 끌려올 때는 어떻게 왔어요? 그 산에서 경찰서까지 자전거 타고 올 만한 거리가 아닌데."

이해준 씨 말대로였다. 아까 그 산은 에코시티를 사이에 두고 경찰서와 정반대 방향에 위치해 있었다. 나 혼자 자전거를 타고 따라오겠다고 고집을 부릴 수 없었다는 소리다. 안 그래도 용의자로 의심받고 있는 상황에 도주의 우려가 있다는 의심까지 받을 수는 없었다. 불쌍한 내 자전거는 그 산 아래 등산로 입구에서 아직도 비를 맞고 있었다. 그걸 또 언제 찾으러 갈지도 문제였다.

"……경찰차에 탔어요."

잠시 침묵이 흘렀다.

"토했어요?"

나는 대답하지 않았다. 그게 대답이 됐는지 이해준 씨는 바람 빠지는 소리와 함께 웃음을 터뜨렸다. 새벽의 경찰서 주차장에 웃음소리가 메아리쳤다. 텅 비어 있어서 그런지 소리가 더 잘 울리는 것 같았다. 한참 웃던 이해준은 눈가에 눈물까지 달고서 입을 열었다.

"아, 죄송. 너무 웃겨서."

"카시트에 토한 거 아니거든요. 미리 토할 거라고 얘기도 했고, 비닐봉지도 준비해서 탔다고요."

"뭐 하러 그랬어요?"

"네?"

"됐어요. 다음부터는 그냥 타서 토해 버려요. 그게 더 통쾌하니까."

"이봐요."

마음 같아서는 이해준 씨의 차에다 토해 버리고 싶었다. 집까지 걸어갈 생각을 하니 눈앞이 깜깜했다. 하필이면 또 오픈 타임 출근인 날이었다. 집까지 걸어가다가 날이 샐 테고, 집에 가서 옷만 갈아입은 채로 다시 출근해야 할 판이었다. 내가 고민하거나 말거나 몇 번 더 웃던 탐정 선생은 훌쩍 운전석에 올라탔다. 정말 얄미운 인간이었다. 내가 잘 가라고 인사하자 탐정 선생이 물었다.

"비닐봉지 좀 남은 거 있어요?"

남았으면 뭐, 어쩔 건데요. 내가 삐딱하게 묻자 이해준 씨가 조수석을 가리키며 말했다.

"오늘은 토해도 용서해 줄 테니까 타요."

그 말이 끝나자마자 번개가 쳤다. 몇 초 뒤에 우르릉 하고 천둥소리가 들림과 동시에 빗줄기가 또 굵어지기 시작했다. 도저히 거절할 수 없는 제안이었다.

5

　그다음 날부터 고양이 유골함 찾는 의뢰에 이해준 씨도 동행하게 됐다. 내가 이야기했던 병충해가 뭔지 두 눈으로 확인하고 조사해 봐야겠다는 거였다. 병충해가 병충해지, 뭘. 나는 성의 없이 내가 봤던 나무들을 다시 짚어 주며 말했다.

　"여기랑 여기. 잎 빨갛게 변한 거 보이죠. 제가 나무 전문가는 아니지만 이게 단풍나무가 아닌 건 알거든요. 이렇게 잎이 변하면 며칠 뒤에는 말라 버려요."

　이해준 씨는 웬일로 내 말을 주의 깊게 들었다. 그리고 고양이 유골함을 찾는 내 작업을 방해하지도 않고 나무들을 관찰하기 시작했다. 그러니까 진짜 좀 전문가 같아 보였다. 나는 소리를 내는 나무가 없나 귀를 대 보면서 이해준 씨 쪽을 흘끔거렸다.

　"무슨 병충해인지 알 거 같아요?"

　기대하면서 물었는데 돌아온 대답은 깔끔했다.

　"아뇨. 모르겠어요."

　"무슨 식물학자가 그래요?"

　"식물이라고 해서 전공이 하나인 줄 알아요? 내 전공이 아닌 걸 무슨 수로 알아요? 박화음 씨는 전공 아닌 데서도 척척 박사인가 봐요?"

　그렇게 말하면 할 말이 없었다. 사실 나는 전공도 제대로 몰랐다. 대학에서 국어국문학을 전공하긴 했지만 요즘 문사철

신세가 그렇듯 전공을 살려 취직하지는 못했다.

"학부 겨우 졸업한 사람한테 뭘 바라요?"

"바라는 거 많죠. 박화음 씨가 얼른 영 능력으로 고양이 유골함을 찾아 줬으면 좋겠다, 그런 거요."

"영 능력 같은 건 없다고 대체 몇 번 말해요."

내게 없는 걸 기대하는 것도 부담스러운 일이다. 도대체 저 말도 안 되는 망상을 언제까지 할 건지 묻고 싶을 지경이었다. 차라리 내가 나무껍질에 귀를 대고 소리를 듣는다고 말하는 편이 정신 건강에 더 좋을지도 모른다.

이렇게 무의미하게 나무껍질에 일일이 귀를 대고 다니는 작업을 반복한 지 벌써 14일째였다. 이쯤 되면 이제 포기하는 게 낫지 않나? 진짜 탐정이 나서서 사건을 해결할 수는 없는 건가? 나는 괜히 이 일에 엮여서 연고도 없는 백골 사체나 발견하고 경찰서에서 조사라는 명목의 취조를 당하기까지 했다. 생각해 보니 억울했다. 그게 진짜 사람 뼈였다니. 잠시지만 산에 시체와 단둘이 있었다고 생각하니 머리끝까지 소름이 돋았다.

이게 다 이 탐정 때문이다.

내게 없는 능력을 있다고 착각해서 그걸 이용해 먹으려 드는 이 탐정 때문에. 나무뿌리를 보려고 쪼그려 앉아 있는 이해준 씨의 뒷모습이 보였다. 한 번만 저 등을 발로 차 주고 싶었다. 하지만 나는 교양 있는 시민이기에 발로 차는 대신에 입을 열었다.

"우리 카페 직원이 얼마 전에 키우는 햄스터를 잃어버렸어요."

탐정 선생은 대충 흘려들으며 고개를 끄덕였다.

"그런데요?"

"그 햄스터를 찾아 주기로 했거든요. 근데 제가 누구 씨가 의뢰한 일 때문에 시간이 없어서요. 이해준 씨가 좀 도와주세요. 그 정도는 해 줄 수 있죠?"

이해준 씨는 일어서며 밉살맞게 대꾸했다.

"내가 왜요?"

아까 그냥 모른 척 발로 찰걸.

"계약서에 명시된 것보다 훨씬 일이 늘어났으니까요. 아니면 지금이라도 그냥 계약 종료할까요?"

내 말에 탐정 선생은 눈을 깜빡이더니 마지못해 알겠다고 답했다. 이해준 씨가 딴말하기 전에 얼른 가방에서 햄스터 전단지를 꺼내 건넸다. 며칠 전에 유리가 직접 만들었다며 카페에 가져와 붙이던 전단지였다. 언제 전단지까지 만들어 인쇄했는지 지금 에코시티 상가 곳곳에 그 전단지가 붙어 있었다. 그렇게까지 하는 걸 보고 모른 척하기도 힘들었다. 나도 출퇴근길에 유골함을 찾는 일을 하면서 햄스터를 찾아 헤맸지만 그 조그만 놈이 대체 어디로 숨었는지 머리털 하나 보이지 않았다.

그런데 이해준 씨가 전단지를 유심히 들여다보더니 "어……" 하는 얼빠진 소리를 냈다.

"왜요? 어디서 봤어요?"

"아까 본 거 같은데요. 저쪽 나무에서."

이해준 씨는 손가락으로 우리가 올라온 길을 가리켰다. 등산로가 아닌 산길이었다. 산에 있으니까 저 밑에서 아무리 찾아도 안 보이지. 그동안 유리랑 내가 에코시티 동네를 돌아다니며 찾은 게 모두 헛수고였던 것이다. 산에서 햄스터가 천적에게 잡아먹히지 않고 어떻게 버틴 건지 용하다는 생각이 들긴 했다. 그보다도 이해준 씨가 어이가 없어 말이 곱게 안 나갔다.

"아니, 산에서 햄스터를 보고도 가만히 있었어요?"

"쥐인가 보다 했죠."

"무슨 쥐가 그렇게 생겨요. 얘는 노랗잖아요."

전단지를 이해준 씨의 코앞에 들이밀었다. "그게 그거 같은데……" 투덜거리는 탐정 선생의 멱살을 잡고 올라왔던 길을 다시 내려가기 시작했다.

"어디서 봤는지 기억해요?"

"무슨 나무인지는 기억나요. 굴참나무였어요."

사방이 다 굴참나무였다. 별로 도움이 되는 정보는 아니었다.

"가운데에 박새가 뚫어 놓은 구멍이 있었어요. 그 햄스터가 나무 구멍에 숨어 있어서 확실히 기억나요."

"햄스터가 나무 구멍에 숨어 있었다고요?"

산길을 따라 조금 더 내려가자 이해준 씨가 말해 준 내용과 일치하는 나무가 눈에 들어왔다. 굵은 굴참나무 기둥 한가운데에 조그만 구멍이 하나 나 있었다. 안쪽을 들여다보려고 까치발을 들자 그 안에서 밖을 내다보던 햄스터와 눈이 마주쳤다. 유리네 집 햄스터였다. 유리가 보여 준 사진 속 모습과 똑같은 얼굴이었다. 목에는 빨간 리본이 달려 있었다.

천천히 햄스터를 향해 손을 뻗었다. 놀라지 않도록. 하지만 내 노력에도 불구하고 긴장 상태에 있던 햄스터는 조그만 소리에도 놀라 나무 구멍을 빠져나와 도망치기 시작했다. 나는 뒤에 서 있는 이해준 씨를 향해 소리쳤다.

"잡아요!"

"저걸요? 맨손으로?"

"뭐 병균이라도 옮을까 봐요?"

"아니요. 함부로 잡았다가 죽으면 어떡해요?"

이럴 때를 대비해 유리가 챙겨 준 물건이 있었다. 가방을 열어 접어 뒀던 잠자리채를 꺼내 들었다. 요즘 잠자리채는 접이식이라 이렇게 접어서 가방에 넣어 다닐 수 있다고 자랑하던 유리의 말이 떠올랐다. "이게 왜 필요해?" 묻자 햄스터를 보면 알게 될 거라던 말도. 유리 말대로 햄스터는 정말 빨랐다. 잠자리채를 든 이해준 씨가 전속력으로 달리고 있는데도 잡기가 쉽지 않았다. 놓치지 않고 뒤를 쫓고 있는 게 그나마 다행이었다.

한참 이 나무 저 나무 옮겨 타며 달리던 햄스터가 드디어 지쳤는지 나무에 오르다 말고 바닥에 뚝 떨어졌다. 이해준 씨가 놓치지 않고 햄스터를 향해 잠자리채를 뻗었다. 햄스터는 그 자리에서 꼼짝도 하지 않았다. 이해준 씨가 물었다.

"……죽은 거 아니죠?"

나는 그물망을 헤치고 기운 없이 축 늘어져 있는 햄스터를 손바닥 위에 올렸다. 손바닥 위에 올라앉은 생명체는 작고 연약했다. 금방이라도 숨이 꺼질 것처럼. 챙겨 온 조그만 담요를 덜덜 떠는 햄스터 주위에 둘러 감쌌다. 여름밤이라고는 해도 산속이라 추운 것 같았다. 햄스터는 덜덜 떨다가 푹 고꾸라졌다. 놀라서 심장 부근에 손가락을 갖다 대자 가슴팍이 미약하게 오르락내리락하는 게 느껴졌다. 그새 잠이 든 거였다.

"병원부터 데려가야겠어요."

"병원이요? 이 시간에 문 연 동물 병원이 어디 있어요."

"찾아봐야죠."

오늘은 이만하고 돌아가자고 이야기하려던 그때, 햄스터가 오르려던 나무에서 무슨 소리가 들렸다. 희미한 소리였지만 그 의뢰인 노부부의 목소리가 맞았다. 나는 품에 안았던 햄스터를 이해준 씨에게 넘겼다.

"이걸 왜 줘요? 내가 안으라고요?"

"조용히 좀 해 봐요."

햄스터가 우리를 도와준 것 같으니까. 가방에서 다시 호미를 꺼내 들었다. 이 호미에 얽힌 안 좋은 기억이 떠올랐지만 손으로 땅을 파기는 더 싫었다. 나무 밑동을 조금 호미로 파내자 뭔가가 턱 걸리는 게 느껴졌다. 그 부분을 중심으로 흙을 더 파자 둥그런 물체가 보이기 시작했다.

유골함이었다.

6

"그 햄스터가 아주 기특한 놈이에요. 이름이 뭐라고요? 홈즈?"

"홈즈 아니고 뤼팽이요."

이해준 씨의 말을 정정하며 앞에 앉은 노부부를 바라보았다. 유골함을 찾았다고 연락을 하자마자 아침부터 달려온 부부는 피곤한지 꽤 초췌해 보였다. 할아버지 쪽은 늘 챙겨 입는 것 같았던 양복 차림도 아니었다. 중절모로 가렸던 머리는 반쯤 벗겨져 있었다. 작업복 같아 보이는 바지와 여기저기 해진 반팔을 입은 할아버지는 사무실에 들어와 앉았을 때부터 다리를 떨고 있었다. 그러면서 한편으로 내 손에 들려 있는 유골함에서 시선을 떼지 못했다. 이해준 씨가 우리가 얼마나 힘든 일을 겪고 유골함을 찾아냈는지 자랑하고 떠들어 대는 동안 내내.

"뭘 불러서 이러쿵저러쿵 떠들어 대? 찾았으면 빨리 주고 우리는 돈 주고 갈 길 가게, 이리 내."

내 쪽으로 내민 할아버지의 손을 바라보았다. 거칠고 투박한 손이었다. 금방이라도 내 품에 있는 유골함을 가로채 갈 것 같았다. 이해준 씨가 그 앞을 막았다.

"저희도 빨리 드리고 싶죠. 이야기가 좀 길었네요. 우선 받을 것부터 받을까요?"

그 말에 할아버지는 신경질적으로 주머니를 뒤졌다. 그리고 손에서 잡히는 대로 돈을 꺼내 테이블 위에 올려놓았다.

"얼마라고 했지? 처음에 말한 액수 말이야."

"그렇게 급하게 주시지 않아도 되는데요. 저희는 합법적인 사무소라 카드 결제나 계좌 이체도 되거든요."

"아, 됐으니까 빨리 받으라니까."

할아버지는 나머지 주머니를 탈탈 털어서 현금 뭉치를 테이블 위에 올려놓고 일어섰다. 그리고 내 쪽으로 손을 뻗었다. 나는 유골함을 품에 꽉 안고 몸을 웅크렸다. 솔직히 무서웠다. 도자기로 만들어진 둥근 유골함은 차가웠고 아무리 안고 있어도 따뜻해지지 않았다. 이 안에 들어 있는 게 뼛가루라는 생각을 하면 누군가의 시체를 끌어안은 기분도 들었다. 당장이라도 할아버지 손에 넘기고 나는 이 사무실에서 도망치고 싶었다. 하지만 그럴 수 없었다.

내가 고개를 젓자 할아버지는 허 하는 소리와 함께 소리를 질렀다.

"돈도 다 냈는데 왜 안 된다는 거야? 당장 안 내놓으면 내가 이 사무소 신고할 거야, 내놔."

신고하든지 말든지. 나는 유골함을 더 바싹 끌어안았다. 차가웠지만 이제 그럭저럭 견딜 만했다.

할아버지 옆에 앉은 할머니는 아까부터 아무 말도 못 하고 바닥만 쳐다보고 있었다. 하나로 겹쳐 놓은 손이 가늘게 떨렸다. 내가 나무에서 들었던 소리의 대부분은 이 할머니의 목소리였다. 반려동물의 죽음으로 슬퍼하는 사람의 목소리가 어떤지 나는 모른다. 어쩌면 반려동물의 죽음으로 슬퍼하는 사람은 이래야 한다, 저래야 한다는 것도 내 편견일지도 모른다. 그래서 계속 헷갈렸다. 나는 할머니를 향해 말했다.

"할머니, 이거…… 아니, 이 사람. 만복이가 아니잖아요."

내 말에 드디어 할머니가 고개를 들었다. 아니라는 말은 하지 않았다.

노부부가 이야기해 준 단서와 내가 나무에서 들은 소리는 계속해서 어긋났다. 돌이켜 보면 처음부터 그랬다. 노부부는 화장터에서 나와 산까지 10분쯤 걸었다고 했는데. 딱 봐도 노인의 걸음으로 10분 걸리는 거리는 아니었다. 처음엔 노부부가 뭔가 착각한 게 아닐까 했는데 나무에서 들린 소리 역시 뭔가 좀 이상했다.

할머니가 말한 감정은 슬프다, 춥다에 가까운데 그동안 내가 들은 소리는 굳이 따지자면 불안에 가까운 감정이었다. 몇 차례 조사가 계속될수록 그 불안은 점점 더 부피를 키워 무섭다 같은 공포에 가까운 감정이 되었다. 그때까지도 별다른 의심은 하지 않았다. 아무리 사랑했다 해도 산속에서 유골함을 들고 헤매면 무서울 수 있으니까. 뭔가가 이상하다는 생각이 들기 시작한 건 유골함이 묻혀 있던 나무를 찾았을 때였다.

그때 나무는 할머니의 목소리로 이렇게 말했다.

이러다 천벌을 받을 거예요…….

사랑하는 반려동물을 매장하는 데 천벌을 받을 일이 뭐가 있을까? 물론 불법적인 매장이었지만 그 이유로 할머니가 그렇게 불안해하는 건 아닌 것 같았다.

야간 진료를 하는 병원을 찾아 햄스터를 입원시키고 나오면서도 할머니의 목소리가 내내 마음에 걸렸다. 결국 이해준 씨를 붙잡고 내가 들은 목소리 이야기를 할 수밖에 없었다. 믿어 주지 않을지도 모른다고 각오했는데 탐정 선생은 허무하리만치 간단하게 내 말을 믿었다. 물론 내가 생각한 것과는 다른 방향이었지만. 내 얘기를 다 들은 이해준 씨는 20년 가까운 내 고난의 역사를 한마디로 정리했다.

"뭐야, 그럼 진짜로 영 능력이 있는 게 맞잖아요."

"영 능력이랑 이거랑은 다르다고 몇 번을 말해요? 나는 그냥 식물에 남아 있는 생각이나 감정을 읽는 거라고요."

"그게 그거죠."

아무렇지 않게 대답한 이해준은 곧 눈을 빛내며 내 눈앞에 얼굴을 들이밀었다.

"그러고 보니 예전에 석사 유학할 때 그런 논문을 본 적이 있어요. 식물과 어느 정도 커뮤니케이션이 되는 사람이 있다고. 식물도 어쨌든 살아 있는 생명체니까 아주 이상한 건 아니죠. 그런데 한국에도 이런 사례가 있다니 좀 놀랍네요. 나도 박화음 씨 사례로 논문 써도 돼요?"

"안 돼요. 누구 앞길 망치려고 그래요?"

논문 어쩌고 하는 말이 진심이었는지 이해준 씨는 안 된다는 내 말에 혀를 찼다. 하지만 곧 다시 말을 이었다.

"그나저나 그런 능력이 있으면 진작 말하지 그랬어요. 이제 의뢰도 한 건 해결했으니까 아예 우리 사무소 전속 조사원으로 일하는 게 어때요?"

"이해준 씨 머릿속엔 나 부려 먹을 생각밖에 없죠."

"무슨 말을 그렇게 섭섭하게 해요."

지금 누가 섭섭하게 구는데요. 나는 이해준 씨의 얼굴을 손바닥으로 밀어내고 물었다.

"그래서 이 의뢰 이대로 끝낼 거예요?"

"솔직히 유골함도 찾았으니까 얼른 돌려주고 끝내 버리고 싶긴 한데요……."

내가 노려보자 이해준 씨는 말을 바꿨다.

"그래도 뒤가 구려 보이긴 하네요. 몇 가지만 확인해 봅시다."

탐정 선생은 그길로 바로 장례식장으로 향했다. 노부부가 고양이의 유해를 태웠다고 주장한 그 화장터였다.

"조사 시작할 때 이 장례식장에 들어가서 직접 직원에게 확인 안 했어요?"

"네? 네, 굳이 그럴 필요는 없어 보여서요."

내가 이 말을 했을 때 이해준 씨는 대놓고 한숨을 쉬었다. 한심하다는 표정을 숨기지도 않은 채 계단을 올랐다. 한밤중이었는데도 반려동물 장례식장은 불이 밝혀져 있었다. 이 시간에 화장하러 오는 사람도 종종 있어서 당직을 서곤 한다고, 직원은 설명했다. 장례식장 직원은 덩치가 꽤 큰 남자였다. 당직일 때는 혼자 일한다고 하는데 장례식장에 혼자 남아 있어도 별로 무서워할 것 같지 않은 사람이었다.

이해준 씨는 입에 침도 안 바르고 거짓말을 늘어놓았다. 한 달 전에 여기서 화장한 자신의 반려동물 유골함을 잃어버렸다고, 그날 기록을 좀 볼 수 있냐고 물었다. 눈물까지 훔치며 열연을 펼친 덕에 직원은 별 의심 없이 그날의 기록을 보여 주었다. 그날 이 장례식장에 만복이라는 이름의 고양이는 오지 않았다.

장례식장 계단을 내려오며 탐정 선생이 말했다.

"다음부터는 직원이나 목격자를 찾아서 먼저 사실 확인

부터 해요. 의뢰인이 한 말이 맞는지. 지금도 봐요. 장례식장에 가서 먼저 사실 확인부터 했으면 박화음 씨가 힘들게 유골함을 찾을 필요도 없었잖아요."

"지금 의뢰인을 의심하라는 거예요?"

"아뇨. 모든 걸 의심하라는 거예요. 의심하는 게 탐정의 일이니까. 지금 내 말도 의심해도 좋아요."

"됐어요. 저는 탐정이 아니니까."

그렇게 말하고 장례식장 앞에 체인을 걸어 뒀던 내 자전거에 올라탔다. 경찰서에 끌려가는 소동 때문에 이 자전거를 가지러 다시 그 산까지 다녀오는 고생을 해야 했다. 다시 생각하니 또 열받았다. 이해준 씨는 내 자전거 옆에 세워 놓은 지프에 올라타며 어딘가에 전화를 걸었다.

"어, 난데. 신문 기사 몇 개만 좀 찾아봐. 유골함 키워드로 넣어서. 도난이라고 뜨는 기사는 전부 다 스크랩해 놔."

이해준 씨가 뭐라 하든 무시하고 집에 가려고 했던 것과 달리 발이 움직이지 않았다. 알고 있지만 충격적이었다. 그 유골함이 고양이의 유골함이 아니라는 건, 다른 누군가의 유골함이라는 뜻이었다. 어쩌면 사람일지도. 이해준 씨는 벌써 거기까지 생각하고 움직이고 있었다. 어느새 전화를 끊은 이해준 씨가 물었다.

"오늘은 안 탈 거예요?"

"됐어요. 내 자전거 있는데 뭐 하러 타요."

나도 사회적 체면이라는 게 있었다.

"그럼 이건 일단 내가 가져갈게요."

그렇게 말하며 이해준 씨는 조수석에 있는 유골함을 가리켰다. 대충 고개를 끄덕였다. 남의 유골함을 선뜻 집에 가져갈 정도로 나는 담이 크지 않았다. 그렇게 집에 가서 씻고 누웠는데 새벽녘에 내가 갖고 있는 대포폰으로 전화가 한 통 걸려 왔다. 이 전화로 전화를 걸어올 사람은 한 사람밖에 없었다.

"오늘은 카페 오후 출근이죠? 아침에 사무실에 잠깐 들러요, 8시쯤. 재미있는 일이 있을 것 같으니까."

언제부터 남의 스케줄까지 꿰고 있는 건지. 진짜 이상한 사람이었다.

이 유골함에 든 사람이 만복이가 아니라는 내 말에 할머니는 눈을 질끈 감았다 떴다. 아까부터 일어나 있던 할아버지는 이제 내 쪽으로 넘어와 유골함을 붙잡으려 했다. 이해준 씨 말과 달리 나는 이 상황이 하나도 재미없었다.

"말도 안 되는 헛소리하지 말고 당장 내놔. 안 내놔?"

할아버지의 고함이 머리에서 뎅뎅 울렸다. 그사이 할아버지가 뿌려 놓은 돈을 다 챙긴 이해준이 말했다.

"만복이라는 고양이는 존재한 적도 없고."

노부부가 자기 고양이라며 건넸던 사진을 꺼내 테이블 위에 올린 이해준은 그 사진을 손가락으로 툭툭 쳤다.

"요즘은 사진도 구글링이 다 되거든요. 검색하자마자 뜨던데. 프리 소스로 올라온 사진이더라고요. 장례식장에서도 그런 고양이는 온 적이 없다고 하고."

고함을 치고 난동을 피우던 할아버지 쪽이 조용해졌다. 사무실 안에 잠시 침묵이 흘렀다.

"왜 가상의 고양이까지 만들어 내면서 이런 짓을 했을까? 도무지 이해가 안 가서요. 그래서 간밤에 조사를 좀 해 봤거든요. 최근에 유골함을 도난당한 사건이 있었는지."

그렇게 말한 이해준 씨는 테이블 위에 올려놨던 사진 위에 신문 기사 몇 장을 올려놓았다. 자세히 보니 그중 하나는 기사가 아니라 광고였다. 분실된 유골함을 찾는다는 글씨가 보였다. 이해준 씨는 내가 안고 있는 유골함을 가리키며 말했다.

"최근에 이 근처 납골 묘에서 유골함을 훔친 일당이 있었어요. 한곳만 턴 게 아니라 여러 곳에서 똑같은 짓을 했더라고요. 유골함을 돌려받고 싶으면 돈을 내놔라. 뭐 그런 협박을 했던 것 같은데, 유족들이 경찰에 신고하면서 골치가 좀 아파진 모양이에요. 경찰이 조사에 나서니까 다른 납골 묘를 터는 것도 힘들어졌겠죠. 알음알음 그런 소문이 퍼지니까 유족이 납골 묘에 경비를 서는 일도 생겼고요. 그리고 당신들은, 그날 납골 묘에서 유골함을 훔치다가 그 경비랑 마주친 거예요."

이해준 씨의 마지막 말에 할머니가 몸을 움찔 떨었다. 이해준 씨는 말을 멈추지 않았다.

"여기 지역 신문 기사가 하나 있네요. 납골 묘를 지키던 유족 한 명이 도굴꾼들을 목격했는데 놓쳤다고. 그러니까 당신들은 정신없이 도망치다가 산 중턱 아무데나 유골함을 묻어 버리고 산을 내려온 거예요. 그렇죠?"

할머니도 할아버지도 이해준 씨의 말에 대답하지 않았다. 사무실 안에 끔찍한 침묵이 흘렀다. 할머니는 이제 거의 몸을 떨다시피 했다. 이해준 씨가 물었다.

"그렇다고 이걸 찾아 달라고 탐정 사무소에 의뢰하는 건 너무하지 않았어요? 갈취한 유골함을 묻은 장소를 잊어버린 건 그렇다고 쳐도. 너무 뻔뻔하잖아요."

저는 하마터면 아무것도 모르고 남의 어머니 유골을 도굴꾼 일당에게 다시 넘겨줄 뻔했네요? 이해준 씨는 웃으며 말하고 있었지만 꽤 화가 나 보였다. 하지만 이해준 씨 말이 옳았다. 나는 아무것도 모른 채로 남의 어머니 유골을 다시 범죄자에게 넘길 뻔했다. 품에 안은 유골함이 이제 조금 따뜻하게 느껴졌다. 내 온기가 차가운 도자기에 전달된 것에 불과하지만.

할아버지는 할 말을 찾지 못해 입을 몇 번 뻐끔거리다가 한마디를 겨우 뱉어 냈다. "증거 있어? 증거 있냐고? 우리가 유골함을 훔쳤다는 증거가 어디 있어? 우리 같은 다 늙어 빠진 노인네가 유골함을 어떻게 훔치냔 말이야." 다시 흥분해서 떠들기 시작하는 할아버지의 옷소매를 할머니가 잡아당기며 말했다.

"이제 그만해……. 그만하고 싶어."

"뭘, 뭘 그만해? 그럼 우리 만복이 병원비는? 난 아직 안 끝났어. 난 그냥 시키는 대로 한 것뿐이야. 내 잘못이 아니야."

만복이는 고양이가 아니라 노부부의 아들 이름이었다. 이것 역시 이해준 씨가 몇 시간 만에 알아낸 정보였다. 돌이켜 보면 내가 눈치챌 만한 단서는 계속 있었다. 노부부의 아들이 병원에 입원해 있다는 이야기를 들었을 때, 급하게 이사를 가려는 흔적을 봤을 때 느꼈던 위화감. 조금만 의심했더라면 뭔가 이상하다는 걸 알아차렸을지도 모른다. 나는 모든 신호를 놓쳤다. 그게 내가 결코 탐정일 수 없는 증거처럼 느껴졌다.

그 후로도 할아버지는 내 잘못이 아니라는 말만 계속해서 중얼거렸다. 할머니가 말했다.

"처음부터 돌려주지 않을 생각은 아니었어요. 시키는 대로 유골함을 찾아오면…… 돈만 받고 다시 돌려주면 아무 문제 없을 거라고 생각했어요." 그렇게 말한 할머니는 이해준 씨와 내 앞에 고개를 숙이고 죄송하다고 몇 번이고 사죄했다. 이해준 씨는 한숨을 쉬며 밖에 있던 경찰을 불렀다. 그리고 말했다.

"사죄는 이 유골함에 하세요."

지금 묘에서 납치당하는 바람에 영면하지 못하는 분들이 한둘이 아니니까요. 그분들 다 돌려보낼 때까지 협조하세요. 유족들에게도 사과하시고. 이해준 씨의 말에 할머니는 고개를 끄덕였다.

* * *

경찰이 들이닥쳐 노부부를 체포해 가고 나서도 나는 한동안 정신을 차리지 못했다. 전혀 범죄자 같아 보이지 않았던 사람이 범인이었다는 충격적인 진실 앞에 서 있자니 세상에 믿을 사람 하나 없어 보였다.

"이런 경우가 꽤 많아요? 의뢰인이 알고 보니 범인이었다거나. 탐정 소설에서는 종종 보긴 했는데."

내 말에 이해준 씨는 코웃음을 쳤다.

"이런 일이 그렇게 흔하지는 않아요."

아까 전의 소동으로 난장판이 된 사무실 안이 어쩐지 조금 허전하고 쓸쓸하게 느껴졌다. 이리저리 날린 서류와 집기를 주워서 대충 정리해 놓고 소파에 앉았다. 아직 출근 시간까지는 조금 시간이 남았다. 오늘 출근해도 일을 제대로 할 수 있을지 확신은 없었지만. 왜 매번 출근 전에 이런 일이 생기는지 알 수 없었다. 눕고 싶다는 생각을 하며 한숨을 쉬는데 똑똑 노크 소리와 함께 사무실 문이 열렸다. 이 사무소에 하나밖에 없는 직원, 남수빈 씨였다. 내 쪽으로도 한 번 인사를 건넨 남수빈 씨는 곧장 탐정 선생 쪽을 향해 말했다.

"그 백골 사체 사건 범인이 잡혔다네요."

"그래? 누구래?"

"백골 사체 신원이 밝혀졌는데 그래서 용의자가 좁혀졌나 봐요. 사체는 몇 년 전에 실종된 30대 여성이고, 이 사체가 묻혀 있던 땅 주인의 실종된 아내였대요. 범인은 뭐, 남편이고요. 부인이 실종되거나 살해된 케이스 대부분이 그렇듯이 말이죠. 제 억측이 아니고 남편이 자백했어요. 살인은 공소 시효 폐지된 지 오래됐으니까요. 아내를 살해하고 나무 밑에 묻어 둔 다음 시간이 흐른 후에 땅을 개발해 그 위에 건물을 올릴 생각이었대요. 그렇게 됐으면 완전 범죄였을 텐데, 그죠?"

대답을 기대한 건 아니었는지, 말을 마친 남수빈 씨는 내 쪽으로 시선을 한 번 준 뒤에 고개를 숙여 인사하고 다시 사무실을 나갔다. 그 시선이 좀 꺼림칙해서 이해준 씨에게 투덜거렸다.

"사람을 왜 저렇게 봐요?"

"내가 박화음 씨는 영 능력이 있다고 얘기했더니 저러네요. 아, 걱정하지 말아요. 수빈이가 어디 가서 얘기하고 그럴 성격은 아니니까."

그 말에 또 화가 치밀어 올랐다.

"사실이 아닌 걸 왜 남의 허락도 없이 떠들어요?"

"사실이잖아요?"

"지금 내가 화를 내는 건 내 얘기를 허락도 없이 떠들었다는 부분이에요. 사실인지 아닌지는 아무래도 상관없어요."

내 말에 이해준 씨는 아 하고 사람 속 터지는 소리를 내더니 이내 미안하다고 사과했다. 한 번에 꼬리를 내리고 미안하다고 하니까 또 할 말이 없었다. 진짜 치사하고 못된 인간이었다. 내가 가만히 노려보며 씩씩거리자 이해준 씨가 선수를 치듯 말했다.

"이번 일은 고마워요."

"갑자기 뭐예요? 또 뭐 부려먹으려고?"

"박화음 씨가 아니었으면 아무것도 모르고 남의 어머니 유골을 도굴꾼 일당에게 넘겨줄 뻔했으니까요. 하마터면 깜빡 속아 넘어갈 뻔했어요."

"그렇게 말해도 이제 의뢰 안 맡을 거예요."

속이 다 보이는 수작이었다. 괜히 칭찬을 해서 앞으로도 어떻게 더 부려먹을 게 없을까 하는. 탐정 선생은 들킨 게 아쉽다는 듯 혀를 찼다. 나는 소파에 앉아 기지개를 켰다. 더 이상 말려들기 전에 나가야지 생각은 했지만 한 가지 마음에 남는 게 있었다. 쓸 만한 살림살이가 조금도 남아 있지 않았던 노부부의 집과 이가 빠진 꽃무늬 찻잔 같은 것들이. 나는 뭐가 좋은지 실실 웃고 있는 이해준 씨를 향해 물었다.

"그 할머니, 할아버지. 아들 병원비는 마련할 수 있을까요?"

"그것까지 박화음 씨가 걱정할 필요는 없을 것 같은데요."

"그래도 신경 쓰여요. 혹시 아주 위독한 병이면 어떡하나, 병원비를 못 내서 수술 못 받고 잘못되면 어떡하나……. 그런 생각이 들어서요. 참 쓸데없죠?"

"네. 요새는 병원에 대출 프로그램도 잘되어 있어요. 그리고 그런 상황에 처해 있다고 해서 모두가 범죄에 가담하는 건 아니에요. 박화음 씨가 죄책감을 느낄 필요는 전혀 없습니다."

"나도 알아요."

"음……. 그 김만복 씨의 병명은 특발성 폐섬유증이에요. 당장 수술을 할 수 있는 병은 아니라고 그러더군요. 약물 치료를 꽤 오래 한 모양이에요. 에코시티 유영병원에 입원한 지 몇 년 됐어요."

"그건 또 언제 조사했어요?"

"혹시 모르니까요. 만일에 대비하는 거죠."

남정은 다 이렇게 능구렁이 같은가? 나는 기가 질려 자리에서 일어났다. 저 사람은 언제 내 뒷조사를 하고 모른 척 입을 싹 닫고 있을지 모른다. 역시 가까이하지 않는 게 좋다. 나는 의뢰도 다 끝났으니 이제 다시 보지 말자는 말을 남기고 인사한 뒤 탐정 사무소를 나왔다.

7

출근 전에 동물 병원에 들러 햄스터를 품에 안고 나왔다. 다행히 탈진과 탈수 외의 특별한 이상은 없다고 했다. 담요에 싸인 햄스터는 여전히 작고 연약해 보였다.

하필 유리는 오프였다. 이대로 카페에 데리고 가도 햄스터를 전해 줄 방법이 없었다. 어쩔 수 없이 핸드폰을 들었다. 용건은 늘 문자나 카톡으로만 전달했었기에 직원들끼리도 따로 전화를 걸어 본 적은 없었다. 하지만 이번엔 어쩐지 직접 말해 주고 싶었다. 그렇게 간절하게 찾고 있었으니까.

통화 연결음은 길지 않았다. 유리의 목소리가 들리자마자 나는 햄스터를 찾았다고 전했다. 그 말에 이내 기뻐하는 목소리가 들려왔다. 분명 기뻐할 거라고 예상하긴 했지만 그보다도 들뜬 목소리였다. 카페에 출근할 때 데리고 가겠다는 말에 유리는 당장 카페로 오겠다고 답하고 전화를 끊었다. 오늘은 오프인데도. 아마도 전속력으로 어스프레소에 달려올 것이다.

그 목소리를 들으며 생각했다. 어쩌면 탐정은 타인 삶의 가장 극적인 순간에 함께하게 되는 사람인지도 모르겠다고.

누군가에게 도움이 된다는 감각은 나를 기쁘게 만들기도 했지만 소름 끼치게 만들기도 했다. 타인의 삶에 지나치게 관여하기 때문이다. 안 그래도 나는 식물에 남은 남의 사생활을 의도치 않게 엿듣는 게 늘 부담스러웠다. 하지만 유리의 목소리는 순수하게 기쁨으로 가득 차 있었다.

전화를 끊고 자전거 페달을 더 힘차게 굴리기 시작했다. 페달에서는 차르르륵, 잠자리가 날개를 비비는 듯한 소리가 났다. 자신을 설득하는 데 오랜 시간이 걸리지는 않는다. 앞으로도 타인과 이런 순간을 나눌 수 있으면 그것만으로 더할 나위 없으리라고.

3

도둑맞은 표본

1

퇴근 준비를 할 무렵 전화가 한 통 걸려 왔다.

"지금 당장 사무실로 와 줘요!"

받자마자 그 한마디만 비명처럼 남기고 전화는 뚝 끊어졌다. 전화 예절은 어디다 팔아먹은 건지. 처음엔 내가 스팸 전화를 잘못 받은 줄 알았다. 하지만 이 핸드폰은 이해준 씨가 준 대포폰이고, 그 전화로 전화를 걸어올 사람은 한 사람밖에 없으니 스팸 전화일 확률은 극히 낮았다.

하필이면 또 이제 막 정리하고 퇴근할 시간이었다. 아무래도 내 스케줄 표를 꿰고 있는 것 같아서 조만간 점장님에게 이야기해서 스케줄을 바꾸려고 생각 중이다. 자기 편한 대로 사람을 오라 가라 하는 게 아주 마음에 안 들었다. 하지만 마음에 안 드는 것과는 별개로 전화를 건 탐정 선생의 목소리가 평소와 달리 정말로 급박하고 다급해 보여서 신경이 쓰였다.

어쩌면 이번엔 정말 무슨 일이 생긴 걸지도 모른다.

"화음 씨, 커피는 맨날 마시는 걸로 타 줄까? 휘핑 많이?"

가방을 들고 멍하니 서 있자 점장님이 물었다. 점장님이 직접 내려 주는 커피까지 마다하고 달려갈 일일까. 자문해 봤지만 답이 안 나왔다. 카페 바깥을 보니 퇴근 준비를 할 무렵 내리던 비가 어느샌가 그쳐 있었다. 입었던 우비를 도로 벗어 백팩에 넣었다.

"오늘은 괜찮아요. 저 지금 급한 일이 생겨서 가 봐야 할 거 같아요."

내 말에 점장님은 묘한 표정으로 웃었다. 점장님은 요새 내가 소문의 그 탐정 사무소에 자주 출입한다는 걸 알고 있었다. 계약직으로 거기 잠깐 일했었다는 것도. 최근에 그래서 정신이 팔려 있었냐고 한 소리 들을 줄 알았는데 점장님은 "우리 회사가 투잡 금지하는 데도 아니니까." 하며 아무렇지 않게 넘어가 주었다. 무슨 생각을 하시는 건지 대충 알 거 같지만 모른 척했다. 어디까지나 사람의 도리를 지키는 것뿐이다. 탐정 사무소에 드나드는 게 좋아서가 아니라, 진짜 위험하거나 도움이 필요한 일이 생긴 거라면 두고두고 후회할 테니까.

이해준 씨의 탐정 사무소는 2층짜리 건물로, 일반 의뢰를 받는 탐정 사무소 전용 사무실이 하나, 그리고 이해준 씨가 표본을 분석하고 슬라이드를 만드는 연구실이 하나, 실험용 장비가 이것저것 쌓여 있는 장비실이 하나 있었다. 어스프레소에서 걸어서 10분 정도 거리에 있어서 여기까지 오는 건 어렵지 않았다. 그러니까 이해준도 매일 뻔질나게 어스프레소에 드나들 수 있었던 거다.

사무실은 딱 보기에도 연구소라고 부를 수 없는 규모였다. 투자를 많이 받지 못해서 최소한 갖춰야 할 장비만 간신히 갖춰 둔 상태라고, 이해준 씨가 하소연하는 걸 들은 적이 있다. 그나마도 대출을 있는 대로 받아서 산 거라 다 빚이라고 했다.

그렇게 허술해 보이긴 해도 위험한 약물을 다루는 경우도 있기 때문에 평소에 이해준 씨 외에는 연구실, 장비실 쪽으로 아무도 접근하지 못하게 했다. 이 사무소의 하나뿐인 직원인 남수빈 씨도 그쪽으로는 웬만하면 들어가지 않고, 해준이 연구실에서 나오기를 기다리는 편이었다. 그런데 이번에는 웬일인지 내가 도착하자마자 다짜고짜 연구실로 나를 끌고 들어갔다. 연구실 내부를 보는 건 나도 이번이 처음이었다. 기다란 책상 위에 컴퓨터가 여러 대 줄지어 있었고, 그 책상 끄트머리에 꽤 커 보이는 현미경이 있었다. 그 옆에는 여기저기 슬라이드가 널려 있어 지저분했다. 하지만 한가하게 연구실 구경이나 하고 있을 시간은 없었다. 옆에서 징징거리는 인간 하나 때문에.

"그러니까 지금 겨우 버섯 하나 도둑맞았다고 이 호들갑이에요?"

"그냥 버섯이 아니라니까. 아주 위험한 거예요. 표본으로 만들려고 가져온 맹독성 버섯이라고요."

"표본은 또 무슨 소리예요?"

이해준 씨는 계속 횡설수설 헛소리를 해 댔다. 버섯이라면 나도 떠올리기 싫은 기억이 하나 있어서 듣기 싫었지만 뭔가 엄청난 일이 벌어졌다는 건 분명해 보여서 재촉할 수밖에 없었다.

"천천히 좀 알아듣게 이야기해요."

"뭘요? 표본을? 표본은 그냥 내가 취미로 수집하는 거예요. 버섯이나 진균류, 꽃가루 표본을 이것저것 만들어 놓으면 나중에 분석할 때 도움이 되거든요. 어제 가져온 건 붉은 사슴뿔버섯이라는 맹독성 버섯인데, 사무실에 놓고 잠깐 어디 다녀온 사이에 감쪽같이 사라졌어요. 오늘 아침에 쓰려고 보니까 아무 데도 없더라고요."

"그러니까 이해준 씨 말은 지금, 당신이 맹독성 버섯을 취미로 수집하는데 그걸 누가 훔쳐 갔다 이거죠? 심지어 그걸 아침이 되어서야 알았고요?"

"아, 실수. 취미가 아니라 연구라고 칩시다."

뻔뻔하게 떠들어 대는 미친 연구자의 등짝을 흠씬 두들겨 패 주고 싶었다. 그렇게 위험한 걸 함부로 사무실에 놓고 다니냐고 소리를 지르자 버섯 따위를 누가 훔쳐 갈 거라는 생각을 하지 못한 게 패착이었다는 둥 또 헛소리를 했다. 여러모로 정말 믿음직하지 못한 탐정이었다. 헛소리를 한참 늘어놓던 탐정 선생이 물었다.

"그러고 보니 박화음 씨도 어제 사무실에 다녀갔었죠?"

"지금 저를 의심하는 거예요?"

"아니 누가 의심한대요?"

"지금 의심하는 눈빛으로 쳐다보고 있잖아요."

"그게 아니라 어제 왔을 때 수상한 사람이나 뭔가 이상한 점이 없었나 물어보려고 그런 거예요."

"수상한 사람은 없었어요."

확실히 어제 사무실에 왔을 때 평소와 달랐던 점은 없었다. 어제는 출근하기 전에 잠깐 들렀는데, 마침 점심시간 직전이었다. 같이 점심이라도 먹으러 가자는 이해준 씨의 이야기를 대충 흘려듣고 사무실에 온 용건부터 물었었다.

서울에 있는 와이 씨가 이해준 씨의 도움으로 새로 직장을 구했다고 했다. 물론 4대 보험이 되는 제대로 된 직장에 취직하는 건 아직까지는 무리였다. 이혼이라도 하지 않는 이상 남편에게 정보가 흘러들어 갈 테니까. 다행히 와이 씨가 취직한 김밥천국 사장님이 편의를 봐주기로 해서, 매일 일한 일당을 바로 현금으로 받을 수 있게 됐다고 했다. 그것도 다 자기 인맥 덕분이라고 이해준 씨는 으스댔다. 다음에 와이 씨가 일하는 김밥천국에 다 같이 가자는 말에 나는 긍정의 답을 돌려

주지 못하고 애매하게 웃기만 했다. 서울에 한번 가려면 그동안 차에 토를 몇 번이나 해야 되는지 다른 사람들은 상상도 하지 못할 것이다.

그렇게 와이 씨의 소식을 전해 듣고 나는 바로 출근하러 사무실을 나섰다. 사무실에 있는 동안 마주친 사람은 이해준 씨, 그리고 남수빈 씨 두 사람뿐이었다. 평범한 사무실에 뭔가 이상한 점이 있는 게 더 이상했다. 사실 이해준 씨 탐정 사무소는 평범한 사무실보다도 더 초라하고 수수한 편이었다.

"어제 사무실에 온 사람 나 말고 또 누구 있어요?"

"의뢰인이 한 명 왔다 갔어요."

"그럼 당연히 그쪽을 의심해야 하는 거 아니에요?"

"에이, 그 아저씨는 버섯 같은 돈 안 되는 거에 관심 보일 사람이 아니에요."

그 말에 속이 부글부글 끓었다. 그놈의 버섯, 버섯. 나는 버섯이랑은 친하지도 않을뿐더러 버섯에서는 소리도 들리지 않았다. 버섯은 식물이 아니니까!

"그럼 나는 버섯에 관심 보일 거 같았어요?"

"아니, 의심한 거 아니라니까요."

알 수 없는 소리를 늘어놓던 이해준 씨는 갑자기 말을 돌리면서 남는 운동화가 없냐고 물었다.

"무슨 운동화요?"

"그래도 일단은 찾으러 돌아다녀 봐야죠. 어디다 떨어뜨렸는지도 모르고."

"근데 왜 내 운동화를 찾아요?"

"아, 새로 산 운동화가 사이즈가 좀 안 맞아서요. 오늘 처음 신었는데 영 불편하네요. 남는 거 없으면 박화음 씨 슬리퍼라도 잠깐 줘 봐요."

"내 신발 사이즈가 이해준 씨한테 맞을 리가 없잖아요!"

"아, 그런가?"

원래 사람이 한 가지 분야에 돌아 버리면 어떤 면에서는 그렇게 맹한 구석이 있는 건지, 이해준 씨는 아침에 양말을 짝짝이로 신고 나온다든지, 세안 밴드를 깜빡하고 그대로 하고 나온다든지 하는 일이 잦은 듯했다. 한번은 어스프레소에 그 세안 밴드를 그대로 하고 와서 경악을 한 일도 있었다. 내가 지적하자 이해준 씨는 또 그 태평한 말투로 "아, 그래요?" 하고는 세안 밴드를 빼서 주머니에 넣었다. 남수빈 씨는 탐정 선생이 그러고 다니거나 말거나 절대 이야기를 해 주지 않는다고 했다. 그 편이 더 웃기고 재미있어서라는 말에 나는 이 사람도 어딘가 단단히 삐뚤어졌구나 생각했다. 하긴 그러니까 이해준 씨랑 같이 일하는 거겠지만.

이번엔 또 사이즈 안 맞는 운동화를 어디서 갖다 신었구나. 늘 있는 일의 연장선이라 별로 놀랍지도 않았다. 그걸 처음부터 차근차근 설명하면 사람이 납득을 할 텐데 이 인간은 다짜고짜 남는 운동화 없냐는 말부터 해서 사람 속을 뒤집어 놓곤 했다. 하지만 매번 그 황당한 전개에 말리는 나도 문제였다. 결국 내가 신고 온 슬리퍼를 이해준 씨의 운동화와 바꿔 신었다. 이때 내가 퇴근하기 전에 어스프레소에 들러서 신발을 바꿔 준다는 조건으로. 사실 나는 가게에 두고 쓰는 운동화가 따로 있어서 그렇게 곤란하지는 않았다.

다행히 이해준 씨의 운동화는 생각보다 그렇게 크지 않았다. 내 발 사이즈는 평균보다 좀 큰 편이다. 문제는 이해준 씨 쪽이었다. 슬리퍼에 최대한 구겨 넣기는 했지만 발뒤꿈치가 애처롭게 튀어나와 있었다. 누가 봐도 편해 보이지는 않았다.

"그냥 바꿔 신는 게 낫지 않아요?"

"안 맞는 운동화보다는 안 맞는 슬리퍼가 낫죠."

그렇게 말하며 이해준 씨는 일어섰다. 정말로 저 안 맞는 슬리퍼로 잃어버린 버섯을 찾아 돌아다닐 생각인 모양이었다.

"박화음 씨도 도와줄 거죠?"

또 나왔다. 저 얄미운 말투. 이해준 씨 생각대로 순순히 도와주기는 싫어서 "내가 왜요?" 되묻자 이해준 씨는 사무실 문을 열면서 대꾸했다.

"도와줄 거면서."

이 인간이 이제 나를 제법 많이 파악하고 있는 게 문제였다. 뒤따라가며 저절로 한숨이 나왔다. 맹독성 버섯을 잃어버렸다면 정말 큰일이긴 했다.

사무실을 나서서 계단을 내려가는데 입구 앞에 누군가가

있었다. 먼저 내려간 이해준 씨가 인사를 건네는 걸 보니 아는 사람 같았다. 그 사람이 물었다.

"이해준 씨, 오늘 아침에 연구소에서 표본을 도둑맞으셨다고 신고하셨죠? 그리고 그게…… 버섯이라고 했고요."

"네. 붉은 사슴뿔버섯이요. 범인을 잡았나요?"

목소리를 들으니 기억났다. 내가 산에서 유골함을 찾아 헤매다가 백골을 발견하고 신고했을 때 나를 체포한 그 형사님이었다. 최 경위님이라고 했나. 덩치가 있어서 그런가 여전히 인상은 참 무서워 보이는 사람이었다. 경찰이라기보다는 영락없이 조폭 같았다. 하지만 경찰이 찾아온 걸 보니 잃어버린 버섯을 찾은 모양이라고 지레짐작했다. 이해준 씨도 그렇게 생각했는지 반색하며 물었는데, 최 경위가 물었다.

"도둑맞은 건 어제라고 하셨죠? 어젯밤에는 어디서 뭘 하고 있었습니까?"

"어디서 뭘 하긴 뭘 해요. 사무실 문 닫고 집에 가서 잤죠."

"같이 있었던 사람은 아무도 없고요?"

목소리에 상당히 날이 서 있었다. 마치 취조하는 것처럼. 이해준 씨도 똑같은 걸 느꼈는지 몇 번 뒷머리를 만지작거리더니 물었다.

"이상하네. 알리바이 확인하는 거 같은데. 왜 그러시죠?"

"어제 이 사무실을 찾았던 의뢰인이 자택에서 사망했습니다. 사망 추정 시각은 어젯밤 11시부터 새벽 1시 사이. 부검은 아직이라 사인이 명확하지 않지만 시신 옆에 그 문제의 붉은…… 뿔버섯이 발견됐고요. 입 주변에 토사물과 거품이 남아 있었어요. 아마 그 버섯을 먹은 거겠죠."

나는 고개를 돌려 이해준 씨를 살폈다. 너무 충격적인 이야기라 뭐라 해야 할지 말도 안 나오는 나와 달리 이해준 씨의 얼굴에는 표정 변화가 거의 없었다. 그래서 속내가 전혀 짐작이 안 됐다. 이해준 씨는 또 그 태평한 말투로 "아, 그래요?" 하고는 쭉 말이 없었다. 최 경위가 말했다.

"서까지 좀 동행해 주셔야겠습니다. 참고인 조사 겸."

수갑이라도 채울 것 같은 말투였다. 계속 물러나 있던 나는 그 말에 화가 나서 앞으로 나섰다. 그 비 오는 날 임의 동행이라는 명목으로 경찰차에 태워지던 순간이 기억난 탓이다.

"왜 벌써부터 용의자 취급이에요? 매번 그런 식으로 사람 체포해 가고 그러는 거예요?"

최 경위는 내가 그때 그 체포당했던 여자라는 걸 그제야 알아챘는지 목례를 한 번 하고는, 절차상 필요한 일이라고 덧붙였다. 사무적이다 못해 무뚝뚝한 그 말투에 다시 벌컥 화를 내려던 순간 이해준 씨가 내 팔을 잡아당겼다.

"괜찮아요. 그냥 참고인 조사예요. 다녀올 테니까 박화음 씨는 그만 돌아가셔도 됩니다."

평소의 탐정 선생답지 않게 순순한 말투였다. 그게 짜증이 나서 도저히 그 뒤를 안 따라갈 수가 없었다. 평소처럼 느물거리면서 말했으면 바로 집에 돌아가 발이나 닦고 잤을 텐데. 이해준 씨가 탄 경찰차에 같이 탈 의리까지는 없어서 나는 전속력으로 페달을 밟아 경찰서에 달려갔다.

* * *

상원의 질문에 해준은 일관적으로 같은 대답을 반복했다.

"훔쳐 가서 혼자 먹고 죽었는데 나보고 어떡하라고요?"

뭘 물어도 결론은 같은 대답이었다. 벌써 한 시간째였다. 해준이 다시 입을 열었다.

"그날 신영대 씨가 사무실에 와 있을 때 우리 조사원이랑 버섯 얘기를 한 건 맞아요. 산에서 귀한 버섯을 따 왔다고. 근데 그렇다고 누가 그 버섯을 훔쳐갈 거라고 생각하겠어요? 그리고 그걸 먹어 버릴 거라고 어떻게 예상하겠냐고요."

사실 상원 역시 이해준이 범인일 거라고 의심하지는 않았다. 이해준은 성가시고 별로 신용이 가지 않는 사설탐정이지만 사람을 죽이고 태연하게 경찰서에 들어와 이런 이야기를 떠들어 댈 사람은 아니다. 상원은 탐정도, 못 믿을 증거를 증거랍시고 들이미는 법의 생태학이라는 학문도 신뢰하지 않았지만 자신의 감만은 신용했다. 그런데 이 탐정이랑 엮일 때마다 그 감이 뒤흔들리는 것 같은 불쾌감이 스멀스멀 올라오곤 했다. 상원은 컴퓨터 화면에 띄워 놓은 조서를 바라보며 물었다.

"그래도 그 버섯 먹으면 죽는다는 것 정도는 알고 있었죠?"

해준은 코웃음을 쳤다.

"맹독성이 괜히 맹독성인 줄 알아요? 근데 경위님, 애초에 신영대 씨가 버섯을 안 훔쳐 갔으면 될 일이었잖아요. 나도 피해자라니까요."

해준의 말에 이번엔 상원이 할 말이 없었다.

해준의 말대로였다. 죽은 사람은 맹독성의 독버섯을 먹은 것으로 보였다. 시신 주변에 떨어져 있는 붉은 사슴뿔버섯 중 몇 개엔 먹다 만 흔적이 남아 있었다. 해준이 도둑맞았다고 신고한 바로 그 버섯이다. 피해자는 바로 그날 해준의 사무실에 다녀갔으니 피해자가 그 버섯을 가져갔다고 보는 게 타당했다. 다만 한 가지 이상한 점은 버섯을 먹은 피해자에게 누군가가 목을 조른 흔적이 남아 있었다는 것이다. 가늘고 긴 끈으로 목을 조른 흔적이 남아 있는데 결정적으로 범행 도구를 찾지 못했다. 이 때문에 상원은 이 사건을 버섯을 착각해 먹고 죽은 사고가 아니라 타살로 의심하고 있었다. 물론 이런 수사 정보는 해준이나 그 옆에 도끼눈을 뜨고 감시하고 있는 화음에게 일절 이야기하지 않았다.

어쩌면 해준에게 과실 치사 혐의를 적용할 수도 있었다. 문제는 이걸 의약품 관리법 위반으로 봐야 할지, 미필적 고의가 있었는지 없었는지 판단하기 힘들다는 것이었다. 게다가 표본용이라고는 해도 버섯을 의약품으로 볼 수 있는지 없는지도 너무 애매해서 사실 상원은 참고인 조사가 끝나면 해준을 집에 돌려보내려고 했다. 그러니까 이 조사는 사실상 형식적인 거였다.

그런데 해준을 돌려보내려던 그때 탐문을 나갔던 양 형사가 돌아왔다.

"목격자를 찾았습니다. 어젯밤 이해준 씨를 봤다고 합니다."

그 말에 상원은 양 형사가 데리고 온 목격자라는 사람을 훑어봤다. 상원도 아는 얼굴이었다. 순찰을 돌 때 종종 마주치곤 하던 동네 상가 연합 회장이었다. 목소리가 큰 데다, 크고 작은 민원을 많이 넣어서 상원을 비롯해 에코시티 경찰들은 별로 좋아하지 않는 사람이었다. 하지만 상원은 그런 내색은 하지 않고 목격자를 해준의 옆에 앉혔다. 그리고 이름과 주민 번호 등 간단한 신상 질문을 한 뒤에 물었다.

"어젯밤 이해준 씨를 목격하셨다고 말씀하셨죠?"

"어제 있던 일이니까 확실히 기억해요. 가게를 닫고 집에 가는 길이었는데요. 길에서 누가 큰 소리로 화를 내고 있잖아요. 어린 학생 목소리였어요. 아유, 놀래서 그쪽을 쳐다보니까 그 학생이 저보고 뭘 보냐고 소리를 지르더라니까요. 요새 애들 무서워서 참, 무슨 말을 못 해요."

이해준이나 사건과는 전혀 상관없는 이야기였다. 상원의

미간이 찌푸려지려고 할 때 목격자는 다시 입을 열었다.

"그 학생이 소리 지르던 쪽을 보니까 웬 건물이었어요. 자세히 보니까 그 탐정 양반 건물이더라고요. 아니 근데, 탐정 사무소 건물을 유심히 보고 있으니까 거기서 탐정 양반이 나왔어요. 근데 오른손인지 왼손인지, 그건 기억이 안 나는데 손에 피가 묻어 있더라고요. 아는 척하려다가 놀래서 집에 달려왔다니까요."

그 말이 끝남과 동시에 경찰서의 분위기가 싸하게 가라앉았다. 상원은 줄곧 책상 아래에 있던 해준의 양손을 살폈다. 그 눈길을 알아차렸는지 해준은 양손을 위로 올리고는 피가 난 흔적 같은 건 없다고 해명했다. 해준의 말대로 양손 다 깨끗했다. 상처나 흉터도 없었다.

그건 다시 말하자면 목격자의 말이 진짜일 경우, 해준의 손에 묻은 건 타인의 피라는 소리였다.

"그럼 그 피는 뭐였습니까?"

해준은 대답하지 않았다. 그러자 의심의 눈초리가 깊어졌다. 상원은 해준을 다시 보았다. 조금 전, 이 사람은 범인이 아니라는 판단이 틀렸었나. 상원이 물었다.

"누구와 싸웠고, 왜 싸웠습니까? 그 학생은 아는 사람입니까?"

해준은 어떤 질문에도 대답하지 않았다. 아까부터 해준의 뒤에 서 있던 화음이 무슨 말이라도 좀 해 보라고 해준을 잡고 흔들었지만 요지부동이었다.

　여전히 상원은 해준이 범인이 아니라고 생각했다. 범인은 분명 따로 있다. 교살을 하고 독버섯으로 현장을 위장한 범인이. 하지만 목격자 진술이 이렇게 나오게 된 이상 해준을 돌려보낼 수는 없었다. 누가 봐도 이해준은 지금 가장 의심스러운 용의자였다. 일이 귀찮게 됐다. 상원은 한숨을 내쉬고 입을 열었다.

　"오늘 내일은 경찰서에서 좀 주무셔야겠습니다. 침대가 아니라 좀 딱딱하겠지만 이불 넉넉히 드릴 테니 좀 참으시죠."

　구속 영장 없이 용의자를 유치장에 구금할 수 있는 시간은 최대 48시간. 상원이 말하는 바를 제대로 알아들은 해준은 별말 없이 고개를 끄덕였다.

　2

　경찰서에 잡혀갈 때부터 이해준 씨는 딴사람인 척 굴었다. 너무 순순히 잡혀간 데다 또 너무 순순히 유치장 안에 들어가 드러누워 버렸다. 그 꼴을 보는 내 속이 다 터졌다. 중간에 목격자랍시고 동네 상가 연합회 회장 아줌마가 나타났을 때는 소리라도 지르고 싶었다. 그 회장 아줌마는 평소에도 동네 상가에 떠도는 루머나 소문을 수집해 말도 안 되는 이야기를 지어내기로 유명했다. 그래서 우리 점장님이랑은 특별히 사이가 안 좋았다. 나는 평소에 점장님과 회장 아줌마 사이에 다툼이 나면 뜯어말리는 쪽이었지만 이번만은 점장님의 손을 들어 주고 싶었다.

그 목격자가 이야기한 내용보다도 더 어이가 없는 건 이해준 씨의 태도였다. 진짜 뭐 잘못이라도 한 사람처럼 아무 해명도 하지 않은 채로 유치장 안에 터벅터벅 들어가 벽만 쳐다보고 있는 게 꼴 보기 싫었다. 무슨 말을 해도 소용이 없었다.

그래서 남수빈 씨가 경찰서에 왔을 때는 사태를 해결하러 온 줄 알았다. 그런데 그 남수빈 씨는 유치장에 드러누운 이해준을 보자마자 핸드폰을 꺼내 사진부터 찍었다. 찰칵, 찰칵, 하는 카메라 셔터 음이 연속해서 들리자 그제야 이해준 씨는 고개를 들었다.

"지금 뭐 하는 거야?"

"나중에 우울할 때 보려고요. 선배가 쳐 놓은 사고는 내가 다 수습하고 다니는데 이 정도 보상은 있어야죠."

"야, 남수빈."

"지금 처리해야 되는 잡일이 얼마나 많이 쌓였는지는 알고 소리 질러요? 누구는 편하게 유치장에 누워 있는데, 누구는 뼈 빠지게 일해야 되는 게 불공평하다고 생각하지 않아요?"

웃으면서 말하는 게 더 무서웠다. 핸드폰으로 사진부터 찍길래 장난을 치는 줄 알았는데 화가 난 거였다. 웃고는 있는 그 표정이 살벌했다. 이해준 씨도 그걸 알았는지 더는 아무 말도 못 하고 얌전히 카메라를 바라보았다. 연사라도 찍는지, 찰칵 찰칵 찰칵 하는 소리가 연이어 울려 퍼졌다. 그 모습을 보며 앞으로 이 사람만은 절대로 적으로 돌리지 말아야지 다짐했다.

나는 멍청한 표정으로 사진에 찍히고 있는 이해준 씨를 향해 말을 걸었다.

"도대체 왜 말을 안 하는 거예요?"

평소에는 하지 말라고 해도 나불나불 잘만 떠들어 대는 사람이. 그러니까 진짜 범인 같아 보이잖아요. 내 말을 가만히 듣고 앉아 있던 이해준 씨가 고개를 홱 돌리며 대답했다.

"탐정은 입을 다물어야 할 때도 있는 거예요."

또 저런 궤변. 뭔가 알고 있는 게 분명했다. 그런데도 나한테는 아무것도 알려 줄 수 없다는 저 태도가 짜증이 났다.

"그런 식이면 나도 이해준 씨가 왜 이러는지 조사해서 알아낼 거예요."

"할 수 있으면 해 봐요."

"당신이 범인이 아니라는 증거를 찾아서 여기서 끌어낼 거라고요."

"어차피 48시간만 있으면 나갈 수 있는데 굳이 그렇게까지 해야 할 필요가 있을까요? 박화음 씨는 아무 상관도 없잖아요."

그 야멸찬 태도에 나는 할 말을 잃었다. 그동안 내가 봐 왔던 이해준 씨와는 완전히 다른 사람 같았다. 평소의 이해준 씨라면 당장 여기서 나 좀 꺼내 달라고 징징거렸을 것이다. 저렇게 날 선 태도로 나오니 나도 오기가 생겼다.

"그럼 계속 거기서 살든가요."

그렇게 말하고 바로 뒤돌아서 경찰서 밖으로 경보하듯이 걸어 나갔다. 한참 걷다가 서서 씩씩거리고 있자 뒤따라 나온 남수빈 씨가 말을 걸었다.

"저럴 땐 그냥 내버려 두는 게 나아요."

"이해가 안 돼서 그래요. 유치장 안이 뭐가 편하다고 거기서 이틀이나 지내겠대요?"

"가끔 저렇게 한 번씩 핀트가 나가는데 그럴 때는 누구 말도 안 듣거든요."

그렇게 말한 남수빈 씨는 메고 있던 백팩에서 서류 뭉치 하나를 꺼내 내게 건넸다.

"뭐예요?"

"읽어 보세요."

받아서 첫 페이지를 넘기니 의뢰인 이름, 신영대라고 적혀 있는 글씨가 보였다. 독버섯을 먹고 사망했다는 그 신영대 씨의 의뢰 내용과 신상 정보가 몇 페이지에 걸쳐 줄줄이 나열되어 있었다.

"이런 걸 저한테 보여 줘도 돼요?"

"우리 사무소 인턴이니까요."

"인턴 아닌데요."

"선배가 범인이 아니라는 증거를 찾겠다면서요. 시간 없으니까 빨리 읽어요."

나는 가까이에 있는 벤치에 앉아 남수빈 씨에게서 받은 서류를 꼼꼼하게 살펴보았다.

이름은 신영대. 남자. 나이는 만으로 올해 쉰넷. 해준의 탐정 사무소 쪽으로 몇 번 의뢰를 해 놓고는 수임료를 떼먹은 전적이 있었다.

"수임료를 안 내는데도 의뢰를 계속 받아 줬어요?"

옆에 앉은 남수빈 씨에게 묻자 남수빈 씨는 어깨를 한 번 으쓱했다.

"그거 때문에 선배랑 몇 번 싸웠죠. 둘 사이가 나빴던 건 사실이에요. 다음에는 꼭 수임료를 내겠다고 큰소리를 뻥뻥 치고 의뢰를 받아 달라고 난동을 부리곤 했거든요."

"그런데 그걸 이해준 씨가 받아 줬어요?"

영업 방해로 경찰에 신고나 안 했으면 다행이라고 생각했다.

"보기에 딱했거든요. 선배가 은근히 그런 데에 물러요."

남수빈 씨가 페이지를 넘겨 보라는 듯 손을 흔들었다. 그 말대로 다음 페이지로 넘기자 신영대 씨의 의뢰 내용이 보였다. 첫 번째 의뢰는 어디로 갔는지 모를, 떠나 버린 아내가 어디 있는지 찾아 달라는 것이었다. 남수빈 씨가 덧붙였다.

"신영대는 피부가 다 짓무르는 심각한 피부병을 앓고 있었어요. 그것 때문에 직장에서도 잘리고, 아내가 하나뿐인 딸을 데리고 도망가 버렸다고 믿고 있었죠."

의뢰 내용 밑에는 성과 보고가 적혀 있었다. 남수빈 씨가 말했다.

"첫 번째 의뢰는 금방 성공했어요. 사람 하나 추적하는 건 이제 그렇게 어려운 일도 아니거든요. 이름도 신용카드나 계좌도 그대로인 사람은 더 찾기 쉬워요. 문제는 이 멍청한 의뢰인이 도망간 부인 집에 찾아가 난동을 부리고 체포됐다는 거예요. 선배는 역시 이런 의뢰는 받지 말았어야 했다고 후회했어요. 자칫 잘못하면 그 부인의 신변이 위험에 처할 수도 있었거든요. 피부병 때문에 아내가 떠나 버린 거라고, 의뢰인의 말만 믿은 게 실수였죠. 아마 그래서일 거예요. 선배가 의뢰인의 말을 100퍼센트 신뢰하지 않는 건."

"그런데도 두 번째 의뢰를 받았네요?"

페이지를 팔랑 넘기자 두 번째 의뢰 내용이 나왔다. 두 번째 의뢰는 몸이 이 지경이 되도록 방치한 병원에 의료 소송을 걸고 싶으니, 피부병에 대한 책임이 병원에 있다는 것을 입증할 증거를 마련해 달라는 것이었다.

"선배도 평소 같았으면 받지 않았을 텐데, 피부병이 상당히 심각해 보여서 도와주고 싶었을 거예요. 진물이 난 상처를 긁고, 또 긁고 그러는 게 도통 사람 사는 꼴이 아니었거든요."

하지만 두 번째 의뢰는 실패했다. 의뢰 내용 밑에 있는 성과 보고에 그 내용이 자세하게 적혀 있었지만 내가 알아들을 수 있는 말은 거의 없었다. 결론은 의료 과실이라는 증거를 발견할 수 없어서 실패했다는 소리였다. 내가 그 부분을 뚫어져라 쳐다보자 남수빈 씨가 말했다.

"원래 의료 과실은 증명하기 어려워요. 변호사도 아니고 일개 탐정 사무소에서 할 수 있는 일은 아니죠."

"실패하는 의뢰도 있네요."

"당연히 있죠. 탐정 사무소가 만능인 줄 알아요?"

만능이라고 생각하지는 않지만, 이해준 씨가 그렇게 대단한 탐정이라고도 생각하지 않지만, 그래도 의외였다. 마지막 페이지까지 눈으로 훑은 후에 서류를 덮었다. 읽는 내내 궁금한 점이 하나 있었다.

"나한테 이걸 왜 보여 준 거예요?"

남수빈 씨는 이런 사무소 내부 서류를 왜 나한테 보여 줬을까? 신영대 씨의 개인 정보나 의뢰 내용에 대해 알게 됐어도 이 사람이 대체 어떻게 표본을 훔쳐 갔으며, 왜 붉은 사슴뿔 버섯을 먹었는지는 알 수가 없는데. 남수빈 씨는 내 말을 듣고 콧잔등을 긁적이더니 하품을 한 번 쩍 했다.

"신영대를 죽인 범인이 누군지 조사해 주세요. 그래야 저 인간도 유치장에서 끄집어낼 테고. 선배 말대로 48시간이 지나면 증거 불충분으로 어차피 풀려날 테지만 저러는 이유는 좀 알아야겠어요."

"왜요?"

"궁금하니까요. 혹시 약점이 될지도 모르고."

대화의 흐름을 따라갈 수가 없었다. 이해준 씨랑 대화할 때도 종종 이렇게 휘말리는 기분이 드는데 남수빈 씨는 이해준보다 더했다. 진짜 성격 이상한 사람이었다. 나는 잠시 침묵하다 물었다.

"그래서 나더러 지금 도와달라는 거예요?"

"네."

내가 왜요? 되물으려던 차에 이해준 씨의 밉살맞은 얼굴이 떠올랐다. "아무 상관도 없잖아요"라고 말하던 그 얼굴이. 이해준 씨는 아직도 모르는 것 같은데 나는 원래 아무 상관도 없는 사람 일에 간섭하는 걸 좋아한다. 남수빈 씨의 동기와 내 의도는 100만 광년쯤 떨어져 있긴 하지만 나는 그의 제안을 받아들였다.

3

"성격 이상하다는 말 많이 듣죠?"

어디서 내가 하고 싶은 말이 환청으로 들리네. 멍하니 생각하다가 남수빈 씨가 나한테 한 말이라는 걸 깨닫고 페달을 밟던 발을 멈춰 세웠다. 사람이 진짜 양심이 없어도 이렇게 없을 수가. 그게 지금 죽을힘을 다해 자전거 페달을 굴리는 사람에게 할 소린가. 너무 힘들어서 입에서 군내가 다 날 지경이었다. 나는 간신히 입을 열었다.

"지금 누가, 하고 싶은 말을…… 하는, 거예요?"

"택시 타고 가자는 걸 굳이 굳이 우겨서 자전거 타야 한다는 사람은 처음 봐서 그래요. 환경주의자인가 봐요?"

그 말에 나는 아무 대답도 하지 않았다. 자동차에 타면 토한다는 말 같은 걸 하면 그걸 약점으로 잡고 나를 괴롭힐 것 같은 인간이었다. 대신 다른 걸 물었다.

"남수빈 씨…… 몸무게, 몇 킬로예요? 왜 이렇게, 무거워요?"

헉헉대며 자전거를 끄는데 자전거가 천근만근 같았다. 남수빈 씨는 키가 좀 크긴 했지만 팔다리가 나보다 가늘 정도로 마른 체형이라 뒤에 태워도 그렇게 무겁지는 않을 거라고 판단했는데 오판이었다.

"제가 원래 좀 통뼈예요. 어릴 때 합기도를 좀 오래 했었거든요."

통뼈랑 합기도가 대체 무슨 상관이냐고 되묻고 싶었는데 더 말할 기운도 없었다. 신영대가 살던 원룸촌이 경찰서에서 그리 멀지 않은 곳에 있다는 게 그나마 다행이었다. 평소 내속도로 갔으면 벌써 도착하고도 남았을 텐데 뒤에 짐짝이 하나 딸려 있어서 시간이 두 배로 걸렸다.

서류에 적힌 내용으로 보자면 신영대는 가족들이 다 떠난 이후로 쭉 혼자 살고 있었다. 원래 살던 집 전세를 빼서 이 동네로 이사 온 지는 3년 정도 됐다. 겨우 3년 산 걸로 동네에서 얻을 수 있는 정보가 뭐가 있나 싶긴 했지만 남수빈 씨가 굳이 집부터 털어야 한다고 해서 어쩔 수 없었다.

내가 자전거 체인을 걸어 두는 사이에 남수빈 씨는 기다리지도 않고 동네 어귀에 있는 부동산에 쏙 들어갔다. 문을 밀고 들어가자 벌써 부동산 사장님과 화기애애 대화를 나누고 있는 남수빈 씨의 옆모습이 보였다.

"개강한 지 벌써 2~3주는 지났는데 지금 방을 구해요?"

"다녀 보니까 영 통학은 못 하겠더라고요. 학교에서 여기가 제일 가까운 원룸촌이던데, 남는 방 있어요?"

"방이야 많지."

부동산 사장님은 화려한 안경테가 인상적인 여자였다. 나이는 50대 중후반쯤. 호피 무늬 프린트가 되어 있는 안경테 때문에 눈 쪽으로 자연스럽게 시선이 갔다. 사장님은 벌써 남수빈 씨에게 호의적인 눈빛을 하고 있었다. 그런데 대화 내용이 이상했다. 나이가 몇인데 대학생 연기야? 그러고 보니 요 앞이 바로 에코시티 유일의 대학교가 있는 자리였다. 내가 황당하다는 표정을 숨기지 못하고 그쪽을 쳐다보자 부동산 사장님이 잠깐 서류를 가지러 간 사이에 남수빈 씨는 내 쪽을 향해 한숨을 푹푹 쉬었다. 그리고 빠른 속도로 속삭였다.

"원래 동네 사람들 이야기 들으려면 이 정도 연기는 할 줄 알아야 돼요. 대놓고 '나 여기서 죽은 사람 이야기가 궁금합니다~' 하면 누가 대답이나 해 줄 것 같아요?"

"그건…… 그렇네요."

"이 정도는 조사원의 기본 소양이에요. 앞으로 부동산에 가야 할 일이 많을 테니까 내가 하는 거 잘 봐 둬요."

그 말에 내가 왜? 하고 반박하고 싶었는데 그럴 새도 없이 부동산 사장님이 자리로 돌아왔다. 그리고 우리 앞에 설록차가 하나씩 놓였다. 아무렇지도 않게 차를 한 모금 마신 남수빈 씨가 물었다.

"보은 빌라 원룸 매물 나온 건 없어요?"

그 빌라는 신영대 씨가 살던 빌라 이름이었다. 남수빈 씨가 그 빌라 이름을 입에 올리는 순간 사장님의 얼굴 표정이 미묘하게 무너졌다. 내가 알아챌 정도였으니까 남수빈 씨는 당연히 눈치챘을 것이다. 사장님이 말했다.

"거긴 학교에서도 멀고, 통학하기에도 별로예요. 다른 원룸 더 좋은 데 추천해 줄게요."

"친구가 거기 살고 있어서요. 이왕이면 같은 빌라가 좋잖아요."

그 말에 사장님의 시선이 내 쪽으로 향했다. 나? 남수빈 씨를 쳐다보자 얼른 맞장구치라는 사인이 왔다.

"아, 네. 제가 지금 거기 살아요."

이렇게 대놓고 거짓말을 하는 건 또 오랜만이었다. 목소리가 이상하게 들렸을 것 같은데 다행히 사장님은 눈치채지 못한 것 같았다. 내 말에 사장님은 더 미묘한 표정이 되었다. 어지간히 보은빌라 관련 이야기가 하기 싫은 모양이었다. 그 후로도 대화는 목적을 찾지 못하고 뱅뱅 제자리를 돌았다. 결국 수빈이 물꼬를 텄다.

"최근 학교에 소문이 돌고 있는데, 그 원룸 1층에 살던 사람 누가 죽었다면서요? 이 친구가 거기 살기 무섭다고 난리예요."

이렇게 묻고 나서야 사장님은 마지못해 입을 열었다.

"이미 고인인 양반한테 할 말은 아니지만, 아주 글러 먹은 양반이었어요."

그건 시작에 불과했다. 사장님은 신영대가 얼마나 막무가내 민폐 덩어리였는지 한참을 떠들었다. 방금까지 그 이야기를 못한 게 무슨 한이라도 맺힌 사람처럼.

"처음 이사 올 때 계약을 우리 부동산에서 했는데 그때부터 막무가내였지. 복비를 깎아 달라고 얼마나 나를 괴롭혔는지 몰라요. 결국 5만 원이나 빼 줬다니까. 그러고 들어가 살 때 잘 살기나 했으면 몰라. 들어가자마자 장판이나 벽지가 곰팡이투성이라고 클레임을 걸어서 집주인이 도배를 다시 해 줬다니까. 그 곰팡이 때문에 자기 피부병이 더 심해지는 거 같다고 아주 난리도 아니었어요. 집주인한테 내가 얼마나 미안했는지 몰라요."

사장님의 이야기를 종합하자면 신영대 씨는 어지간히 트러블이 많은 세입자였던 모양이었다. 그러나 그게 다였다. 결국 별로 쓸 만한 정보를 건지지 못하고 부동산을 나왔다.

바로 다음 코스로 남수빈 씨는 부동산 맞은편 건물에 있는 세탁소를 가리켰다.

"모르는 동네에 가서 탐문할 일이 생기면 가장 먼저 가야 할 장소는 부동산이에요. 거기는 이 동네 주민들이 이사할 때 한 번쯤은 이용해 봤을 가능성이 크니까요. 다음이 바로 여기, 세탁소예요."

"세탁소는 왜요?"

"배달을 하니까요. 배달을 같이 하는 세탁소는 동네 주민들을 잘 알고 있을 확률이 커요."

나는 공부하는 학생처럼 고개를 끄덕이다가, 내가 왜 이런 걸 진지하게 듣고 있지? 정신을 차렸다. 나는 탐정 같은 게 되지 않을 거라고 말하려고 하는데 내가 말하기도 전에 남수빈 씨가 세탁소 문을 밀고 들어갔다.

"안녕하세요, 사장님. 말씀 좀 물을게요."로 말을 붙인 남수빈 씨는 자신을 요 앞에 있는 빌라 102호에 살던 남자, 그러니까 신영대의 조카라고 소개하며 말했다.

"지금 삼촌 유품을 정리하고 있는데 혹시 세탁소에 맡겨뒀던 옷이 없는지 알아보러 왔어요."

남수빈 씨의 말에 세탁소 사장님의 얼굴이 순간 환해졌다. 얼핏 보기에 무기력해 보였던 인상에 형광등이 한 100개쯤 켜진 듯 보일 정도였다.

"아이고, 그 말종…… 아니, 그 아저씨 조카예요?"

여기서부터 뭔가 이상함을 직감했지만 이미 뱉은 말을 어쩔 수는 없었다. 남수빈 씨가 떨떠름하게 고개를 끄덕이자 사장님은 얼른 가게 장부를 꺼내 들었다.

"그 아저씨가 맡기고 안 찾아간 옷이 좀 많아야지. 내가 이걸 다 버릴 수도 없고 아주 골치가 아팠는데 다행이다, 다행이야."

사장님은 빠른 손놀림으로 장부를 넘겼다. 그러면서 다른 한 손으로는 계산기를 탁탁 두드렸다. 밀린 외상값을 받을 수 있어서 다행이라는 소리였다.

"나는 살다 살다 그런 결벽증은 처음 봤어. 어찌나 예민한지 외출 한번 했다 하면 그날로 옷을 드라이클리닝 맡겨 버리고 그랬다니까. 이 동네 세탁소 사장들은 그 아저씨 다 알걸? 여기서 외상, 저기서 외상, 다 외상으로 해 버리고 더 외상 하기 힘들겠다 싶어지면 딴 집 찾아가고 그랬으니깐. 근데 하긴 그럴 만하지. 피부가 워낙, 저기 했잖아."

말을 마친 사장님은 드디어 계산이 끝났는지 계산기를 남수빈 씨의 눈앞에 보이며 말했다.

"이거 외상값은 갚아 주고 갈 거죠?"

남수빈 씨는 거의 울 듯한 표정으로 지갑을 열었다. 세탁소를 나서면서 보니 지갑이 홀쭉해져 있었다.

"세탁소에 가면 정보 캐기가 쉽다면서요?"

이 세탁소 사장님은 외상값 말고는 아는 게 없었다. 배달을 하러 간 적도 없어서 집에서 어쩌고 사는지도 잘 모르겠다고 했다. 결국 돈은 돈대로 뜯기고 얻은 정보값은 0에 수렴할 정도였다. 내 말에 남수빈 씨는 지갑을 주머니에 집어넣으며 대꾸했다.

"항상 운이 좋은 건 아니죠."

그 후로도 세탁소를 두 군데 더 찾았는데 결과는 마찬가지였다. 외상값만 내주고 세탁소를 나서기를 세 번. 홀쭉해지다 못해 아예 평평해진 지갑을 보며 남수빈 씨는 한숨을 쉬었다. 그 모습을 보고 있자니 아까 전에 부동산에서 생겼던 쥐콩만 한 신뢰가 사라지려고 했다. 탐문에 관해서는 전문가처럼 떠들어 대더니 초짜인 나랑 별다를 게 없었다.

"뭐 이렇게 맞는 게 하나도 없어요?"

"탐문은 결국 발품 파는 거거든요. 이건 아무리 유능한 조사원이더라도 마찬가지예요."

가게 몇 군데 돌아다닌 것뿐인데 벌써 해가 지고 있었다. 이 동네에 남은 세탁소도 더는 없었다. 방금 전에 외상값을 물어 주고 나온 곳이 마지막이었다.

"이제 세탁소도 없는데 어떡할 거예요?"

내 말에 남수빈 씨는 주변을 두리번거리며 이럴 리가 없는데, 이럴 리가 없는데, 중얼거렸다. 방금 나온 세탁소 주변엔 상가 건물이 하나뿐이었는데, 이 건물에는 24시간 편의점과 안경점, 피아노 학원, 그리고 코인 빨래방이 있었다. 그중 코인 빨래방에만 아직 간판이 없었다. 개업한 지 얼마 되지 않은 듯했다. 그런데 좀 이상한 풍경이 눈에 들어왔다. 보통 이런 가게는 가게 앞에 뭘 놓는 경우가 없는데, 이 빨래방 앞에는 누군가가 키우는 화분이 몇 개 놓여 있었다. 이름이 뭔지 짐작이 가지 않는 다육이 화분 옆에 율마 화분도 보였다. 율마는 빛과 물에 예민해 키우기 까다로운 식물이다. 이런 데서는 잘 안 키우는데. 잘못하면 금방 잎이 까맣게 죽어 버려서 우리 카페에서도 몇 번 실수로 죽인 적이 있을 정도였다. 그 후에 카페에 율마는 들이지 않게 되었다.

　그런데 이 율마는 잎이 푸릇푸릇한 게, 누군가 정성 들여 관리한 티가 났다. 내가 율마 화분 앞으로 한 발자국 다가섰을 때 화분에서 희미한 소리가 흘러나왔다. 남은 지 오래된 듯 금방이라도 날아갈 것 같은 소리였다.

　남수빈 씨에게 뭐라고 말을 하려던 차에 빨래방 안쪽에서 누가 문을 밀고 나왔다. 초췌해 보이는 인상의 남자였다. 빛바랜 초록색 칼라티를 입은 중년 남자는 한 손에는 세탁물을 다른 한 손에는 세탁 바구니를 들었다. 입고 있는 칼라티 가슴 쪽에 '다온 세탁소'라는 글씨가 인쇄되어 있었다. 그 밑에는 누군가가 붙여 놓은 스마일 스티커가 보였다.

그래서 알았다. 이 사람이 빨래방 사장님이라는 걸. 율마 화분에서 흘러나온 소리 덕분이기도 했다. 화분에는 "이거 드라이클리닝 두 벌에 얼마예요?" 같은 소리가 희미하게 남아 있었다. 이 소리는 빨래방이 바로 얼마 전까지는 세탁소였다는 걸 암시했다. 그리고 그게 아마도 저 다 온 세탁소였으리라.

남수빈 씨가 나서서 빨래방 사장님에게 말을 걸기 전에 내가 먼저 물었다.

"여기에 얼마 전까지는 세탁소 있지 않았나요?"

사장님은 고개를 끄덕였다. 이 동네 주민이라면 알 만한 사실이라 그런지 경계하는 낌새는 보이지 않았다.

"아…… 어쩌죠. 세탁소에 맡겼던 옷이 없나 여쭤 보고 싶은데 여기 전에 사장님 연락처를 좀 알 수 없을까요?"

모른 척 묻자 사장님은 자기가 세탁소 사장이었다며 자신에게 말을 하면 된다고 대꾸했다. 나는 남수빈 씨에게 눈짓했다. 그러자 남수빈 씨는 자신을 요 앞에 있는 빌라 102호에 살던 남자, 그러니까 신영대의 조카라고 소개하며 말했다.

"지금 삼촌 유품을 정리하고 있는데 혹시 세탁소에 맡겨 뒀던 옷이 없는지 해서요."

역시 나보다는 연기가 훨씬 능숙했다. 오늘 하루 종일 봤지만 봐도 봐도 적응이 안 되는 모습이었다.

그런데 그 말을 하자마자 빨래방 아저씨의 표정이 벌레라도 본 것처럼 일그러졌다. 그러고도 한참 아무 말도 하지 않아서 남수빈 씨가 "혹시 모르세요?" 되묻자 빨래방 아저씨는 파르르 얼굴을 떨더니 세탁 바구니를 팽개치고 도로 빨래방 안으로 들어갔다. 이게 무슨 상황이지 의아해진 내가 남수빈 씨와 얼굴을 마주 서 있을 때 빨래방 문이 다시 열리며 하늘에서 물벼락이 쏟아졌다.

"그놈이 맡긴 옷 같은 건 없으니까 썩 꺼져!"

양동이를 든 남자는 그렇게 소리를 질렀다. 순식간에 다시 닫히는 문을 보며 남수빈 씨가 말했다.

"이런 반응을 보이는 사람을 찾는 거예요."

"뭐가 어째요?"

"뭔가를 알고 있거나 관련이 되어 있으니까 이상한 반응을 보이는 거예요. 아까 부동산 사장님하고는 반응이 다르죠? 잘 기억해 두세요. 켕기는 게 있는 사람은 필요 이상으로 과하게 반응하거나, 이상할 만큼 침착하거나 둘 중 하나니까."

그러니까 그런 걸 내가 왜 알아야 하는데. 내가 왜 여기서 물벼락을 맞아야 하는 거냐고. 서 있는 자리가 마침 운이 좋았는지 남수빈 씨 쪽으로는 물방울이 거의 튀지 않아서 옷소매만 조금 젖은 상태였다. 그에 비해 나는 머리부터 발끝까지 물을 뒤집어썼다. 내가 아끼는 프릴 블라우스가 다 젖어 얼룩덜룩했다. 이제 날씨가 제법 쌀쌀해졌는데 물에 젖기까지 하니 몸이 으슬으슬 떨렸다.

내 표정을 본 남수빈 씨는 지금 설교할 때가 아니라는 걸 깨달았는지 가방에서 휴지를 건넸다. 그걸로 얼굴이랑 머리카락을 닦아 냈지만 역부족이었다. 그나마 다행인 건 걸레 빤 물이나 하수구 물이 아니라 그냥 물인 것 같다는 점이었다. 특별히 냄새는 나지 않았다. 내가 킁킁거리며 옷 냄새를 맡고 있는 사이에 빨래방 문이 다시 열렸다.

문을 열고 나온 사람은 아까 그 빨래방 아저씨가 아닌 다른 사람이었다.

"미안해요. 애기 아빠가 그 인간 얘기만 나오면 이렇게 예민하게 반응해서……."

여자는 그렇게 말하며 가지고 나온 수건을 건넸다. 빨래방 아저씨와 똑같이 빛바랜 초록색 칼라티를 입고 있었다. 아까 그 아저씨만큼은 아니었지만 이쪽도 꽤나 초췌해 보였다. 마음고생깨나 한 얼굴이었다.

"괜찮아요. 삼촌이 생전에 미움받았다는 건 알고 있습니다."

남수빈 씨가 말했다. 그 말에 여자는 좀 더 얼굴이 어두워졌다.

"그…… 사람 때문에 우리 다온이도 피부병이 옮은 거예요. 세탁소에 꽤 자주 왔다 갔다 했거든요. 그 후로 우리 애도 똑같은 피부병에 걸렸으니까 우리로서는 그렇게 의심할 수밖에 없었어요."

"평소에 그 사람 보기 끔찍했겠죠. 피부병에 다 짓무른 얼굴을 하고 다니니까. 남 탓하기는 더 쉽고."

바뀐 말투에 놀라 남수빈 씨를 보자 평소의 표정으로 돌아와 있었다. 더는 연기할 필요가 없겠다고 판단한 모양이었다. 싸늘한 말투에 여자는 반사적으로 소리쳤다.

"우리만, 우리만 그런 것도 아니에요! 이 동네에 그 인간한테서 피부병 옮은 사람이 한둘인 줄 알아요?"

그 말은 이 원룸촌에 사는 사람들 중 신영대 씨가 걸린 피부병에 걸린 사람이 더 있다는 소리였다. 진짜인지는 알 수 없었다. 신영대 씨의 피부병이 전염성이 있는 세균이나 바이러스성이었다는 그런 얘기는 듣지 못했으니까. 남수빈 씨의 말이 맞다. 어차피 이 사람들한테는 신영대의 피부병이 바이러스성인지 단순한 건선인지 아토피인지 그런 게 중요한 게 아니었다. 원망할 곳이 필요했던 것이다. 그 마음이 뭔지 이해는 할 수 있었다. 나는 아주 당연한 사실을 하나 짚었다.

"그게 정말 옮는 거였으면 아이가 아니라 사장님 먼저 옮아야 했던 거 아닐까요. 사장님이랑 제일 많이 접촉했을 거고요. 만약 정말 아이가 운이 나빠 옮은 거라도 쳐도, 아이와 매일 함께 있는 두 분은 지금 왜 멀쩡할까요?"

사실은 빨래방 사장님도 알고 있었을 것이다. 다만 이런 말도 안 되는 억지를 부리는 편이 갑자기 집안에 날아든 날벼락의 원인을 찾아내는 것보다는 나았던 거다. 게다가 그 질병의 원인이 어쩌면 부모 자신에게 있을지도 모른다고 생각하면 더더욱 인정하고 싶지 않아지는 법이다. 내가 우리 애한테 뭔가 잘못해서 애가 저렇게 됐다고 인정하면 더 괴로워지니까. 나도 그걸 굳이 지적해서 부모를 괴롭게 만들고 싶지는 않았지만, 이미 고인이 된 신영대 씨가 죽어서까지 저런 원망을 들을 일은 아닌 것 같다.

얼굴을 닦아 낸 수건을 빨래방 사장님에게 다시 건넸다. 사장님은 수건을 꾹 말아 쥐었다. 그러고는 아무 말도 하지 않고 빨래방 문을 밀고 들어가 버렸다.

* * *

우리는 마지막으로 신영대 씨가 살던 빌라로 향했다. 보은 빌라 102호. 지은 지 얼마 되지 않았는지 외관은 깨끗했다. 이 근처 원룸촌의 빌라들이 대부분 그랬다. 에코시티는 생긴 지 그렇게 오래되지 않은 신도시니까 어찌 보면 당연했다. 원래는 여기도 논밭이었을 것이다.

신영대 씨의 집 앞에는 폴리스라인이 쳐진 흔적이 보였다. 혹시나 해서 문을 당겨 열어 봤지만 문은 굳게 잠겨 있었다. 남수빈 씨는 장갑을 낀 손으로 현관 비밀번호를 계속 눌러 댔다. 신영대 씨의 생일, 아내의 생일 둘 다 눌러 보고는 고개를 절레절레 저었다.

나는 혹시나 해서 담을 돌아 빌라 뒤편으로 갔다. 그리고 거기서 뜻밖의 물건을 발견했다. 신영대 씨의 집은 1층이라 담 하나만 넘으면 창문이 바로 보이는 구조였는데 집 창문틀에 화분이 하나 끼어 있었다. 붉은색 꽃이 핀 제라늄 화분. 어찌된 건지 창가에 화분 하나만 덩그러니 남아 있었다. 화분 같은 걸 키울 만한 사람이라고 생각되지는 않았는데.

화분에는 생각보다 세심한 관심과 애정을 기울여야 한다. 며칠에 한 번 물을 줘야 하는지, 바람을 쐬어 줘야 하는지, 햇빛이 모자라지는 않은지 체크하는 게 쉬운 일은 아니다. 그런데 저 제라늄 화분은 잎 하나 어디 상한 곳 없이 멀쩡했다.

겨우 서류 몇 장에 적힌 정보로는 역시 사람을 다 알 수가 없다.

창문 틈이 살짝 열려 있는 덕분에 화분에 남은 소리가 들렸다. 화분에서 새어 나오는 소리 역시 내가 판단한 신영대 씨의 목소리와는 거리가 멀었다.

나는 조용히 다시 신영대 씨의 집 문 앞으로 향했다.

이미 경찰이 증거가 될 만한 건 다 털어 갔을 테니까 굳이 집에 꼭 들어가 봐야 하는 이유가 있는 것도 아닐 텐데 남수빈 씨는 어쩐지 낙담한 것 같았다. 나는 낙담한 남수빈 씨의 등에 대고 물었다.

"신영대 씨가 아는 사람 중에 '연주'라는 사람이 있어요?"

내 질문에 남수빈 씨는 신상 정보 서류를 들췄다. 그리고 몇 장 넘기지 않아 그게 신영대 씨 딸의 이름이라는 것을 발견했다.

"그 따님 관련된 번호로 비밀번호 치면 열릴 거예요, 아마도."

내 말에 남수빈 씨는 바로 노트북을 꺼내 들었다. 그리고 페이스북 계정으로 들어가 몇 번 검색하더니 그 딸의 계정을 찾아냈다.

"이게 진짜 있네. 요새 애들은 페이스북 잘 안 해서 없을지도 모른다고 생각했는데."

아마 페이스북 메시지 앱만 이용하는지, 개인 정보와 본인 얼굴이 나온 간단한 프로필 사진 외에는 특별한 게시글이 없었다. 그나마 있는 게시글도 무슨 콘서트에 다녀온 사진 한 장이 다였다. 개인 정보에는 지금 다니는 중학교와 자기 이름, 생일, 좋아하는 록밴드 같은 게 적혀 있었다. 아마 저 콘서트가 좋아하는 밴드 콘서트였던 모양이다.

"와, 애는 이 밴드를 어떻게 안대? 나 어릴 때 좋아하던 밴드인데."

남수빈 씨는 그렇게 혼잣말을 중얼거리더니 내 쪽을 향해 말했다.

"선배가 박화음 씨 영 능력이 있다고 했을 때는 그게 뭔 헛소린가 했는데 진짠가 봐요. 아까 그 빨래방이 원래 세탁소였는지도 미리 알고, 신연주가 딸이란 것도 알고."

딱히 대답을 바란 건 아니었는지 남수빈 씨는 내가 뭐라 말하기도 전에 계정 정보에 뜨는 신연주의 생년월일을 비밀번호 패드에 눌렀다. 여덟 자리 숫자를 입력하자 곧이어 삐익, 삐익 하고 번호가 틀렸다는 소리가 요란하게 울렸다. 생년월일을 여섯 자리로 바꿔 눌렀는데도 마찬가지였다.

고개를 갸웃거리던 남수빈 씨는 "어, 이게 아니면…… 뭐지?" 중얼거리더니 다시 페이스북 계정을 들여다보았다. 다니는 중학교, 콘서트에 다녀온 사진, 록밴드…… 남수빈 씨는 몇 번이고 "록밴드, 록밴드." 하며 같은 말을 중얼거렸다. 그러더니 콘서트 날 찍은 사진을 마우스 오른쪽 버튼을 눌러 저장했다. 사진의 파일 정보를 조회하자 사진이 찍힌 날짜와 함께 저장명이 떴다. "아빠랑 같이"라고 적혀 있었다.

남수빈 씨는 "아, 이거구나." 하는 말과 함께 천천히 여섯 자리 번호를 눌렀다. 사진이 찍힌 날짜 여섯 자리였다. 그러자 이번에는 삐삑 소리 대신 문이 열리는 소리가 났다.

그 사진 속의 콘서트는 벌써 몇 해도 더 전의 일이었다. 그때까지는 부녀 사이가 좋았던 것 같다. 그때를 잊지 못하고 아직도 그 날짜를 기억하고 있는 걸 보면. 페이스북 피드에 그 사진만 딱 한 장 남아 있는 걸 보면 그건 딸 역시 마찬가지일지도 모른다. 남수빈 씨가 그런 걸 다 짐작할 정도로 섬세한 사람이었나.

"어떻게 알았어요? 이 콘서트 날짜인 거."

"그냥 이것저것 다 찔러보는 거죠. 이번에는 운이 좋았어요. 이거까지 아니었으면 진짜 비번이 뭔지 알기 힘들거든요."

남수빈 씨는 가볍게 대꾸하고는 폴리스라인을 제치고 그 위로 넘어 들어갔다. 나도 조심스럽게 그 안에 발을 디뎠다.

집 안은 텅 비어 있었다. 경찰이 증거물들을 싹 훑어서 가져갔다고는 해도 심하다 싶을 정도로 아무것도 없는 집이었다. 거실 구석에 있는 냉장고만 우우웅 소리를 내며 돌아가고 있었다. 냉장고가 돌아가는 소리와 함께 신영대 씨가 남긴 말이 공기 중에 떠돌았다. 화분 쪽에서 흘러나온 소리였다. 누군가를 원망하는 말은 두서없고 횡설수설해서 무슨 소리인지 알아들을 수도 없었지만 한 가지만은 확실히 들렸다. 딸의 이름과 미안하다는 말이었다. 연주야, 미안해. 연주야, 미안해. 하는 소리가 거의 메아리치듯이 집 안에 울리고 있었다. 바깥에서 들을 때보다도 더 크게 들렸다. 그 외로움과 고통의 크기에 압도되어 속이 울렁거릴 지경이었다.

신영대 씨가 이 집에서 혼자서 고립되어 갔을 풍경이 눈앞에 보이듯 선명하게 떠올랐다.

내가 입을 막고 화장실로 달려가자 남수빈 씨는 시체가 있던 자리를 봐서 그랬다고 생각했는지 별말 하지 않고 모른 척 혼자 조사를 계속했다. 속은 메슥거리는데 먹은 게 없어 속에서 나오는 게 거의 없었다. 위액 비슷한 노란 액체만 토해 내고 입을 헹군 뒤 화장실을 나오는데 남수빈 씨가 손짓을 했다. 안방 쪽이었다.

"이것 좀 봐요."

남수빈 씨는 손바닥 위에 올린 물건을 보여 주며 그렇게 말했다. 파란색의 손가락 골무였다. 서류 작업 할 때 많이 쓰는, 손가락에 끼우는 골무. 어디서나 볼 수 있는 흔한 물건이지만 낯이 익은 물건이기도 했다. 저 손가락 골무는 이해준 씨가 서류 작업을 할 때 매일 사용하는 물건이니까.

"장롱 틈 사이에서 발견했어요. 경찰도 발견 못 한 것 같은데. 어쩌면 그렇게 중요한 증거가 아니라고 생각했을 수도 있고요."

이해준 씨 물건이라고 단정 지을 수 있는 것도 아니었다. 이해준 씨가 신영대 씨에게 손가락 골무를 줬을 수도 있으니까. 하지만 그러기에는 둘의 사이가 그렇게 화기애애하지는 않았던 것도 사실이었다.

그럼 도대체 이게 왜 여기에?

내가 그런 생각을 하며 고개를 들자 남수빈 씨와 눈이 마주쳤다. 서로 말은 안 해도 무슨 생각을 하고 있는지 뻔히 보였다. 설마 혹시? 그럴 리가.

하지만 그렇게 생각하면 지금 이해준 씨의 태도가 납득이 간다. 목격자 증언에 아무런 해명도 하지 않고 자기 발로 유치장 안으로 걸어 들어간 그 행동이. 게다가 이해준 씨는 어떻게 보면 식물 한정 독극물 전문가이기도 했다. 마음만 먹으면 누굴 독살하는 것쯤은 일도 아닐 것이다.

나는 경찰서에서 그날 이해준 씨를 봤다고 증언한 목격자를 떠올렸다. 누군가와 큰 소리로 싸움을 하고, 손에 피를 묻히고 있었다는 이해준 씨.

"그 학생이 소리 지르던 쪽을 보니까 웬 건물이었어요. 자세히 보니까 그 탐정 양반 건물이더라고요. 아니 근데, 탐정 사무소 건물을 유심히 보고 있으니까 거기서 탐정 양반이 나왔어요. 근데 오른손인지 왼손인지, 그건 기억이 안 나는데 손에 피가 묻어 있더라고요. 아는 척하려다가 놀래서 집에 달려왔다니까요."

역시 내가 봐 온 이해준 씨와 그 묘사 속의 탐정 선생은 거리가 멀어도 한참 멀었다. 그래서 처음에는 상가 연합회 회장 아줌마가 오해한 거라고, 사람을 잘못 봤을 거라고 생각했다. 어쩌면 그게 아니었을 수도 있다.

남수빈 씨와 나는 약간 넋이 나간 채로 빌라 현관문을 나섰다. 여기에 왔다는 사실을 경찰이나 다른 사람에게 들키면 안 되기 때문에 상당히 조심스러웠는데, 그때 마침 빌라 건물 입구에서 부스럭거리는 소리가 났다. 그러더니 누군가가 뒤돌아서 전속력으로 빌라 밖으로 도망가기 시작했다.

나는 남수빈 씨가 뭐라고 하기도 전에 먼저 뛰었다. 남수빈 씨도 내 뒤를 따라 뛰는 게 보였다. 아주 귀찮아 죽겠다는 얼굴을 하긴 했지만 뛰긴 뛰었다.

빌라 앞에서 바로 골목으로 뛰어 들어간 사람은 요리조리 골목 안에서 방향을 꺾어 가며 우리를 따돌렸다. 이 동네 지리를 잘 아는 사람 같았다.

　달리기에는 자신 있는데. 문제는 도망치는 사람이 더는 눈에 보이지 않았다는 거였다. 내가 아무도 없는 골목에 혼자 서 있자 뒤따라온 남수빈 씨가 말을 붙였다.

　"그러니까 내가, 안 뛰어도 된다고, 말하려고 했는데, 아, 왜 이렇게 성격이 급해요?"

　"왜 안 뛰어도 돼요?"

　내가 묻자 남수빈 씨는 음산하게 웃었다.

　"누군지 알 것 같아서요."

　"어떻게요?"

　"입고 있던 옷. 이 근처 중학교 생활복이거든요."

　그 말에 나도 그 빌라 앞에서 우리를 훔쳐보던 누군가의 정체를 알았다.

　4

　신연주는 신영대가 살았던 원룸촌에서 그리 멀리 떨어지지 않은 중학교를 다녔다. 원래 다니던 중학교가 여기였던 모양이다. 엄마와 함께 집을 나와서도 전학을 가지 않은 듯했다. 이 학교에 다닌다는 것 정도는 페이스북 계정에 대놓고 떠 있던 정보라 군이 뭘 찾고 그럴 필요도 없었다.

이 나이에 중학교 교문 앞에 서 있게 될 줄은 몰랐는데.

내가 중학생 때도 다른 학교 교문 앞에 서 있었던 적은 없는 것 같다. 지금이야 누군가의 이모나 고모 정도로 보일 테지만. 여기 서 있자니 내가 지금 여기서 뭘 하고 있는 건가, 회의적인 생각이 들었다. 내 직업이 뭐지? 이러다 직업 정체성을 잃어버릴 것 같다. 안 그래도 오늘은 원래 오후 타임 근무였는데, 중학생 하교 시간에 맞추느라 유리와 근무 시간을 바꾸기까지 했다. 그냥 이대로 집에 돌아갈까 고민하는데 마침 하교 시간이 되었는지 교문에서 학생들이 쏟아져 나오기 시작했다.

학생들은 모르는 사람이 교문 앞에 서 있어도 별 관심을 보이지 않고 휙휙 지나쳐 갔다. 나는 그 속에서 신연주를 찾기 위해 눈을 더 크게 떴다.

신연주의 얼굴은 페이스북 계정에 프로필 사진이 올라와 있어서 이미 알고 있었다. 같은 교복을 입어서 그런가, 한 명 한 명 구별하기가 힘들었지만 나는 곧 무리 속에서 신연주의 얼굴을 찾아냈다. 정확히 말하자면 무리 속이 아니라 무리에서 한 발자국 정도 떨어진 곳에서 걸어 내려오고 있었다.

교문을 스쳐 지나가는 신연주를 불러 세웠다. 그러자 그 애는 내 얼굴을 확인하고는 바로 뒤돌아섰다. 그리고 내가 뭐라 말을 붙이기도 전에 다시 도망가기 시작했다. 그럴 줄 알았다. 나는 미리 운동화를 신고 오길 잘했다고 생각하며 그 뒤를 쫓아 달렸다. 이번에는 놓치지 않을 거라고 생각했고, 실제로도 그랬다. 나는 생각보다 달리기를 꽤 잘했다. 게다가 이 중학교는 시내 한복판에 있었다. 골목길이 없다는 소리다. 이번에는 지형 면의 유리함도 없으니까 신연주가 절대적으로 불리한 판이었다.

시내를 가로질러 달려 육교 앞까지 가서야 겨우 가방 끄트머리를 붙잡았다. 그 애는 내가 가방을 붙잡자 가방까지 버리고 도주하려고 했다. 이번에도 놓치면 언제 다시 붙잡을지 몰랐다. 나는 간신히 그 애의 교복 조끼 옷깃을 붙잡고 물었다.

"왜 도망가요?"

이건 정말 순수하게 궁금했다. 얘는 처음부터 지금까지 나만 보면 꽁지가 빠져라 도망만 치니까. 이렇게 도망치는 이유라도 좀 알자 싶었는데 신연주는 의외의 대답을 내놓았다.

"내, 내가 잘못한 게 아니야."

"누가 잘못했대? 도망치는 이유라도 좀 알자니까."

내가 한숨을 쉬며 그렇게 말하자 신연주는 횡설수설 알아듣지도 못할 말을 중얼거렸다. 우리한테 항상 못되게 군 건 아빠였어. 아빠가 다 잘못했고 아빠가 나쁜데. 말하다 감정이 복받쳤는지 울음을 터뜨렸다.

아니, 울면 더 이상한 그림이 되잖아.

나는 슬슬 주변 시선이 신경이 쓰였다. 다행히 육교 앞을 지나가는 사람은 눈에 띄지 않았다. 어린 여자애를 붙잡고 울린 이상한 여자가 되기 전에 얼른 얘를 데리고 가까운 공원 벤치에 앉았다. 그리고 자판기에서 음료수를 몇 개 뽑았다.

아까 얘가 한 말만 놓고 보자면 이 어린애가 상당히 의심스러웠는데, 그런 생각을 하고는 내가 그런 생각을 했다는 사실에 놀랐다. 겨우 중학생짜리가 자기 아빠 죽음에 개입되어 있을지도 모른다고 의심한 자신이 혐오스러웠다. 이해준 씨라면 그렇게 의심하는 게 맞다고 했을 테지만 난 그러고 싶지 않았다. 요 몇 달간 탐정 흉내 좀 냈다고 사람이 여기까지 떨어지다니. 나는 얼른 양손으로 내 양쪽 볼을 짝 내리쳤다.

신연주는 그 소리에 놀라 나를 쳐다보았다. 뭐 이런 여자가 다 있나 싶은 그런 눈빛이었다. 그 눈빛을 무시하고 자판기에서 뽑아 온 음료수를 전부 다 건네주자 얘는 그중에서 커피 음료를 골라 들었다.

"중학생이 벌써부터 커피 마셔?"

별생각 없이 물었는데 얘는 얼굴을 찌푸리더니 모기만 한 목소리로 "으, 꼰대." 중얼거렸다. 다 들렸다. 들으라고 떠든 소리가 맞았다. 다시 생각해 보니까 좀 꼰대 같았던 거 같아서 머쓱해지려는 찰나 신연주가 다시 입을 열었다.

"그저께 밤에 탐정 사무소인지 뭔지, 사기꾼 아저씨 사무소에 찾아갔었어요."

그 정도는 이미 짐작하고 있었다. 아마 목격자가 봤다는, 이해준 씨와 다퉜다는 학생이 신연주일 것이다. 그렇게 생각하면 지금 이해준 씨가 누구와 싸웠는지, 왜 싸웠는지 입 다물고 유치장에 드러누워 있는 이유가 어느 정도는 이해가 갔다. 그걸 말하면 참고인 조사라는 명목으로 이 어린애까지 경찰서에 불려 와야 할 테니까.

"지난번에 그 아저씨가 우리가 이사 간 집 주소를 아빠한 테 가르쳐 주는 바람에 집에 찾아와서 난동을 피웠거든요. 이제 겨우 숨 쉴 구멍이 생겼다 싶었는데, 그러고 나타나면 누가 반가워한다고……."

거기까지 말하고 잠시 숨을 고른 신연주는 캔 커피를 따서 한 모금에 다 털어 넣었다.

"어떻게 알고 왔냐니까 탐정 사무소에 의뢰했다잖아요. 탐정이 뭐 이런 일까지 해? 어이가 없었어요. 그래도 한 번은 참고 넘어갔는데. 일주일 전에 어떻게 알았는지 아빠가 집에 또 찾아온 거예요. 이번에도 당연히 탐정 사무소에서 우릴 찾아낸 줄 알았죠. 그래서 그저께 사무소에 쳐들어간 거예요."

"탐정 사무소가 거긴 줄은 어떻게 알고?"

"아빠 가방 뒤졌어요. 명함이 나와서."

"그럼 그 피는 뭐야?"

빈 커피 캔을 쥐고 있는 손에는 생채기 하나 보이지 않았다. 손바닥을 보여 달라고 해서 확인했는데 거기도 마찬가지였다. 이해준 씨의 피도, 신연주의 피도 아닌 피가 이해준 씨의 손바닥에 묻어 있다는 게 이상했다. 내 말에 머뭇거리던 신연주가 간신히 입을 열었다.

"……그건 내가 그런 거예요. 너무 화가 나서 그랬어요."

그래서 이해준을 때렸다고? 되물으려던 차에 신연주가 말했다.

"그건 피가 아니라 페인트예요. 애들이 그러는데 페인트 테러 같은 걸 하면 어떠냐고 해서……. 사무실에 여기저기 뿌려 버리면 치우기도 힘들고. 근데 정말 그 아저씨한테 한 번 뿌린 게 다예요. 뿌리고 나서 갑자기 무서워져서."

이해준 씨가 끝까지 입 다물고 있는 이유를 하나 더 알았다. 어차피 청소년이라 심한 처벌까지는 받지 않겠지만 이것도 어쨌거나 폭행, 재물 손괴에 해당했다. 하지만 이해준 씨만 입 다물고 모른 척하면 없던 일이 되는 건 맞았다. 한숨이 나오려고 했다. 하긴 나라도 페인트 한 번 뿌리고 손까지 벌벌 떨고 있는 얘를 보면 차마 신고하지 못할 것 같긴 했다. 나는 더 캐묻는 대신 다른 걸 물었다.

"그날 사무실에서 혹시 뭐 수상한 사람이나 물건은 못 봤어?"

신연주는 고개를 저었다.

"아저씨한테 페인트를 뿌린 다음에 너무 놀라서, 바로 사무실에서 나왔어요. 그래서 잘 기억이 안 나기도 하고……."

결국 버섯을 훔쳐간 범인이 누군지는 못 봤다는 소리였다. 얘는 그냥 정말 그날 페인트를 뿌리러 거기 갔다가 놀라서 도망친 모양이었다. 빈 커피 캔을 쥐고 있는 손이 가늘게 떨리는 게 보였다. 입술을 몇 번 달싹거리던 신연주가 물었다.

"그 아저씨는…… 괜찮아요?"

너 때문에 지금 경찰서에 있다는 말은 할 수가 없었다.

"페인트를 뿌리고 나서 정신이 나가서…… 나도 모르게 심한 말을 해 버렸어요. 돈만 주면 뭐든 다 해 주냐고. 그럼 나도 돈은 달라는 대로 줄 테니까 아빠가 우리를 찾아오지 못하게 좀 해 달라고 했어요."

그 말에 온몸의 피가 싸늘하게 식어 바닥으로 흘러내리는 것 같은 기분이 들었다. 이 애는 지금 신영대 씨가 어떻게 됐는지 아직 모른다. 아빠가 죽은 걸 알았다면, 방금 꺼낸 말 같은 건 하지 않았을 테니까.

"……어제, 왜 빌라 앞에서 훔쳐보고 있었어?"

"그 아저씨가 아빠한테 이르면 아빠가 우리 집에 또 찾아올까 봐요."

신영대 씨가 사망한 건 그저께. 같이 살고 있지 않으니 연락은 엄마 쪽에만 갔을 확률이 높고, 엄마는 딸에게 그 소식을 아직 전달하지 않았을 수도 있다. 신영대 씨의 빌라 앞에서 서성이다가 뭘 봤더라도 아빠가 죽었다는 데에 생각이 미치지 않았을 수도 있다. 그렇게 생각하니 더 머리가 아팠다. 신영대 씨가 죽었다고, 그것도 누군가에게 살해당했을지도 모른다고 말해 주면 이 애는 조금 전의 그 말을 평생 후회하며 살지도 몰랐다. 나는 간신히 입을 열었다.

"……탐정 아저씨는 괜찮아. 원래 말을 밉살맞게 하는 사람이라 그런 말 좀 듣는다고 신경도 안 쓸 거고."

"진짜요?"

"진짜. 이제 그만 집에 갈까."

어차피 언젠가는 알게 될 테지만 나는 그게 지금은 아니길 바랐다. 상식적으로 생각하면 신연주의 말이 무슨 엄청난 영향을 끼쳐서, 우주의 운이 신연주의 소원을 들어줘서 신영대 씨가 그렇게 된 게 아니다. 그저 대단히 운이 나빴을 뿐이다. 문제는 당사자는 그렇게 생각할 수 없다는 데에 있었다.

신연주를 엄마와 함께 살고 있다는 빌라 앞까지 데려다주었다. 관리가 되지 않아 낡은 외벽이 멀리서도 눈에 띄는 오래된 빌라였다. 신영대 씨의 원룸촌과 비교가 될 정도였다. 적어도 그 원룸촌은 신축 빌라가 많아 깨끗하기라도 했으니까. 길가엔 페트병이 버려져 있고, 누군가가 불법 투기한 음식물 쓰레기가 여기저기 널려 있었다. 곰팡이와 하수도가 뒤섞인 냄새가 코를 찔렀다. 어느 집에서 청국장이라도 끓이는지 그 냄새에 밥 짓는 냄새가 섞여서 났다. 그러고 보니 저녁 시간이었다. 밥이라도 먹여서 올려 보낼걸. 신연주가 인사를 하고 빌라 안으로 사라지고 나서야 뒤늦은 생각이 들었다.

그 애가 계단을 올라가는 동안 계단에 노란 등이 하나씩 차례로 켜졌다. 그렇게 4층까지 켜진 불이 곧 다시 꺼졌다. 나는 불이 꺼진 빌라 앞에 꽤 오랫동안 서 있었다.

5

상원은 신영대의 부검 감정서를 놓고 책상을 톡톡 두드렸다. 애초부터 타살의 가능성이 더 높다고 생각했다. 사인은 독버섯으로 인한 중독사가 아니라, 기도 압박에 따른 질식사. 독버섯은 그저 눈을 가리기 위한 도구에 불과했다. 목에 희미하게 남은 교살흔을 보고 짐작은 했지만.

문제는 용의자를 특정할 수가 없다는 거였다. 목을 졸랐으면 그 목을 조른 범행 도구가 있어야 할 텐데 범행 도구는 보이지도 않았다. 아마 그 범인이 가져간 거겠지.

이해준이 범인일지도 모른다는 생각은 애초에 하지도 않았지만 이렇게 되면 이 이상 붙잡고 있는 것도 의미가 없었다. 독버섯으로 죽이려던 의도가 있었던 것도 아니고, 독버섯 때문에 죽은 것도 아니니까.

다만 그날 밤 해준이 누군가와 싸우고 손에 피를 흘리고 있었다는 목격자 진술이 마음에 걸렸다. 하지만 신영대의 집 어디에서도 핏자국이나 이해준의 지문, DNA는 발견되지 않았다. 사실 신영대의 집은 이상하리만치 깨끗했다.

"법의학자 선생님은 인제 그만 돌려보내 드려야 하지 않을까요?"

마침 상원의 책상 앞으로 다가온 양 형사가 물었다.

"법의학자 선생님은 무슨. 그냥 사설탐정이지. 너 그 선생님 소리 좀 집어치워라."

믹스 커피를 한 모금 마시고 상원이 툴툴거렸다. 상원은 기본적으로 검증되지 않은 유사 과학은 믿을 게 못 된다고 여겼다. 사건을 조사하는 건 형사의 일이다. 그런 유사 과학에 기대서 이리저리 팔랑팔랑 휘둘리는 건 사양이었다.

그렇다고 과학 수사를 불신하는 건 아니었다. DNA나 지문 분석 같은 건 이제 경찰에게 반드시 필요한 기술이 되었으니까. 과학 수사대 쪽을 신뢰하기도 했다. 하지만 상원에게 법의 생태학은 입증되지 않은 유사 과학이었다. 여기저기 널린 게 꽃가루고, 식물인데 그런 걸로 시체 유기 장소를 찾거나 범인을 옴짝달싹 못 하게 만들 증거를 찾아낸다는 게 말이 안 되잖아. 우리나라에서 법의 생태학 위치라는 게 딱 그 정도였다. 법원에서 법의 생태학자의 증언이 증거로 채택된 적도 손에 꼽을 만큼 적었다.

양 형사는 그 법의 생태학자에게 이상한 친밀감을 느끼는 모양이었지만. 양 형사가 말했다.

"에이, 그래도 과학자 선생님인데요. 그리고 지금 목격자 증언 말고는 증거도 없는데, 그게 사건과 직접적으로 연관이 있는 것도 아니고요."

"그래서 당장 풀어 달라고? 나도 그래야지 싶긴 해. 근데 뭐가 이렇게 찝찝하지?"

뒷맛이 영 개운치 않았다. 이해준을 풀어 주면 용의선상에 올릴 용의자는 하나밖에 남지 않았다.

신영대의 아내. 별거한 지 오래되어 이혼했다고 봐도 무방했지만 호적 정리는 하지 않았다. 귀찮아서 그런 경우도 있고 재산 문제가 얽혀 있을 가능성도 있었지만 당장 떠오르는 건 하나였다.

"신영대가 죽으면 사망 보험금이 아내 앞으로 나오도록 되어 있다고 했지."

"네. 확인해 보니까 액수가 꽤 돼요. 다 합해서 10억은 되는 것 같더라고요."

"거참. 수상하네."

"역시 그렇죠?"

상황만 놓고 보면 그림으로 그린 듯한 보험 사기 범죄였다. 별거까지 할 정도로 부부 사이는 파탄 났고, 그 가정 파탄의 원인은 아무래도 피해자 쪽에 있는 것 같았다. 남편을 살해할 동기는 이 정도면 차고 넘쳤다. 냄새를 맡은 상원은 벌써 아내를 참고인 조사에 소환해 한바탕 추궁을 마치기까지 했다.

문제는 이 아내의 알리바이가 완벽하다는 데 있었다. 신영대의 사망 추정 시각은 9월 26일 11시부터 다음 날 새벽 1시 사이. 아내는 그 시각 야간 아르바이트로 대리운전을 하고 있었다. 파트너로 함께 돌아다니는 다른 대리운전 기사와 손님의 증언까지 확보된 상태였다.

"이 알리바이 깨지기 힘들겠지?"

"역시 그렇죠……? 사망 보험도 최근에 든 것들은 아니었어요. 거진 10년 정도 된 보험들이에요."

그날 신영대의 아내는 에코시티 외곽 고덕 신도시까지 차를 몰았다. 손님의 집이 그 근처였다. 이왕 고덕 신도시까지 간 김에 거기서 대리 콜을 또 몇 개 받았다. 파트너 대리 기사와 함께 에코시티로 돌아온 것은 새벽 3시가 넘은 시각이었다. 바로 집에 돌아가 잠들기 전에 딸을 마주치기까지 했다. 가족의 증언은 신빙성이 높지 않았지만 어차피 사망 추정 시간대도 아니었다.

신영대의 아내가 신영대를 죽이기 위해서는 같이 일하는 대리 기사의 눈을 피해 10분 만에 에코시티에 와서 남편을 살해한 후 모든 증거를 지운 다음 다시 고덕 신도시까지 돌아가야 했다.

거리상으로도 시간상으로도 불가능했다. 이렇게 되면 용의선상에 올릴 수 있는 사람이 하나도 남지 않는다. 하필이면 신영대가 사는 빌라 앞 CCTV가 몇 주 전부터 먹통이었다. 이정도 우연이 몇 개나 겹치다니 귀신이 곡할 노릇이었다. 상원이 뭔가 찝찝하다고 생각한 건 이 때문이었다. 지나치게 아귀가 딱딱 맞아떨어진다. 누군가가 계획한 것처럼.

상원의 눈이 가늘어졌다.

"수상하다, 수상해."

중얼거리는 말에 양 형사는 열심히 고개를 끄덕이며 "신영대 씨 아내분을 한번 더 불러서 조사할까요?" 맞장구를 쳤다.

마음속으로 용의선상에 올린 인물들의 얼굴에 다 ×표를 그리며 상원은 고개를 저었다.

마지막으로 남은 용의자가 어렴풋이 손에 잡힐 것 같았다.

6

요즘은 카페보다 경찰서를 더 자주 들락거리는 것 같다. 몇 달 사이에 경찰서에 온 것만 벌써 세 번째였다. 심지어 그중 하나는 참고인 겸 용의자 취급이었고. 물론 경찰서에 좋은 추억이 있는 사람은 없겠지만 올 때마다 나쁜 기억을 하나씩 적립하는 것 같았다. 그리고 그게 다 저 유치장에 처박혀 드러누워 있는 인간 하나 때문이었다. 저 인간은 아직도 눈을 감고 귀를 막고 외부의 소리를 모두 차단한 벽창호처럼 굴고 있었다.

"이제 그만 이해준 씨 풀어 주세요. 저 사람이 범인이 아닌 건 형사님도 알잖아요?"

한술 더 떠 최 경위는 내 말을 귓등으로도 듣지 않았다. 내가 왜 여기 와서 이런 말을 하고 있어야 하는지 이해가 안 됐지만 경찰이 하는 꼴이 영 이상해서 어쩔 수 없었다. 이쯤이면 풀려났겠지 싶어서 탐정 사무소에 찾아갔는데 아직도 경찰서에 있다는 소리에 기함을 했으니까. 48시간이 거의 다 되어 가는데도 경찰은 이해준 씨를 풀어 줄 생각을 하지 않았다.

"어떤 사람도 범인이 아니라고 단언할 수는 없죠. 목격자 증언이 아직 해결이 안 됐잖습니까."

"그거 제가 설명할 수 있어요."

나는 신연주에게서 들은 말을 최 경위에게 전했다. 그날 사무실을 찾아온 건 신영대의 딸이고, 그 딸이 탐정 사무소에 페인트 테러를 했다고. 그러니까 손바닥에 묻은 건 누군가의 피가 아니라 빨간색 도료에 불과하다고.

"페인트 테러는 이해준 씨도 신고할 생각 없었던 것 같으니까 연주를 불러서 취조하거나 하지는 마세요. 그 애는 아직 아버지가 어떻게 됐는지도 모르고 있어요. 그리고 그것 때문에 이해준 씨가 아무 말도 안 하고 저렇게 묵비권을 행사하고 있는 것 같으니까요."

내 말에 최 경위의 표정이 뭔가를 생각하는 듯 심각해졌다. 이해준 씨의 결백을 믿어 주나 싶어서 이제 됐다고 안도의 숨을 내쉬려는 순간 최 경위가 말했다.

"탐정 사무소 조사원이 하는 말을 어떻게 믿습니까?"

이런 대화가 몇 번이나 이어졌다. 도돌이표 수준이었다. 한 시간쯤 되어 가자 결국 최 경위 쪽에서 손을 들었다. 아마 48시간이 다 된 거겠지.

"다시 말하지만 더 이상 잡아 둘 명분이나 증거가 없는 것뿐입니다."

구속 영장 없이 구금할 수 있는 시간이 끝났기 때문에 풀어 주는 주제에 말이 많았다. 어차피 풀어 줄 수밖에 없으면서. 최 경위는 땅이 꺼져라 한숨을 푹 내쉬고는 열쇠를 하나 꺼내 유치장 문을 열었다. 얼른 나오라는 내 말을 듣고도 이해준 씨는 한동안 말이 없었다. 나는 미적거리는 이해준 씨를 끌고 경찰서에서 나왔다. 경찰서에 일분일초라도 더 있고 싶지 않았다.

이해준 씨는 경찰서 문을 열고 나와 나보다 앞서서 걸어나가며 중얼거렸다.

"진짜 사람 귀찮게 만드네."

그 말에 나는 내 귀를 의심했다. 저게 지금 뭐라는 거야? 기껏 사람 생각해서 경찰서까지 데리러 왔더니 하는 소리가 뭐? 하도 황당해서 그 자리에서 입만 벌린 채 굳어 있자 이해준이 말을 이었다.

"경찰서에서 주절주절, 주절주절 뭐가 좋아서 그렇게 다 떠들어 대요?"

"뭐요?"

"페인트 얘기는 뭐 하러 했어요? 그런 얘기 안 해도 어차피 48시간 되면 증거 없어서 풀어 주게 되어 있어요. 그건 사건이랑 직접 연관된 증언도 아니었고!"

"그게…… 지금 이렇게 화낼 일이에요?"

이렇게까지 화를 낼 수 있는 사람이라고는 생각해 본 적 없었다. 내 물음에 이해준은 화를 참는 것처럼 숨을 한 번

쉬었다.

"네, 지금 박화음 씨의 그 잘난 오지랖 때문에 최 경위가 냄새를 맡은 것 같으니까요."

그 말에 잠시 입을 다물었다. 나는 '이해준 씨가 범인이에요?' 되묻는 대신 다른 말을 골랐다. 그리고 주변을 둘러보고 아무도 없다는 것을 확인한 뒤에 최대한 작은 목소리로 속삭였다.

"어차피 경찰은, 어디에서도 자살이라는 증거 못 찾아요."

내 말에 이해준 씨는 한 대 얻어맞은 사람처럼 말을 잃고 내 얼굴을 쳐다보았다. 그리고 간신히 입을 열어 물었다.

"……알고 있었어요? 언제부터?"

알고 있었다. 신영대 씨 집에서 손가락 골무를 발견했을 때, 신영대 씨가 그 집에서 혼자서 고립되어 갔을 풍경이 눈앞에 보였을 때, 그 집 화분에서 흘러나오는 연주야, 미안해, 연주야, 미안해하는 소리들 사이에 "이렇게 가서"라는 소리가 섞여 있을 때, 아빠가 어떻게 됐는지 아직 아무것도 모르는 신연주를 만났을 때. 설마 하던 의심은 점차 확신으로 바뀌었다.

경찰서에 오기 전, 사무실에서 남수빈 씨에게 내 가설을 전했을 때 남수빈 씨는 "아, 그래서 그랬구나."하며 고개를 끄덕였다.

내가 "뭐가요?" 되묻자 남수빈 씨가 말했다.

"선배는 자살 사건에 꽤 예민하거든요. 안 그런 척 멀쩡한

척하는데 평소답지 않게 흥분하거나 감정적인 반응을 보이는
때가 많아서 다 티가 나요."

"……그래요?"

"네. 선배 어머니가 그렇게 돌아가셨거든요."

마지막 말은 듣지 않는 게 좋았을 텐데. 타인의 가슴 아픈
과거사 같은 건 모르고 살 때가 나은 법이다. 그랬으면 아까
이해준 씨가 내게 무섭게 화를 낼 때 바로 뒤도 안 돌아보고
떠날 수 있었을 테니까.

주변을 다시 둘러보았다. 지나가는 사람은 없었다. 하지만
아무리 봐도 경찰서 코앞에서 떠들 만한 이야기는 아니었다.
나는 이해준 씨의 소매를 잡아 끌어다 자전거 뒤에 태웠다. 요
즘 내 자전거가 혹사당하는 일이 많아서 조금 슬퍼졌다. 나는
후 한숨을 내쉬고 천천히 페달을 밟기 시작했다. 가로수길을
지나 경찰서가 눈에 보이지 않게 되었을 때쯤 이해준 씨가 입
을 열었다.

"독버섯 같은 건 자살하기에 좋은 방법이 아니에요. 한 번
에 죽는 것도 아니고 운이 나쁘면 숨만 간신히 붙어 있는 채로
며칠 내내 고통받을 수도 있다고. 그 과정은 뭐 고상한 줄 알
아요? 몸에 있는 모든 구멍에서 수분이란 수분은 다 토해 내
야 됩니다. 자살하는 방법으로 독버섯 같은 걸 택하는 사람은
어디에도 없단 말이에요."

거기까지 말한 이해준 씨는 잠시 숨을 골랐다.

"보나 마나 아내랑 딸을 위한답시고 그랬을 텐데, 그런 건 그냥 개죽음이에요."

이해준 씨의 일을 몰랐다면 당장 "그렇게 말을 심하게 할 것까지는 없잖아요." 쏘아붙였을 텐데 그럴 수가 없었다. 이래서 남의 사정 같은 건 알아봤자 쓸모가 없는 건데. 내가 대답하지 않자 이해준 씨는 말을 이었다.

"그 사람 아마 고통을 견디다 견디다 스스로 목을 졸랐을 거예요. 그게 차라리 편안한 죽음이었을 테니까."

"아, 그건 아닐 거예요."

현장을 보니 알 수 있었다. 신영대 씨는 충동적으로 목을 조른 게 아니다. 그런 짓을 해 버리면 현장에 자살이라는 증거를 남길 수도 있으니까. 현장에 그런 증거는 없었다. 게다가 양 형사님 말에 따르면 신영대 씨의 몸에는 교살로 보이는 상흔과 뭔가를 떼어내려고 손으로 긁은 상처, 이른바 요시카와선*까지 남아 있었다고 했다. 희미하기는 했지만. 그래서 경찰도 처음부터 타살이라고 단정 지은 것이다. 버섯은 그저 수사에 혼선을 주기 위해 이용한 것처럼 보였다. 내 설명에 이해준 씨는 한동안 아무 말도 하지 않았다. 자전거 페달을 밟는 소리만 끼익 끼익 울렸다. 이해준 씨가 말했다.

"신영대 씨 아내와 딸에게는 아무 말도 하지 마요. 이런 건

✿ 교살 시 피해자가 끈이나 범인의 팔을 풀기 위해서 제 목의 피부에 손톱을 세우며 만든 흔적. 다이쇼 시대 경시청 과장의 이름을 땄다고 알려져 있다.

차라리 미제 사건으로 남는 게 나아요. 물론 세상에 완전 범죄라는 건 없어서 결국 경찰도 이게 자살이라는 걸 냄새를 맡을 테고, 신영대 씨 아내와 딸도 알게 되겠지만요. 그냥 지금은 모르게 놔둬요. 부모가 자기 손으로 인생을 끝장냈다는 걸 어릴 때 알게 되는 거랑 머리 좀 큰 다음에 혹시 그게 자살이었을까 추측하는 거랑은 천지 차이니까."

나도 이해준 씨 생각에 동의했다. 연주는 이런 일을 감당하기에는 아직 너무 어렸다. 지금 당장은 아버지의 죽음을 받아들이는 것도 벅찰 터였다.

"그렇게 한다고 그게 개죽음이 아니게 되는 것도 아니지만요."

얼굴이 보이지 않아서 다행이라고 생각했다. 슬픈 얼굴이든, 지친 얼굴이든 그런 표정을 한 이해준 씨를 앞에 두고서는 무슨 말을 해야 할지 몰랐을 테니까.

자전거가 어째 남수빈 씨를 뒤에 태웠을 때보다 더 무거운 것 같았다. 키는 엇비슷한데 이해준 씨가 더 뚱뚱한 모양이라고, 맘대로 결론을 내린 나는 탐정 사무소 앞에 이해준 씨를 내려 줄 때까지 한마디도 꺼내지 못했다.

아무래도 나는 탐정이 되긴 글러 먹은 것 같다.

7

몇 주가 지나자 신영대 씨 집 앞의 폴리스라인이 치워졌다. 경찰은 별다른 증거를 찾아내지 못한 것 같았다. 이제 와서 결론을 뒤집어 자살이란 걸 증명하기는 쉽지 않을 테니, 거기까지는 예상한 바였다. 최 경위가 뭔가를 눈치챘다고 해도 어디까지나 심증이었다.

나는 한 번 보고 외워 뒀던 비밀번호를 누르고 문을 열었다. 집은 여전히 텅 비어 있었다. 냉장고에서 울리는 소음도 그대로였다. 다만 화분에서 흘러나오는 소리는 기세가 한층 누그러져 있었다. 하긴 남아 있는 게 이상한 일이었다. 신영대 씨가 사망한 지 한 달 가까이 되었으니 제라늄 화분에 남아 있던 소리도 사라질 때가 됐는데. 딸을 향한 메시지는 희미하지만 끈질기게 남아 집 안에 울리고 있었다. 처음 이 집에 왔을 때는 그게 외로움과 고통의 소리라고 생각했었는데 지금은 쓸쓸하게만 들렸다.

이 집에 다시 들어온 것도 이 화분 때문이었다.

화분에서 울리던 소리가 내내 마음에 남아 있었다. 신연주는 어차피 화분에 남아 있는 소리고 뭐고 하나도 듣지 못하겠지만 그래도 전해 주고 싶었다. 그 화분에 남아 있는 마음이라도.

창가에 덩그러니 남아 있던 제라늄 화분은 이제 잎이 노랗게 시들어 가고 있었다. 몇 주나 물을 주지 않았을 테니 당연했다. 붉게 피었던 꽃 역시 거의 다 졌다. 하지만 아직 죽지는 않았다. 다시 정성을 다해 키우면 원래 모습으로 돌아올 수도 있었다. 나는 화분을 창틀에서 들어 올려 조심스럽게 품에 안았다.

그런데 그 순간 창틀에 끼어 있던 무언가가 창문 바깥쪽으로 떨어졌다. 저걸 창틀에 끼워 놓고 화분을 올려 눈에 보이지 않게 가려 놓은 것 같았다.

파란색 표지의 낡은 수첩이었다. 가죽 장정으로 만들어진 표지가 너덜너덜했다.

나는 그걸 주워 들어 첫 장을 펼쳤다.

* * *

"그래서 신영대 씨 집에서 이걸 가져왔다고요?"

해준은 화음이 내민 수첩을 받아 들었다. 수첩 주인이 얼마나 많이 펼쳐 봤는지 표지엔 손때가 가득 묻어 있었다. 수첩을 받아 펼치지 않은 채로 카페 테이블 위에 올려 두었다.

"신영대 씨 수첩이 맞아요?"

"네. 우리 사무실에 의뢰하러 왔을 때도 여기다 메모를 잔뜩 해서 돌아가곤 했거든요. 글씨가 하도 악필이라 뭐라고 썼는지 보이지도 않았지만요. 약간 필기에 집착하는 면이 있었어요. 기록을 남겨야 한다나. 근데 그건 맞는 말이에요. 그거 알아요? 범죄 수사를 할 때는 일기도 다 증거가 된다는 거. 혹시 죽이고 싶은 사람이 있더라도 일기에는 그런 말 함부로 쓰지 마세요. 나중에 재수 없으면 괜히 용의자로 몰리는 수가 있으니까."

"저는 일기 같은 거 안 써요."

"네, 그래 보여요."

"그거 무슨 뜻이에요?"

해준은 대답하지 않고 웃었다. 일일이 저렇게 반응해 주지 않으면 될 텐데. 말은 저렇게 해도 대부분 받아 주는 화음 때문에 성격이 더 나빠지는 것 같다고 해준은 생각했다. 잠도 못 자고 무슨 생각을 그렇게 많이 했는지 몇 주 만에 보는 화음의 얼굴엔 다크서클이 저 밑까지 내려와 있었다. 화음은 해준을 잠시 노려보다가 말했다.

"쓸데없는 말 많이 할 필요 없어요. 괜찮지 않을 때 이해준 씨는 일부러 그러는 모양이지만. 그런 식으로 스트레스 풀면 좋아요?"

이런 점이 의외였다. 화음은 항상 의외의 구석에서 날카로운 면이 있었다. 식물에 남은 소리를 듣는 능력도 물론 탐이 났지만, 그것 말고도 꽤 쓸 만했다. 본인은 아직도 탐정 같은 게 아니라고 부인하는데 그렇게 강하게 부정하면 오히려 반대로 들리는 법이다. 지금은 본인도 모르는 것 같지만. 스스로 그 사실을 깨달을 때까지 기다릴 생각이었다. 기다리는 일이라면 자신이 있었다.

해준은 대답 대신 얼음이 다 녹아 묽어진 아메리카노를 들이켰다. 화음이 일하는 카페의 아메리카노는 기본적으로 샷이 두 개 들어가 다른 곳보다 썼다. 해준은 인상을 찌푸리며 시선을 돌렸다. 언제 와도 참 사람이 없는 가게였다. 이쪽을 묘한 시선으로 쳐다보는 두 사람의 눈길이 느껴졌다. 지난번에 와서 탐정 명함을 돌렸던 것 때문인 것 같았다. 해준이 대답하지 않을 걸 알았는지 화음은 곧 말을 돌렸다.

"혹시 신영대 씨가 무슨 피해자 모임 같은 데 나간 거 알고 있었어요?"

신영대가 피해자 모임에 나간다는 말은 처음이었다.

"아뇨. 그런 모임에 나갔다고 적혀 있어요?"

"확실하지는 않은데요. 수첩 뒷장에 이상한 게 하나 있어서요. 무슨 피해자 모임 연대. 앞쪽에 글자가 더 있었는데 그건 지워져서 안 보이고요. 누가 검은색 펜으로 여러 번 찍찍 그어 놔서 무슨 글자였는지 유추도 못 했어요."

"신영대 씨가 지운 걸까요?"

"그걸 모르겠어요. 화분 뒤에 숨겨 놓은 걸 보면 누가 손을 댈 거 같진 않은데. 그 밑에 전화번호가 하나 있길래 그쪽으로도 한 번 전화를 걸어 봤는데, 없는 번호래요."

유령 단체 같은 걸지도 몰랐다. 단체명만 걸어 두고 활동하지 않는 모임 같은 건 많았다.

"뭐, 그게 무슨 모임이었는지 알아도 결과가 바뀌지는 않을 것 같은데요."

신영대가 자살했다는 사실만은 변하지 않는다. 해준은 팔
짱을 끼며 물러나 앉았다. 이 사건으로 자꾸 기억하기 싫은 일
이 머리를 침범하려 들었다. 그 감각은 퍽 유쾌하지 않았다.

그런 해준의 얼굴을 물끄러미 보던 화음이 물었다.

"이해준 씨, 그날 신영대 씨 집에 갔었죠?"

방심한 사이에 치고 들어온 질문에 해준은 잠시 말을 잃
었다. 알고 있으면서 말을 안 했구나. 지난번에 자전거로 사무
소 앞까지 데려다준 화음이 그 문 앞에서 자꾸 머뭇거리던 이
유가 저거였나 싶었다.

해준은 버섯이 없어졌다는 걸 눈치채자마자 범인이 신영
대라는 것을 알았다. 바로 신영대의 집까지 차를 몰고 달려갔
다. 혹시나 싶어서 그 동네 CCTV에 걸리지 않는 사각지대에
주차하고 집 앞으로 갔다. 문은 살짝 열려 있었다. 아마 신영대
가 일부러 열어 놓은 거였겠지.

해준은 그 문앞에 서서 한참 숨을 몰아쉬었다. 심장이 쿵
쾅거리는 소리가 귓가에 들리는 것 같았다. 아른거리는 잔상
이 몇 초 정도 눈꺼풀 아래로 떠올랐다가 사라졌다. 하필이면
해준이 어릴 때 살던 빌라와 이 빌라의 구조가 똑같았다. 문을
열고 들어가면 구름무늬 차렵이불로 감싸 놓은 어머니가 있을
것만 같았다. 손끝이 덜덜 떨렸다. 몇 번이고 손톱을 세워 허벅
지를 움켜쥐었지만 소용없었다.

다 끝난 줄 알았던 유년의 상처가 여전히 거기에 있었다. 그 작은 빌라 현관문 안쪽에. 그러니 더더욱 그 문을 열고 들어가야만 했다.

화음의 질문에 또다시 호흡이 흐트러지는 게 느껴졌다. 화음이 말을 이었다.

"내내 마음에 걸렸어요. 범행 도구가 사라진 거. 양 형사님은 그것 때문에 경찰이 타살에 더 중점을 두고 있다고 그랬고. 자살이라면 목을 조른 끈이 남았어야 하니까."

해준은 대답하지 않았다.

"그 운동화 끈, 왜 들고 나왔어요? 발뺌할 생각은 말아요. 이해준 씨가 원래 신던 운동화 끈이랑 그 끈이랑 색깔이 다른 건 진작 알고 있었으니까요. 탐정 사무소에 가자마자 나한테 바꿔 신어 달라고 졸랐던 그 운동화요. 그때는 그냥 끈을 바꿔 달았구나 싶었는데. 아니, 근데. 범행 현장 증거를 나한테 떠넘긴 건 다시 생각해도 괘씸하네. 그 도와 달라는 말이 그런 건 줄 알았으면 난 발도 안 들였을 거라고."

화음의 말이 전부 맞았다. 해준은 자꾸만 꺾이는 몸을 겨우 지탱하면서 신영대의 집 안으로 들어갔다. 그리고 안방에서 신영대를 발견했다.

그 순간 해준은 본능적으로 자신이 해야 할 일이 무엇인지 알았다.

"……보자마자 알았으니까요. 어떻게든 타살로 위장하려

고 애를 쓴걸. 그래서 마지막에는 원하는 대로 해 준 것뿐이에요."

해준은 이 선택이 세상이 보기엔 도덕적이지 않을 수도 있다는 걸 알고 있었다. 어쨌거나 사건에 개입해서 수사에 혼란을 줬고, 진실이 세상에 드러나는 걸 방해했다. 세상의 어떤 탐정도 이런 선택을 내리지는 않는다. 결론만 놓고 보자면 탐정 실격이었다.

하지만 자신이 언제는 제대로 된 탐정이었던가. 해준은 스스로를 비웃었다.

스스로 목숨을 끊은 어머니 옆에서 먹고, 자고, 생활하다가 한 달 만에야 구조되었을 때 해준은 아홉 살이었다. 그때의 기억은 솔직히 이제는 잘 기억나지 않을 정도로 희미하다. 기억나는 것은 구름무늬 차렵이불과 뭔가가 썩어 가는 냄새, 냉장고에 먹을 게 없어 쌀독에 있는 생쌀을 씹어 먹어 가며 어머니가 일어나기를 기다렸던 것. 엄마가 왜 안 일어날까, 언제 일어날까. 배고픈데. 그런 생각을 하면서.

쌀독에 있는 쌀마저 떨어졌을 때 해준은 문을 열고 바깥으로 나갔다. 한 달만의 일이었다. 훔쳐서라도 먹을 걸 구해 오려고 했는데 그대로 편의점 사장님에게 붙잡혀 추궁당했다. 그날 이후로 다시는 엄마를 만나지 못했다. 엄마가 어떻게 된 건지 어렴풋이 짐작하게 된 건 그리 많은 시간이 지나지 않은 후의 일이었다.

해준은 그 집에서 자살의 증거를 모두 지우고 나오면서 다른 생각은 하지 않으려 애를 썼다. 머릿속에서 계속 되뇌는 것은 한 가지뿐이었다. 내가 겪은 일을 누군가가 되풀이해서 겪게 하지는 않을 거다, 절대로.

거기까지 이야기를 다 들은 화음은 아무 말도 하지 않았다.

"이상하네요. 박화음 씨처럼 오지랖 넓은 사람이 이럴 때 아무 말도 안 하는 게."

빈정거리는 말투에 화음이 발끈했다.

"저도 누울 자리 보고 발 뻗는 거거든요?"

"괜찮아요. 비밀도 아니니까. 내 주변 사람이 다 아는 걸 비밀이라고 하기도 좀 그렇잖아요. 우리 랩실 사람들은 다 알았어요. 할머니가 돌아가셨을 때 랩실에 쳐들어온 아버지가 떠들어댔거든요. 유산이 어쩌고저쩌고하면서. 잘못한 사람이 목소리는 참 크죠? 내가 이때까지 살아 보고 느낀 건데, 원래 잘못한 사람이 목소리가 더 커요."

해준 스스로도 알고 있었다. 진심을 과장된 수다에 섞어 별거 아닌 일처럼 뱉어 내는 제 버릇을. 가끔은 어떻게 말을 끊어야 할지 모를 정도로 걷잡을 수 없이 말이 불어나는 경우도 있었다. 그건 스스로를 보호하기 위한 자기방어 기제였다. 그런데 화음은 처음부터 알고 있다는 듯이 말했다.

"하고 싶지 않은데 굳이 말 많이 할 필요 없다니까요."

그래서 해준은 더 이상 말할 필요가 없었다. 때로는 침묵이 더 편안할 수도 있다는 걸 그때 알았다.

* * *

"이걸 저한테 주는 이유가 뭐예요?"

"아버지가 남긴 물건이니까?"

내 대답에 신연주는 고개를 숙였다. 내가 건넨 화분을 품에 꼭 안고 있으면서도 말투는 그대로였다. 몇 주 사이에 야윈 얼굴이 마음에 걸렸다. 아버지 소식은 내가 전하지 않아도 이미 아는 것 같고. 다행히 화분에 남은 소리는 아직도 끈질기게 이어지고 있었다. 나머지는 이제 이 애 혼자 극복해야 할 일들이었다.

나는 망설이다가 파란색 수첩을 꺼냈다.

"혹시 이거 본 적 있어?"

이 수첩에 대해 신연주가 알 거라는 기대는 하지 않았는데, 의외로 신연주는 고개를 끄덕였다.

"아빠가 쓰던 수첩이에요. 무슨 병원 의료 과실을 밝히겠다고 한동안 난리였거든요. 아빠는 아빠가 그렇게 된 게 다 병원 때문이라고 생각했어요. 말도 안 되죠."

신연주의 말대로였다. 수첩 안에는 유영병원을 저주하는 말이 가득했다. 의료 과실을 확신하고 병원의 과실을 밝히려고 애를 쓴 흔적이었다. 이해준 씨 탐정 사무소 서류에서 본

두 번째 의뢰 내용과 비슷했다. 내가 이 수첩을 연주에게 건네주어야 하나, 말아야 하나 망설인 건 이것 때문이었다. 아빠가 죽기 전까지 누굴 적나라하게 비난하고 원망한 기록 같은 걸 굳이 전해 주어야 하나? 하지만 수첩의 존재를 모르고 있다면 몰라도, 이미 알고 있다면 주는 게 맞았다. 어디까지나 유품이 니까. 내가 수첩을 건네자 신연주는 받아 들어 표지를 열고 내용을 쓱 훑었다.

"아빠가 아프기 전엔…… 원래 이런 사람은 아니었어요. 얼굴이 그렇게 되고 나서부터는 누가 자기를 이렇게 만들었다는 둥, 병원을 고소할 거라는 둥 제정신이 아니었고요."

"그럴 수도 있지. 사람이 너무 큰 불행을 겪으면 뭐라도 원망하고 싶어지는 법이니까."

"남 탓만 하면 뭐해요? 그러다 죽어 버리면 남은 사람들은 어떡하라고?"

그렇게 대꾸하는 신연주의 눈가가 붉었다. 나는 망설이다가 입을 열었다.

"혹시 무슨 피해자 모임에 아버지가 나가던 것도 알고 있었어?"

신연주는 고개를 저었다.

"처음 들어요, 그런 건."

수첩에 뭐가 더 적혀 있었으면 모르겠는데, 그게 다였다. 그 모임 대표 전화라는 번호도 먹통이었고. 모임이 와해된 건지, 아니면 처음부터 유령 단체였는지는 모르겠지만.

"왜요? 그 피해자 무슨 모임이 아빠랑 관련이 있어요?"

나는 고개를 저었다. 모른다면 됐다. 어릴 때는 모르고 있는 게 나은 진실도 있는 법이었다. 이해준 씨의 말이 맞았다.

내 말을 믿지 않는 건지 연주는 수첩을 계속해서 넘겼다. 마지막 장에 이르러서 그 페이지에 끼어 있던 사진이 벤치 아래로 떨어졌다. 그걸 주워 든 신연주는 한참 동안 사진을 멍하니 쳐다보았다. 나는 조용히 기다렸다.

곧이어 꾹꾹 눌러 참았을 것이 분명한 말이 두서없이 튀어나왔다. 발음은 뭉개지고 숨소리 사이에 소리가 막혀 잘 들리지 않았지만 그 말을 하나로 이어 보자면 이랬다.

우리 가족은 잘해 보려고 해도 늘 잘 안 됐어요.

비닐봉지에서 캔 커피를 꺼내 손수건과 함께 건넸다. 캔 커피의 고리를 따 주자 신연주는 순순히 받아 들었다. 울고 싶을 때는 단 거나 좀 먹는 게 나았다. 나는 입을 열었다. 이런 말까지 하려던 건 아닌데.

"우리 가족도 그랬어."

어쩌면 가족이라는 게 그런 건지도 몰랐다. 아빠가 돌아가신 후로 엄마랑 나는 늘 잘해 보려고 애썼다. 그 전의 화목했던 가족으로 돌아가기 위해. 하지만 결과적으로 잘 안 됐다. 억지로 자기 역할을 연기하느라 집안은 점점 더 살얼음판 같아졌다. 결국 엄마도, 나도 적당히 떨어져서 사는 쪽이 서로에게 최선이라는 걸 알게 됐다. 그걸 깨닫는 데 10년이 넘게 걸렸지만.

이런 얘기를 떠들면서도 신연주가 쉽게 받아들일 거라는 생각은 하지 않았다. 어차피 집집마다 사정은 모두 다 다르다. 하고 싶은 말은 하나였다.

"너무 애쓰지 마. 그래도 돼."

내 말에 신연주는 눈을 동그랗게 뜨고 날 쳐다보았다. 그 눈엔 아직 무수한 가능성이 있었다. 너는 그렇게까지 오래 걸리지 않기를, 내가 겪은 일을 네가 되풀이해서 겪지는 않기를. 가능하다면 그랬으면 좋겠다. 나는 조용히 중얼거렸다.

이제야 이해준 씨의 마음이 온전히 이해가 됐다.

주머니를 뒤져 케이스를 하나 꺼냈다. 얼마 전에 받은 명함과 명함 케이스였다. 조사원 일을 하고 돌아다니려면 명함 하나 정도는 필요하다고, 이해준 씨가 억지로 손에 쥐여 준 것이었다. 심플한 하얀색 배경지에 아무 특징 없는 글씨로 "해준 탐정 사무소 조사원 박화음"이라고 적혀 있었다.

이걸 쓸 일이 있을까 싶었는데. 보기에 낯간지럽고 부끄러운 명함이라 되도록 꺼내지 말자고 생각했다. 하지만 내가 가진 명함은 그게 전부였다. 카페 부점장은 명함 같은 게 필요한 적이 없었으니까.

나는 한숨을 한 번 내쉬고 케이스에서 명함 한 장을 꺼내 신연주에게 건넸다.

"너무 힘들면 이 번호로 연락해."

이야기 들어 주는 것 정도는 할 수 있으니까, 오늘처럼. 내 말에 신연주는 느리게 고개를 끄덕였다. 사실 무슨 일 있으면 연락하라고 하고 싶었는데, 그 말은 너무 탐정 흉내를 내는 것처럼 느껴져서 낯간지러웠다. 그런 건 아마 나보다는 이해준 씨가 더 잘할 것이다.

나는 신연주가 울음을 그치고 캔 커피 한 잔을 다 비울 때까지 벤치에 앉아 기다려 주었다. 내가 할 수 있는 건 이 정도다. 이야기를 듣고, 기다리는 것.

얼마 지나지 않아 울음을 그친 신연주는 붉어진 눈가를 벅벅 닦고는 일어섰다. 그리고 내 쪽을 향해 인사하고 뒤돌아서 걸어갔다. 약간은 오른쪽으로 기울어진 어깨에 힘이 들어가 있었다. 노을이 져 그림자가 길게 늘어졌다. 그 뒷모습을 보고서야 알았다.

저 애는 내가 아니다. 아마 나보다 더 잘 해낼 것이다.

아까부터 울리던 핸드폰을 가방에서 꺼내 들었다. 이해준 씨가 준 대포폰이었다. 나는 이해준 씨에게도 이 말을 꼭 해 줘야겠다고 생각하며 자리에서 일어났다.

4
유리온실의 탐정

1

병실이 시끄러웠다.

이래서 6인실 병실을 쓰는 게 아니었는데. 어차피 돈이 없어서 1인실을 쓰지도 못했겠지만 몽롱한 정신으로 그런 생각을 했다. 이런 소란 속에서 자는 건 무리였다. 아직도 통증이 있는 아랫배를 부여잡고 무통 주사 버튼을 연타했다. 지금 눌러도 약효가 돌려면 조금 더 기다려야 했다. 가만히 눈을 감고 하나, 둘, 셋 숫자를 세어 봤지만 통증은 가시지 않았다.

몇 달 만의 휴가를 겨우 맹장 수술로 이렇게 흘려보내야 한다니 억울해서 견딜 수가 없었다. 맹장이 터진 줄 모르고 배 아픈 걸 꾹 참은 탓에 복막염으로 번져 큰일이 날 뻔했다고 들었다. 현실감이 전혀 없는 소리였다. 별것도 아닌데 일주일도 넘게 입원해야 한다니 그쪽이 더 큰 일이었다.

점장님은 이참에 푹 쉬라고, 카페는 걱정하지 말라고 했지만 나는 그런 걸 걱정하는 게 아니었다. 몇 달 만에 겨우 쓰는 내 휴가가 날아가는 걸 걱정하는 거지. 그나마 다행인 건 요 몇 달간 의도치 않게 투잡을 뛰는 바람에 통장 걱정할 일은 없다는 거였다.

안 그래도 통증 때문에 뾰족하게 솟은 신경이 소란스러운 병실로 더 날카로워졌다. 옆 침대의 환자에게 제발 좀 조용히 해 달라고 하려고 결국 자려던 걸 포기하고 눈을 떴다.

그런데 병실 분위기가 좀 이상했다.

사람들이 묘하게 겁에 질려 있었다. 병실 바깥에서 간호사나 병원 관계자가 뛰어다니는 소리가 들렸다. 바깥 상황이 어떻게 돌아가는지 주시하고 있는데 문이 벌컥 열리며 간호사가 뛰어 들어왔다.

"병실에서 나오지 말고 가만히 계세요!"

간호사는 그 말만 하고 아무 설명도 하지 않은 채로 다시 다른 병실로 뛰어갔다.

무슨 상황인데 나오지 말고 가만히 있으라는 거야?

나는 맞은편 침대의 할머니에게 무슨 일이냐고 물으려고 했다. 그러나 곧 물을 필요가 없어졌다.

병실 가운데에 달린 텔레비전에서 뉴스 속보가 흘러나오고 있었다. 화면에 뜬 건 지금 내가 입원해 있는 유영병원의 전경이었다. 그 밑에는 "에코시티 유영병원 이사장 피습"이라고 커다랗게 적힌 자막도 함께 떠 있었다.

그게 방금, 이 병원에서 일어난 일이었다.

* * *

"어떻게 이렇게 재수가 없을 수가 있어요?"

이해준 씨는 문을 열고 들어와 내 침대 옆에 딸린 간병 의자에 앉자마자 그렇게 말했다. 지금 아픈 사람한테 괜찮으냐, 얼른 나아라, 이런 말보다도 저 말이 더 먼저 나오는 건가?

"나 지금 칼 들고 있거든요. 말조심해요."

사과를 깎으려고 든 칼을 들어 보이자 이해준 씨는 그제야 입을 다물었다. 기껏 여기까지 문병 왔다고 해서 고마운 마음이 들었는데 그걸 말 한마디로 깎아 먹는 것도 재주였다. 이해준 씨는 어디서 이런 걸 사 왔는지 거대해 보이는 사과 꾸러미를 내 침대 위에 내려놓고는 웃었다.

"사건 사고에 휘말리는 것도 탐정이 가져야 할 기본 소양이긴 한데, 박화음 씨는 좀 많이 재수가 없는 편이네요. 어떻게 맹장 수술로 입원한 병원에서 이런 일이 터져요?"

"그러니까 전 탐정이 아니라고 몇 번을 말해요. 아무것도 모른다고요. 사과 말고 다른 과일은 없어요?"

말은 저렇게 해도 걱정해서 문병까지 와 줬다는 걸 알고 있었다. 저 입만 다물고 있으면 훨씬 좋을 텐데. 나는 한숨을 쉬고 입을 열었다.

"병원이 난리가 나긴 났었죠."

그 당시 상황을 떠올리자 아직도 몸에 한기가 들었다. 병실에서 나오지 말고 가만히 있으라는 간호사의 말을 무시하고 나는 문을 열었다. 아무 설명도 안 해 주고 그저 가만히 있으라니 납득할 수 없었다.

다행히 병실 문밖은 생각보다 위험해 보이지 않았다. 병원 관계자로 보이는 사람들이 나처럼 문밖으로 머리를 내민 사람들을 다시 병실로 집어넣고 뛰어다니느라 소란스러웠지만. 간간이 경찰도 보였다. 나는 그들을 피해 비상계단으로 들어가는 입구로 몸을 피했다. 내가 입원한 병실 바로 옆에 비상계단 입구가 있어서 다행이었다. 거기서 상황이 어떻게 된 건지 파악하고 잠시 기다릴 생각이었다. 병원복 주머니에서 이해준 씨가 준 대포폰을 꺼내 드는데 비상계단 입구가 다시 열렸다. 병원 관계자에게 꼼짝없이 잡혀 가나 싶어 심장이 다 철렁했는데, 문을 열고 들어온 건 나와 같은 병실을 쓰는 고등학생이었다. 내 침상 바로 옆인 2번 침상을 쓰는. 폐 쪽인지 어디가 안 좋다고 들었던 기억이 난다. 듣고 싶어서 들은 건 아니었다. 병실 안에 누워 있으면 다른 환자들의 신상 정보까지 알게 되는 경우가 많았다. 맞은편 할머니네 아들은 서울에서 고깃집을 하느라 자주 못 오고, 간병은 며느리와 사위가 번갈아 가며 와서 한다. 그리고 내 옆 침대의 이 애는 올해 고3이라고. 고

3이 어쩌다 11월 초에 병원에 입원하게 됐는지는 모르겠지만.

그 애는 아무래도 내 뒤를 따라온 모양이었다. 내가 뭐라고 하려고 하자 걔가 먼저 손가락을 입가에 대고 조용히 하라는 신호를 보냈다. 나는 개미만 한 목소리로 속삭였다.

"왜 따라왔어요?"

"그쪽이 뭔가 알고 있는 것 같아서요."

내가 뭘? 이상한 애였다. 사이좋게 이야기나 나누고 있을 상황은 아니라 곧 둘 다 입을 다물고 스마트폰만 들여다보았다. 검색해도 피습 속보만 뜰 뿐, 누가 어떤 의도로 이런 일을 벌였는지는 나오지 않았다.

결과적으로 그 이후로는 아무 일도 없었다. 하도 황당한 상황에 처하는 바람에 그 비상계단에서 웬 고등학생이랑 통성명하고 말을 놓은 일밖에는. 특히 걔는 내가 편해진 모양인지 그 후로도 이런저런 일로 말을 걸어 대서 곤란하기만 했다.

껍질째 대충 네 조각 낸 사과를 집어 이해준 씨 쪽으로 하나 건네고 말을 이었다.

"제가 입원한 병동이랑 VIP 병동은 건물이 멀리 떨어져 있어서 괜찮았어요. 병원에 경찰이 쫙 깔리기도 했고. 폭발 당시에 어땠는지까지는 모르겠지만."

알고 보니 단순한 피습이 아니라 폭탄 테러였다. 이 병원 이사장인 박근형 회장이 VIP 병동에 입원 중이었고, 병실로 배달된 소포를 뜯자마자 폭발이 일어났다고 했다. 텀블러 형태로 만들어진 사제 폭탄이었다. 다행히 조잡하게 만들어진 폭탄의 위력이 크지 않아 생명에 지장은 없는 상태로, 1~2도 정도의 가벼운 화상으로 그쳤지만 병원은 한동안 패닉에 빠졌다. 어디서 또 폭탄이 터질지도 모른다는 두려움 때문에 경찰이 온 병원을 이 잡듯이 쑤시고 다녔다. 결론은 폭탄은 그거 하나뿐이라는 거였다. 불특정 다수가 아니라 박 회장 하나만 노린 테러로 잠정 결론이 났다.

"문제는 금방 잡힐 줄 알았던 범인이 아직도 안 잡히고 있다는 거죠. 병원 내에서 또 폭탄 테러가 일어나기라도 할까 봐 다들 바짝 긴장하고 있어요."

VIP 병동이라고는 해도 그 앞을 오가는 사람이 너무 많았다. 일일이 잡아 조사해 봤지만 수상한 점을 발견하지도 못했다고 했다. 소포를 전달한 퀵 배달 기사 역시 그저 배달만 의뢰받은, 아무 관련 없는 사람이었다. 여기까지는 뉴스에서 매일 떠들어 대는 이야기였다. 이해준 씨가 다시 말을 이었다.

"그래서 내가 이 사건 조사 맡기로 했어요."

"탐정이 이 사건을 왜요?"

"아니, 탐정으로서가 아니라 법의 생태학자로서요. 폭발물 잔해와 소포에서 화분학적 증거를 찾을 수 있을지도 모르니까요. 해 봐야 알겠지만."

아, 맞아. 이 인간이 탐정이기도 하지만 무슨 학자기도 하지. 하도 그런 면모를 보여 주지 않아서 종종 잊어버리곤 했다.

"그래서 결국 내 문병을 온 게 아니라 조사하러 온 거네요?"

내 말에 이해준 씨는 하하 웃었다.

"검사검사죠. 한 번에 두 가지 일이나 처리할 수 있으니 얼마나 좋아요."

참 효율적으로 사는 인간이었다. 빈말로도 아니라고는 말 못 하지. 화를 벌컥 내려는 순간 수술했던 부위가 또 찌르르 아파지기 시작했다. 이 인간이 있으니까 더 아픈 기분이 든다. 내가 말없이 손을 휘젓자 이해준 씨는 자리에서 일어났다. 그리고 인사를 건네고는 산뜻하게 나가 버렸다.

이해준 씨가 문을 밀어 닫고 나가자마자 내 침대 쪽을 보는 시선이 느껴졌다.

내가 다른 환자들이 떠드는 걸 들을 수 있으면 그건 다른 환자들도 마찬가지라는 점을 잠시 잊고 있었다. 이해준 씨가 사건 조사니, 뭐니 폭발물 잔해니, 증거니 떠들어 버렸으니 호기심이 생기는 것도 당연했다.

병실 침대는 출입문을 기준으로 시계 반대 방향으로 번호가 매겨져 있다. 내가 배정받은 침상은 3번 침상, 창가 바로 앞에 있는 침상이다. 창 바깥으로는 이제 서서히 붉은빛으로 물들기 시작한 산이 보였다. 나는 내 쪽을 바라보는 시선을 무시한 채로 창 바깥만 쳐다보았다.

6인실 병상이 전부 꽉 차 있는 건 아니었다. 침상 두 개는 비어 있고, 내 옆자리인 2번 침상, 그리고 맞은편 4번, 5번 침상에만 입원 환자가 있다. 맞은편 침상의 할머니가 아들이 서울에서 고깃집을 한다던 그 할머니. 지금은 며느리가 와 있었는지 이쪽을 보는 눈이 두 쌍이었다. 5번 침상에 누운 중년 여자와 그 보호자 역시 이쪽을 뚫어져라 바라보고 있었다. 바로 정면에서 그렇게 쳐다보니까 더 부담스러웠다.

그나마 옆쪽은 좀 나았다. 내 옆의 그 고등학생, 그러니까 안우진의 침상에는 커튼이 쳐져 있어 안쪽이 보이지 않았다. 그 안에 학생이 아까 들어가는 건 봤는데 자는 건지 내내 조용하기만 했다.

각자 떠드느라 시끌벅적했던 병실이 지금 이 순간만큼은 소름 끼치게 조용했다. 평소와 달리 할머니와 며느리는 서로 무어라 속닥거리고 있었다. 맞은편 아주머니는 가만히 내 쪽을 쳐다보더니 이내 시선을 돌렸다. 보호자 역시 마찬가지였다. 궁금하긴 한데 차마 물어보진 못하겠는 모양이었다. 어차피 내가 대답해 줄 수 있는 것도 아니었다. 탐정은 내가 아니라 이해준 씨니까. 그렇게 결론을 내린 나는 침대에 드러누웠다.

이해할 수 없는 일이 너무 많았다.

누가 병원에서 폭탄 같은 걸 터뜨리려고 한 걸까? 대체 왜?

테러가 일어났다고 해서 병원에서 입원한 환자들을 전부 내보낼 수는 없었다. 이 중에는 의료 처치가 필요한 중증 환자도 있고, 당장 수술을 하지 않으면 안 되는 환자도 있다. 그들을 내보내는 건 길바닥에서 죽으라는 소리나 다름없었다. 그래서 박 회장을 노린 일인 테러라고 결론이 났을 때 병원은 병원의 안보를 강화하는 대신 환자를 강제로 퇴원시키지 않겠다고 약속했다. 덕분에 나도 수술하자마자 쫓겨나는 일은 피할 수 있었다.

하지만 이건 범인에게도 유리할 수 있었다. 사람들 사이에 섞여서 상황을 살필 수 있을 테니까. 범인은 이런 것까지 다 계산하고 병원에서 이런 짓을 저지른 걸까?

생각을 너무 많이 했더니 머리가 다 아팠다. 눕기 전에 나도 커튼이나 확 쳐 버릴걸 하는 후회가 들었지만 다시 일어날 용기는 없었다. 배도 아픈데. 나는 그대로 눈을 감았다.

* * *

다음 날 시끄러운 소리에 눈을 떴다. 이래서 6인실 병실에 입원하는 게 아니었다고, 두 번째로 후회를 하며 몸을 일으켰다. 그러자 웅성대는 소리가 더 크게 들리는 것 같았다.

"그럼 너도 폭탄 터지는 거 봤어, 어?"

"못 봤다고 몇 번을 말해."

"야야야, 조용히 좀 해. 여기 병원이잖아."

조용히 하라는 놈의 목소리가 더 컸다. 변성기가 지나 걸걸한 목소리들 사이에 아직 앳된 목소리도 여럿 섞여 있었다. 병원에서 일어난 그 폭탄 테러가 어지간히 궁금했나 보다. 나는 천천히 옆으로 고개를 돌렸다. 2번 침상에는 아직도 커튼이 쳐져 있었는데, 그 안에 들어간 사람 다리가 여럿이었다. 하나, 둘, 셋……, 여섯까지 세다가 지쳐서 그만뒀다. 고등학교 친구들이 놀러 온 모양이었다. 자기들끼리는 나름 조용히 한다고 속삭이는 것 같은데 여러 명이 한꺼번에 떠드니까 별 소용은 없었다.

들고 싶지 않아도 들리는 대화 때문에 나는 내 옆의 안우진이 폐렴으로 입원했다가 원인 모를 합병증으로 퇴원하지 못하고 있다는 것, 수능이 코앞이라 병실에서도 틈틈이 공부해야 한다는 것 등등. 알아봤자 쓸데없는 정보를 알게 되었다.

"이거 담임이 너 갖다주래."

부스럭거리는 소리와 함께 뭔가를 건네는 소리가 들렸다. 아마 수업 관련 참고서나 문제집이겠지.

"어…… 고맙다."

그 뒤를 이어 안우진의 목소리가 들렸다. 애가 아픈 와중에도 참 고생이 많겠다 싶었다.

그러니 나도 이 정도 소음쯤은 참아야지. 끄응 소리를 내며 반대편으로 돌아눕는데, 다른 침상 쪽에서 웬 남자가 갑자기 버럭 소리를 질렀다.

"거 조용히 좀 해요!"

5번 환자 침상 쪽이었다. 옆에 간이 의자를 펴 놓고 누워 있던 남자가 일어나 있었다. 아주머니의 보호자였다. 남편인지 동생인지는 모르겠지만. 지난번에는 대충 대화하는 것만 듣고 직장 동료일 거라고 생각했는데 아닌 것 같았다.

남자가 지른 소리에 놀라 병실에 있는 사람들이 모두 그쪽을 쳐다보았다. 순간 병실에 정적이 흘렀다. 커튼 안에 있던 아이들도 꽤 놀란 모양이었다. 부스럭부스럭 소리가 나더니 곧 커튼이 열리고 한 명이 나왔다.

"아, 죄송해요. 저희가 오랜만에 친구를 만나서 반가워서 그랬어요. 금방 갈게요."

아까 2번 환자에게 문제집인지 참고서인지를 건네주던 아이의 목소리였다. 나는 한번 들은 목소리는 웬만하면 잊어버리지 않는다. 식물에 남은 목소리를 듣고 살다 보니 그렇게 됐다. 그나마 내가 입원한 이 병실에는 화초나 화분이 보이지 않았다. 하나라도 있었으면 정신 건강에 큰 위협을 받았을 텐데 다행이었다.

죄송하다고 싹싹하게 사과한 그 애는 친구들을 향해 "야, 아까 정환이가 조용히 하라고 했을 때 좀 듣지 그랬냐."하고 가볍게 타박했다. 그리고 곧 친구들을 이끌고 병실을 빠져나갔다. 반장 같은 걸 하면 잘 어울릴 애였다. 말 잘하고, 애들도 잘 끌고 다니는 걸로 봐서.

병실 분위기는 대충 그렇게 정리되는 듯했다. 다들 관심을 끄고 각자 할 일을 하는 와중에 나는 슬쩍 2번 침대를 곁눈질했다.

커튼이 완전히 걷혀 있어 바로 옆에 있는 그 애를 보는 건 그리 어렵지 않았다. 안우진은 혼자 남은 침대에서 입술을 꾹 깨물고 뭔가를 참고 있었다. 한동안 그러고 앉아 있더니 곧 일어나 병실을 나섰다. 안타깝게도 지금 그 애의 옆에는 아무도 없었다.

어쩐지 내버려 둘 수가 없었다. 오지랖이라는 걸 알면서도. 혼자 병실을 나서는 그 애의 등이 쓸쓸해 보여서 어쩔 수 없었다. 나는 침대에서 일어나 조용히 뒤를 따라 나갔다.

* * *

안우진이 한참 걸어 도착한 곳은 병원 로비였다. 1층이라 오가는 사람이 많고 어수선했다. 요즘은 병원에 들어오기 전에 일일이 소지품 검사 같은 걸 한다고 들었다. 그게 사실인지 출입문 바로 앞에 금속 탐지기를 든 경호원들이 돌아다니고 있었다. 얼마 전에 병원에서 폭탄 테러 같은 게 일어났으니 어쩌면 당연했다.

안우진은 그 모습을 잠시 바라보고는 자판기 앞으로 몸을 돌렸다. 음료수라도 뽑아 먹으려나 보다 하고 뒤에서 기다리는데 한참이 지나도 음료수가 텅 하고 떨어지는 소리가 들리지 않았다. 보니까 동전을 넣다가 가만히 서서 자판기를 보고 있었다.

"뭐 먹을지 고민하는 거면 내가 추천해도 될까?"

누가 말을 걸 거라고는 생각 못 했는지 안우진은 깜짝 놀라 뒤를 바라보았다.

"아, 뭐예요. 놀랐잖아요."

그래도 그때 비상계단에서 잠깐 동안 전우애를 다진 사이라 그런지 나한테는 경계심이 꽤 누그러져 있었다. 그건 어떤 면에서는 나도 마찬가지였다. 나는 그 애의 손이 향하는 쪽을 흘긋 보고는 말했다.

"그건 너무 인공적인 사과 향이 나서 맛없어. 이거 먹어."

"저 콜라 마시면 안 돼요."

"콜라 싫어해?"

"싫어하겠어요? 당 때문에 안 돼요. 저는 혈당 수치 조심해야 된대요. 어릴 때부터 그랬어요."

그래서 고민하던 모양이었다. 확실히 단 음료를 제외하면 마실 만한 게 물이나 녹차밖에 없었다. 그 애는 결국 녹차를 골랐다. 원래 콜라를 마시려고 했는데 나도 얼결에 녹차를 눌러 버렸다. 못 마신다는 애 앞에서 콜라를 마시고는 싶지 않아서.

음료수를 뽑아서 로비에서 가까운 소파에 자리를 잡고 앉았다. 옆에 앉으란 말도 안 했는데 어느새 애도 옆에 자리를 잡고 앉아 있었다. 인공 녹차향이 가득 나는 녹차 음료수는 씁쓸하고 떫었다. 차라리 물을 마실 걸 그랬다. 나는 녹차를 몇 모금 더 마시고 입을 뗐다.

"입원한 환자 보호자들은 가끔 예민해질 때가 있어."

"저도 알아요. 그거 때문에 그런 거 아니에요. 친구들 앞에서 그냥 좀 쪽팔린 거지."

그대로 입을 꾹 다물고 앉아 있던 그 애는 "기껏 병문안 와 준 놈들 앞에서 아무 말도 못하겠더라고요. 이렇게 중요한 시기에 시간 낭비하는 내가 제일 한심하고, 수능 전에 운석이라도 떨어져서 콱 다 망해 버렸으면 좋겠어요. 그 아저씨도, 이 병원도 그렇고." 덧붙였다. 치기와 울분이 섞인 말에 뭐라고 답해야 할지 몰라 나는 입을 다물었다. 한참 또 그렇게 말없이 앉아 있는데, 병원 로비가 소란스러워졌다. 이리저리 뛰어다니는 사람들 가운데는 간호사도 경호원도 섞여 있었다.

"또 무슨 일이라도 있나?"

무심코 내뱉은 말에 그 애의 고개가 이쪽으로 향했다. 그리고 물었다.

"근데 그쪽 진짜 탐정이에요?"

"그쪽이 뭐야, 사람한테."

병실에서 떠들던 소리를 들은 모양이었다. 나는 일부러 말을 돌렸다.

"그럼 뭐라고 불러요? 탐정님?"

말을 돌린 소용도 없이 끈질기게 그 주제로 돌아왔지만. 탐정님이란 말에 온몸에 소름이 다 돋을 지경이었다.

내가 말을 잃은 사이 로비의 소란은 곧 가라앉았다. 응급

환자가 들어오기라도 했던 것 같다. 하긴 테러 같은 일이 한 곳에서 두 번이나 일어날 리는 없지. 한쪽 복도로 의사와 간호사들이 우르르 뛰어 들어가더니 로비 쪽은 잠잠해졌다. 금속탐지기를 든 경호원만 남아 주변을 돌아다니고 있었다. 나는 잠시 고민하다가 입을 뗐다.

"……나는 탐정이 아니야."

안우진은 역시나 쉽게 수긍하지 않았다.

"우리 병실 할머니한테 들었는데요? 탐정이 어쩌고 하던데."

"나 아니고, 그때 문병 왔던 사람이 탐정이야. 좀 못 미덥기는 하지만."

어르신한테 그런 유언비어를 퍼뜨리지 말라고 할 수도 없고 참 미치고 팔짝 뛸 노릇이었다. 하긴 이게 다 병실에서 그런 말을 떠든 내 업보였다.

"그럼 그 탐정이 이번 사건 조사하는 거예요?"

안우진은 주변 눈치를 보며 속삭였다. 내가 그 탐정 지인이니까 뭔가 사건에 관해 아는 게 있을 거라고 생각한 모양인데 터무니없는 오해였다.

"그렇다던데. 자세한 건 잘 몰라, 나도. 너도 이런 일엔 관심 갖지 말고 얌전히 있어."

이해준 씨가 뭔가를 하고 있긴 할 텐데 연락 한 통 없는 걸 보니 아직 진전은 없는 모양이었다.

안우진은 뭐가 더 궁금한 게 있는지 몇 번 엉덩이를 들썩거리다 조용해졌다. 나는 로비 쪽으로 시선을 돌렸다가 눈에 걸리는 풍경을 발견했다.

로비 한가운데에 나무가 한 그루 있었다. 그것까지는 오다가다 본 모습이라 놀랄 만한 일은 아니었다. 내가 기이하게 여긴 건 인조나무가 아니라 진짜 나무를 거기 세워 놨다는 거였다. 희미하게 그 나무 주변에서 무슨 소리가 흘러나오고 있어서 알았다.

로비 한가운데 뻥 뚫린 공간에 흙을 메워 넣고 거기 뿌리를 내리게 한 것 같았다. 인조나무를 장식하는 경우는 많이 봤지만 진짜 나무를 갖다 놓은 건 또 처음 봤다.

생긴 건 느티나무같아 보였는데 주변 환경이 워낙 열악해서 그런지 크기는 크지 않았다. 나뭇가지마다 사람들이 소원을 적은 종이가 매달려 있었다. 나는 자리에서 일어나 조금 더 나무 가까이 다가갔다. 병원이라는 장소의 특수성 때문인지, 건강 회복을 기원하는 종이가 가장 많았다.

할아버지가, 엄마가, 아들이, 누나가 빨리 낫게 해 주세요. 누군가의 건강과 행복을 비는 목소리들이 나무에서 흘러나왔다. 희미하지만 분명히 들렸다.

그 나무에서 들려오는 소리가 다정하고 따뜻해서 눈물이 날 것 같았다. 그동안 나는 식물에 남은 인간의 소리는 추하고 더럽다고 생각했다. 왜 아니겠는가? 나는 항상 누군가를 원망하는 소리, 저주하는 소리, 억울함을 호소하는 소리를 들었다. 그 오랜 세월 동안 이런 소리를 들으며 내가 미치지 않은 것만으로 인간에 대한 도리는 다했다고 생각했다. 어쩔 수 없지 않냐고. 이게 인간인데. 사람이 가진 감정 중에 그게 제일 강하고, 오래 남기에 그런 것들만 남는 건데.

하지만 내 생각이 틀렸다. 저 나무가 그 증거였다.

나무에 더 가까이 다가갈수록 다정한 소리가 났다. 소원 종이가 대충 보일 만큼 가까이 다가서자 눈앞에 단정한 글씨가 가장 먼저 눈에 들어왔다. 누군지 모를 이가 한 글자 한 글자 마음을 담아 써넣은 문구였다.

사람들이 아프지 않게 해주세요

어떤 소리보다도 더 따뜻하고 다정했다. 그래서 더 슬픈 소리였다. 소원 종이가 어디선가 불어온 바람에 흔들리는 듯했다. 여긴 실내니까 그럴 리가 없다는 걸 아는데 그렇게 보였다.

어느새 옆에 선 안우진이 내 소매를 몇 번 붙잡고 무슨 말을 하는 걸 들었지만 대꾸할 수 없었다. 나는 묘한 슬픔 속에서 꼼짝 않고 나무에서 흘러나오는 소리를 들었다.

2

수능이 코앞이 되자 날씨가 또 거짓말처럼 추워졌다. 며칠 전까지만 해도 그렇게 춥지 않았는데 신기하게도.

병원 내부에서도 환자복만 입고 돌아다니면 꽤 추워서 환자복 위에 카디건을 하나 걸쳐야 했다. 연한 갈색 바탕에 나뭇잎 무늬가 촘촘히 들어간 카디건을 보고 있자니 좀 새삼스러웠다. 겨울에 입을 만한 것 좀 가져다 달라고 부탁했더니 가져온 옷들이 다 이랬다. 내가 이런 옷을 샀던가? 기억이 잘 나지 않았다.

"이게 진짜 내 옷장에서 나온 옷이라고요?"

"내 옷은 아니니까 그렇겠죠?"

내 몸에 딱 맞는 사이즈니 그럴 리는 없었다. 나는 이해준 씨가 들고 온 스포츠백 아래에 깔린 옷들까지 다 꺼내 보고 한숨을 쉬었다. 한숨이 하얀 입김이 되어 나올 만한 날씨였는데, 디자인이야 그렇다 치고 옷들이 다 너무 얇았다.

"더 두꺼운 옷은 없었어요?"

"옷장 정리를 안 해 놨던데요. 겨울옷은 어디 들어갔는지 안 보여서 어쩔 수 없었어요."

이해준 씨는 그렇게 말하며 두 손을 다 들었다.

"애초에 남의 집 들어가서 옷장을 구석구석 뒤지는 것도 좀 그렇잖아요."

사건 현장이라고 하면 남의 집 옷장이건 하수구건 다 뒤져볼 양반이 말이 많았다. 내가 그렇게 말하자 이해준 씨는 부정도 하지 않고 웃었다.

지난번에 생각 없이 병실에서 떠든 이후로 벌어진 일들을 교훈 삼아 이번에는 내가 1층 로비로 내려온 참이었다. 돌아다니는 사람도 많고 단순히 내원한 사람들도 많아서 우리가 뭐라고 떠들어도 주변에서 신경 쓰지 않을 게 분명했다. 안우진과 앉아서 떠들었던 그 소파 주변에 마침 사람이 없었다.

"그래서 좀 진전은 있었어요?"

내가 뭘 묻는 건지 말 안 해도 알 사람이었다. 이해준 씨는 볼을 긁적이더니 한숨을 쉬었다. 1층은 공기가 더 싸늘해서 그런지 금방이라도 입김이 하얗게 새어 나올 것 같았다.

"폭발물 잔해에서 미립자가 소량 발견되기는 했어요. 하나도 안 나오는 게 이상한 거니까 뭐 거기까지는 일반적인데, 이 미립자가 어디서 왔는지 밝혀내기에는 표본 수가 충분치 않아요."

"결국 모르겠다는 거네요?"

"……아직은 정보가 부족하다는 뜻이죠."

아직까지는 그것만 가지고 범인이 누군지 유추할 수 없는 모양이었다. 경찰에서도 수사망을 좀처럼 좁히지 못해 애를 먹는 중이라고, 연일 뉴스에서 떠들어 댔다.

"혹시 뭔가 알게 되면 나도 알려 줘요."

내 말에 이해준 씨는 고개를 갸웃거렸다.

"왜요? 이거 수사 기밀이라 외부인한테 함부로 알려 주고 그러면 안 되거든요."

이 탐정 선생은 이럴 때만 또 외부인이라 그런다. 결국 내 입으로 이 말을 꺼내 놓게 만들고 싶은 게 틀림없었다.

"······내가 임시 조사원 신분인데 왜 외부인이에요?"

"아, 그렇죠. 우리 탐정 사무소 조사원이지. 걱정 말아요. 뭔가 알게 되면 연락해 줄 테니까."

그렇게 말하며 씩 웃는 얼굴이 얄미웠다. 웃는 얼굴에 침은 못 뱉는다던데 꼭 그런 것만은 아닐 것 같다. 이해준 씨가 물었다.

"근데 이 사건엔 왜 관심을 가져요? 마침 이 병원에 입원했다는 거 외엔 접점이 없는데. 물론 박화음 씨 오지랖이 태평양처럼 넓다는 건 내가 잘 알지만요."

그 말에 일일이 화를 낼 기운도 없었다. 나는 대답하지 않고 고개를 돌려 로비 한가운데에 있는 느티나무를 바라보았다. 이해준 씨도 내 시선을 따라 그쪽을 보았다.

나무에서는 여전히 따뜻하고 다정한 소리가 났다. 그 소리가 이 공간에 있는 사람들을 조용히 감싸고 있는 것처럼 느껴졌다. 병원에 온 사람들은 어디가 아픈 사람이거나 아픈 사람을 가족으로 둔 사람이다. 이렇게 무고한 사람들까지 휘말리게 하다니, 그거 하나만으로도 용서할 수 없는 범죄였다. 다친 사람이 한 명밖에 없다고는 해도 마찬가지였다.

이런 짓을 한 인간이 누군지, 그 얼굴을 꼭 한 번 봐야겠다. 예전 같았으면 절대로 하지 않았을 생각을 하며 이해준 씨 쪽으로 고개를 돌렸다. 어쩐지 이 인간 영향을 받은 것 같아서 썩 유쾌하지는 않았다. 이해준 씨가 말했다.

"병원 한가운데에 살아 있는 나무라니, 신기하네요."

나는 가만히 고개를 끄덕였다. 저 나무에서 어떤 소리가 나는지 알게 된다면 더 놀랄 텐데. 들려줄 수 없는 게 안타까웠다. 혹한의 날씨에도 저 나무만은 이 자리에서 사람들을 굽어보고 있을 것처럼 느껴졌다.

병원 출입문 쪽에서 잠깐 와 하는 소리가 들렸다. 사람들이 가던 길을 멈추고 서서 유리창을 바라보고 있었다. 싸라기 같은 하얀 눈 조각이 바람에 흩날리다 창가에 달라붙었다. 올해의 첫눈이었다. 하필 수능 전날 첫눈이라니 참 얄궂었다. 수험생들은 평소보다 더 이른 시각에 집에서 나서야 할 것이다. 나와는 관련 없는 이야기가 된지 오래였지만 이번만은 신경이 쓰였다.

나는 가만히 눈이 내리는 풍경을 바라보다 입을 열었다.

"혹시나 해서 물어보는 건데, 병원에서 수능 보는 법 같은 건 없겠죠?"

"그건 또 왜요? 병원에서는 무리지. 뭐, 미리 신청을 받아서 고사장에서 따로 시험 보게 해 주는 건 있을 텐데 아마 지금은 신청 끝났을걸요."

이것만큼은 탐정이 아니라 탐정 할아버지가 와도 해결할 수 없는 문제였다. 적어도 대한민국에서는.

* * *

안우진의 상태는 나날이 나빠졌다. 폐 어디가 안 좋아서 입원했다는 게 믿어지지 않을 만큼 건강해 보였는데, 하루아침에 상태가 나빠져 중환자실까지 왔다 갔다 했다. 중환자실에서는 인공호흡기를 달기까지 했다고 들었다. 합병증에 이어 원인을 알 수 없는 두드러기까지 온몸에 번진 탓에 딱 봐도 수능 전에 도저히 퇴원을 할 수 없는 상태였다.

수능 아침 날 병실의 분위기는 돌이킬 수 없이 무겁게 가라앉아 있었다. 우진이 중환자실에 있다가 상태가 조금 나아져 병실로 돌아온 날이었는데도 그랬다.

아무도 섣불리 위로의 말을 꺼내지 못했다. 다들 안우진이 얼마나 열심히 공부했는지 알기에 그랬다. 나도 눈으로 보기 전에는 믿지 못했을 텐데 한밤중에 화장실에 가려고 눈을 떴을 때, 내 옆 침대 커튼 사이에서 흘러나오는 희미한 불빛을 보고 알았다. 모두가 잠든 밤에도 안우진만은 포기하지 않고 자기가 할 수 있는 최선을 다했다는 걸. 퇴원할 수 있을지 없을지 그것조차 확실하지 않았는데도.

평소 같았으면 할머니가 며느리와 같이 떠드는 소리가 텔레비전 소리보다 더 컸을 텐데 이번만큼은 할머니도 입을 꾹 다물고 누워 있었다.

정적을 깬 건 안우진의 어머니 쪽이었다.

"아유, 오늘은 병실이 왜 이렇게 썰렁하니."

그렇게 말하더니 더듬더듬 텔레비전 리모컨을 찾아 전원을 켰다. 병실 안에 뉴스 데스크 아나운서의 목소리가 조용히 울리기 시작했다. 그런데 그 내용이 문제였다. 마침 오늘 아침 수능 한파 이야기와 빙판길을 뚫고 수능을 보러 가는 수험생들 인터뷰가 흘러나오고 있었다.

병실 분위기는 다시 살얼음판처럼 쩡 얼어붙었다. 놀라서 채널을 돌릴 생각도 못 하고 굳어 버린 안우진 어머니의 소매를 안우진이 끌어당겼다. 그리고 말했다.

"엄마, 나 아침 드라마."

"어? 어어, 너 좋아하는 드라마 그거 제목이 뭐였지?"

대답은 다른 쪽 침대에서 나왔다.

"내 며느리의 비밀."

"맞다, 드라마 봐야지."

할머니와 며느리가 맞장구를 치자 분위기가 느슨하게 풀어졌다. 안우진의 어머니는 그제야 정신을 차렸는지 얼른 채널을 돌렸다. 그 드라마 본방송이 이제 막 시작하려던 참이었다. 시어머니와 며느리가 사이좋게 관람할 드라마인지는 모르겠지만.

곧이어 드라마에서 흘러나오는 소리가 병실을 채우고, 사람들이 욕하면서 한마디씩 말을 얹었다.

병실이 어느 정도 평소의 소란스러운 상태로 돌아가자 안우진이 자기 어머니를 향해 농담을 던졌다.

"엄마, 나 어차피 공부도 많이 못 했어. 공부할 시간 벌어서 다행이지?"

그 말에 안우진의 어머니는 대답하지 못했다. 순간적으로 목이 멘 모양이었다. 병실에 있는 사람들 다 그 말을 들었지만 누구도 함부로 말을 얹을 수 없었다.

이어지는 정적 때문에 드라마에서 웬 남자 둘이 윽박지르는 소리가 유난히 더 크게 들렸다. 누군가가 텔레비전의 볼륨을 더 올렸다. 두 사람의 대화에 우리는 끼어들 의사가 없다는 듯이.

겨우 울음을 삼킨 어머니가 안우진의 말을 긍정했다.

"그래, 내년에 보면 되지."

그 말이 떨어짐과 동시에 쿵 하고 뭔가가 떨어지는 소리가 났다. 소리가 난 건 5번 침대 아주머니의 간이침대 쪽이었다. 병실 안에 있던 사람들 시선이 죄 거기로 쏠렸다. 지난번 안우진에게 조용히 좀 하라고 소리를 질렀던 남자였다. 이번엔 또 뭐라고 하려고 저러나 싶어서 보고 있는데 그 남자는 아무 말도 하지 않고 자리에서 일어섰다. 걸음걸이가 불편한지 남자가 움직일 때마다 스윽 탁 하고 바닥이 끌리는 소리가 났다. 스윽 탁 스윽 탁 하는 소리 끝에 문이 쾅 닫히는 소리가 이어졌다.

괜히 자기가 또 시끄럽게 해서 저 아저씨가 화가 난 건가 싶어졌는지 안우진의 얼굴이 흐려졌다. 간신히 웃던 얼굴이 일그러지자 더는 참을 수가 없었다.

나는 벌떡 일어나 병실을 나섰다.

나이도 먹을 만큼 먹은 사람이 어린애를 그렇게 눈치 보게 만들어야겠냐고. 벌써 안우진만 한 아들이나 딸이 있을 양반이. 흰머리가 희끗희끗 보이기는 했지만 아직 할아버지라고 부르기는 애매해 보였다. 키가 크지 않고 몸집이 작아 금방 따라잡을 수 있을 거라고 생각했다.

그런데 문을 나서자마자 좌우를 둘러보는데 그 아저씨의 뒷모습이 보이질 않았다. 병실 안에서 그 아저씨가 걷던 속도를 생각하면 이렇게 순식간에 사라지는 게 말이 안 되는데.

복도에 멍하니 서서 지나가는 사람들을 보다 문득 내가 입원한 병실 바로 옆에 비상계단 입구가 있다는 게 생각이 났다. 이 비상계단 덕분에 지난번에 폭탄 테러가 일어났을 때 이쪽으로 몸을 숨겼던 것도.

혹시나 싶어 비상계단 입구로 향했다. 기름칠을 한 번도 하지 않았는지 끼이이익 경첩이 울리는 소리가 났다. 여기에 있을 거라고 생각했는데 비상계단 안쪽 역시 텅 비어 있었다. 위쪽에 오르는 계단과 아래쪽으로 내려가는 계단도 마찬가지였다.

사람이 어디로 증발을 했나?

내가 여전히 미련을 놓지 못하고 계단참에 들러붙어 위아래를 살피는 사이에 비상계단 입구가 다시 열렸다. 요란한 소리 때문에 돌아보지 않아도 알았다. 안우진이 이번에도 따라온 건 줄 알고 별생각 없이 고개를 돌렸는데 뜻밖의 인물이 서 있었다.

5번 침대의 아주머니였다. 교통사고로 왼쪽 갈비뼈가 골절되는 바람에 입원했다고 들었다.

가장 작은 사이즈의 환자복이 헐렁할 정도로 체구가 작은 사람이었다. 40대 중반쯤 되었을까. 짧게 자른 보브컷 스타일의 머리에는 슬슬 새치가 여기저기 눈에 띄었다. 내가 다녔던 고등학교의 기술가정 선생님이 딱 저렇게 생겼었다. 몸집이 저렇게 작은데도 장군의 기운이 느껴진다고, 별명도 장군님이었다. 너네 젊다고 먹고 바로 누우면 안 돼. 그게 말버릇이었던 선생님은 탄수화물 단백질 지방, 탄단지를 잘 맞춰 먹어야 한다고 백날 일장 연설을 하셨지만 그 말을 귀담아 듣는 애는 아무도 없었다. 그 말을 이해하기엔 다들 위장이 너무 건강했다.

그 시절 생각에 빠져 내가 아무 말도 않고 쳐다보자 장군님을 꼭 닮은 아주머니가 먼저 입을 열었다. 금방이라도 "너네 젊다고 먹고 바로 누우면 안 돼." 하고 말할 것 같았는데, 나온 것은 사과의 말이었다.

"제가 대신 사과할게요. 저이가 워낙 성격이 불같아서 그래요."

"저한테 사과할 일은 아니죠."

나도 모르게 말이 퉁명스럽게 나왔다. 내 말에 장군님은 살짝 놀란 것 같았다. 커다란 눈이 금방이라도 쏟아질 듯 커졌다. 큼 하고 헛기침을 한 장군님이 말했다.

"……그게 좀, 하긴 그러네요. 근데 학생이 화가 많이 난 것 같아 보여서 나도 모르게 따라왔어요. 그 학생이랑 많이 친한가 봐요?"

"아니, 그런 게 아니라……."

어디서부터 뭘 오해하고 있는 건지 머리가 다 아팠다. 설마 개랑 나랑 친구라고 생각하는 건 아니겠고.

"제가 학생은 아니고요……. 박화음이라고 불러 주세요."

내 말에 장군님은 그제야 좀 웃었다.

"그래요, 화음 씨. 우리 남편도 그 학생한테 화가 나서 그런 건 아니에요. 그냥 좀 걱정이 돼서 그런 거지. 원래 저 사람 성격이 좀 그래요. 걱정이 돼도 된다고 말을 못 하고 저런 식으로 화를 내 버리지. 참 웃기죠?"

그렇게 말하니 할 말이 없었다. 안우진에게 면박을 주려고 그러는 줄 알고 쫓아 나왔는데 그게 아니라니까.

"그럼 나중에 우진이…… 그러니까 그 애한테도 그렇게 전해 주세요. 자기 때문에 병실 분위기 이상해졌다고 분명히 혼자 땅 파고 있을 테니까요."

고작 며칠 지켜본 걸로 이렇게 단언할 수는 없겠지만 안 우진은 워낙 그런 녀석이었다. 내 말에 장군님은 고개를 끄덕 였다.

할 말을 다 하니 정적이 흘렀다. 나는 창문 밖으로 시선을 돌렸다. 병원 앞의 정원 풍경이 보였다. 겨울이어서 그런지 바깥 분수대에는 물이 전부 빠져 있었다. 텅 비어 있는 분수대를 내려다보고 있을 때, 장군님이 물었다.

"그런데 그, 저기 진짜 탐정이에요?"

이놈의 병실 사람들은 죄다 내가 탐정인지 아닌지 그것만 궁금한 모양이었다. 만나서 이야기하는 사람들마다 마지막에 는 네가 정말 탐정이냐 물어보는 걸 보면.

한숨을 내쉬고 고개를 저었다. 몇 번을 아니라고 부정해야 내가 탐정이 아니라는 걸 믿어 줄까.

"제가 아니고 그날 문병 왔던 사람이 탐정이에요. 뭐, 이번 병원 테러 사건 조사를 맡게 된 모양이더라고요."

그 많은 사람이 달라붙어서 아직도 용의자 하나 특정하 지 못하는 게 영 못 미덥긴 했지만. 그 말은 꾹 눌러 삼켰다. 어차피 매일 뉴스에서 떠들어 대는 얘기였으니 나까지 말 보 탤 필요는 없을 것 같았다.

"그래요? 신기하네요, 탐정이라니. 탐정업이 허가가 난 지 도 오래됐지만 실제로 탐정을 본 건 이번이 처음이에요."

장군님은 그렇게 말하며 웃었다. 어디서부터 이 오해를 정정해야 할지도 모르겠다, 이제. 내가 머리를 감싸 쥐고 한숨을 푹푹 쉬자 웃음소리가 더 커졌다. 아무래도 이제 그냥 내가 민망해하는 이 상황 자체가 재미있는 것 같았다.

"왜 그렇게까지 싫어해요? 탐정 멋있잖아요."

"어울리지 않으니까요."

"화음 씨랑?"

"네. 저는 최대한 조용히, 평화롭게 살고 싶거든요."

이 병원에서 테러가 일어난 이상 이미 조용하고 평화로운 일상과는 멀어진 거나 다름없지만, 어쨌든. 이번에도 내 말을 꼬투리 잡고 놀릴 거라고 생각했는데 의외로 그쪽에서는 별다른 대답이 돌아오지 않았다. 한참 뭔가를 골똘히 생각하던 장군님이 말했다.

"이렇게 말하면 싫어하겠지만 화음 씨는 탐정이 잘 어울려 보여요."

내 어디를 보고? 장군님은 내가 반박할 틈도 주지 않고 돌아섰다. 돌아선 뒷모습을 보는데, 환자복 뒷자락에 볼펜 자국이 점점이 남아 있었다. 얼핏 보면 그림처럼 보이는 자국이었다. 별자리 무늬 같기도 했다. 내가 뒤에 뭐가 묻었다고 이야기하자 장군님은 우리 애 작품이라며 웃었다.

"늦둥이라 애기가 아직 열 살도 안 됐거든. 먼저 들어갈게요. 날이 쌀쌀하네."

나도 같이 들어가자고 이야기를 하려던 차에 환자복 상의에 넣어 둔 핸드폰에서 진동이 울렸다. 오른쪽 주머니에서 진동이 오는 걸 보니 대포폰 쪽이었다.

* * *

원래 VIP 병동은 내가 입원한 병동 맞은편에 있는 건물 꼭대기 층에 있었다. 거기서 테러가 일어나는 바람에 지금 그쪽은 아예 폐쇄가 되어 있긴 했지만. 건물 전부가 폐쇄된 건 아니다. 그 아래층에 암 병동과 소아 병동이 있다. 듣기로는 VIP 병동 하나만 폐쇄하고 나머지는 정상적으로 운영하고 있다고 했다. 위중한 환자를 퇴원시킬 수 없어서 내린 조치였다.

하지만 이 모든 건 범인이 더 이상 박근형 회장을 노리지 않는다는 전제 아래에서 가능하다.

"박 회장이 아직 이 병원에 입원 중인 것 같다고요?"

"거의 확실해요. 박 회장 측근이 아직도 이 병원에 들락거리는 걸 수빈이가 확인했거든요."

귓가에 대고 있던 핸드폰을 고쳐 잡았다. 뉴스에서는 분명히 박 회장이 평택 시내의 다른 병원에 입원했다고 떠들었었다. 그게 오보였는지 아니면 의도적으로 사실과 다른 정보를 퍼뜨린 건지는 모르겠지만. 이해준 씨가 말을 이었다.

"왜 다른 병원으로 가지 않은 건지는 대충 이해가 가요. 평택 시내에 이만한 규모의 병원이 없기도 하고, 박 회장 지병이 최근 악화가 돼서 주치의가 아니면 맡길 수 없다고 했을 거예요. 그러니까 아직 그 병원에 있는 것까지는 그렇게 놀랄 일은 아닌데…… 문제는 범인이 아직 안 잡혔다는 거죠."

"범인이 박 회장을 또 공격할 거라는 이야기예요?"

"그건 모르는 일이죠. 범인의 의도를 모르니까요. 일단 박화음 씨가 확인해 줘야 하는 건 두 가지예요. 박 회장이 정말 그 병원에 있는지, 그리고 어디에 있는지. 어디 있는지 정도는 알아야 경찰도 대처를 하지."

"내가 그걸 어떻게 찾아요?"

남수빈 씨도 아니고. 작정하고 병원에 숨어 있는 VIP를 무슨 수로 찾아. 내 말에 이해준 씨는 가볍게 웃었다.

"반드시 찾아내 달라는 말이 아니에요. 찾지 못해도 괜찮으니까 둘러보기만 해 주세요. 멀리 있지 않을 거예요. VIP라고 요란하게 광고할 수 없었을 테니까 최대한 눈에 띄지 않는 곳에 있을 거고요. 일반 병동 쪽을 좀 더 주의 깊게 살펴봐요. 사람들 틈에 숨어 있는 게 가장 안전할 때가 있으니까."

이해준 씨가 무슨 말을 하는지는 대충 알아들었다. 어수선한 분위기 틈에 숨어 있으려면 최대한 사람들 사이에 섞여 있는 게 안전하다. 일반 병동 쪽에서, 의사나 비서가 수시로 들락거리는 병실을 찾으면 거기 박 회장이 있을 확률이 높았다.

"……무슨 말인지 알겠어요. 일단 찾아볼게요."

조용히, 평화롭게 살고 싶다고 말한 지 채 한 시간도 안 돼서 조용한 일상과는 100만 광년쯤 멀어졌다. 그래도 불평할 수는 없었다. 범인이 여전히 박 회장을 노리고 있다면 이번에는 일반 병동 안에서 테러가 일어날지도 모른다. 그것만은 막아야 했다.

그러나 이것도 너무 순진한 생각이었다. 나는 그걸 너무 늦게 깨달았다.

* * *

우진은 어둠 속에서 모두의 숨소리가 규칙적으로 변하기를 한참 기다렸다. 그리고 옆 침대의 사람까지 고른 숨을 내쉬기 시작하자 눈을 반짝 떴다. 간이침대에서 곯아떨어진 엄마는 웬만한 소리에도 눈을 뜨지 않을 게 분명했다. 침대 시트가 옷깃에 사락사락 스치는 소리마저 조심하면서 우진은 병실을 나섰다. 가끔 야간에 간호사가 병실을 둘러보기도 하는데, 정해진 시간이 있었다. 그리고 아직 그 시간이 되려면 멀었다. 평소에 공부하면서 밤을 새운 게 이런 때 도움이 될 줄은 몰랐는데.

우진은 혹시나 있을지도 모르는 보안 요원의 눈을 피해 비상계단으로 향했다. 엘리베이터는 소리가 너무 크게 나서 들킬 것 같았다. 계단을 걸어 내려가는 소리가 자박자박 하고 큰 소리로 울렸다. 너무 어두워서 핸드폰 플래시까지 켰는데도 플래시 불빛이 비치는 곳 외에는 어두컴컴했다. 머리끝까지 쭈뼛 소름이 돋았다. 하지만 걸음을 멈출 수는 없었다.

1층까지 내려오고 나서야 주변이 조금 밝아졌다. 바깥에서 들어온 달빛 때문인 것 같았다. 비상계단에서 나오기 전 핸드폰 플래시를 껐는데도 대충 주변 사물의 윤곽이 구분됐다.

우진은 로비 한가운데에 위치한 커다란 나무를 향해 걸었다. 로비의 모서리마다 커다란 화분이 자리하고 있었는데, 그 뒤에 우진이 찾던 것이 있었다. 전부 네 개. 우진은 그것들을 품에 끌어안았다. 등 뒤로 식은땀 한 방울이 쭉 흘렀다. 이 겨울에 어울리지 않게.

주머니에서 핸드폰 진동이 짧게 여러 번 울렸다. 메시지 앱의 알림이었다. 그렇게 말 안 해도 내가 다 알아서 한다니까. 할 수 있을 것 같았다. 우진은 그렇게 생각하며 핸드폰의 전원을 눌러 껐다.

이마에 흐르는 땀을 닦아 낼 새도 없었다. 혹시나 일이 잘못될까 봐 숨소리 하나 크게 내지 못하며 우진은 바깥을 향해 천천히 걸었다.

물이 흐르지 않는 분수대가 보였다.

3

해준은 시커멓게 변해 버린 콘크리트를 걷어 내고 그 조각들을 슬라이드 글라스에 옮겨 담았다. 이건 조사해 봤자 결정적인 증거가 될 수 없겠지만 그래도 안 하는 것보다는 나았다.

표본을 손에 넣자마자 미련 없이 등을 돌려 폴리스라인을 넘었다. 저 앞에서 해준을 쳐다보던 화음과 눈이 마주쳤다.

유영병원의 마스코트나 다름없는 분수였다. 물론 지금은 겨울이라 물은 전부 빼 놓은 상태였지만 그래도 마스코트는 마스코트였다. 그 마스코트가 거의 반파되어 시커먼 잿더미로 변해 버린 건 불과 며칠 전의 일이었다.

이 병원에 박 회장이 남아 있다면 그 사람을 노리고 범인이 다시 움직일지도 모른다고 화음에게 잘난 척 떠들어 댔지만 이런 식으로 일을 벌일 줄은 짐작도 하지 못했다. 탐정이라고 해서 신은 아니다. 기습적으로 터지는 테러를 일일이 어떻게 막아. 하지만 뭔가가 터질 거라는 짐작을 기왕 했으니 좀 더 빨리 대처했더라면 좋았을 것이다. 해준은 입술을 짓씹었다.

다행히 사상자는 한 명도 없었다. 한밤중에 분수대에서 폭탄이 터졌으니 어찌 보면 당연했다. 다만 폭탄이 터졌다는 사실 자체는 숨길 수도 없었다. 자다 말고 깨어난 사람들이 모두 분수대가 불에 타는 광경을 지켜봤으니까.

화음이 앞으로 다가오자마자 해준은 고갯짓을 해 병원 정문 쪽을 가리켰다. 몰려든 구경꾼이 너무 많았다. 병원 정문을 지나 인적이 드문 곳까지 걷고 나서야 해준은 입을 열었다.

"상황이 좋지 않아요."

"뭐가 어떻게 안 좋은데요? 지금 이보다 나쁠 수가 있어요?"

화음의 목소리가 평소보다 더 컸다.

"흥분하지 말아요. 그런다고 해결되는 일도 아니고. 사람들이 쳐다보잖아요."

인적이 드물다고는 해도 길거리였다. 큰소리로 사건이 이렇다느니 저렇다느니 떠들 수는 없었다. 해준은 고개를 돌려 주변을 살폈다. 근처에는 조그만 빌딩이 여러 개 모여 있었다. 그리고 맞은편 길가 건물 5층에 해준이 찾던 적당한 장소가 보였다.

"저기로 가서 이야기하죠."

화음은 해준이 가리킨 손가락을 애써 외면하며 물었다.

"어디요? 저 건물 카페요?"

"아뇨. 저기 5층 코인노래방이요."

잠시 정적이 흘렀다. 적당한 말을 찾는 듯 입술을 달싹거리던 화음은 결국 소리를 질렀다.

"……지금 노래 부를 정신이 있어요? 이해준 씨 미쳤어요?"

"그냥 따라오기나 해요."

해준은 악을 쓰고 욕을 해 대는 화음을 끌고 코인노래방 안으로 들어섰다. 무인 시스템으로 운영되고 있는 노래방이라 주인은 보이지 않았다. CCTV로 실시간 감시는 하고 있겠지만. 어차피 소리는 들리지 않을 테니까 상관없었다.

해준은 양옆으로 사람이 들어가 노래를 부르고 있는 부

스를 찾았다. 소리가 크면 클수록 좋았다. 저 사이에 끼어 있
으면 누가 뭐라고 해도 바깥에 들리지 않는다. 그 부스 안에
들어가자마자 해준은 지폐 몇 장을 넣고 노래를 무작위로 선
곡해 틀어 놓았다. 들어가서 노래도 안 하고 나오면 의심받을
테니까. 마이크를 들어 아, 아, 마이크 테스트, 떠들어 대던 해
준은 마이크를 내려놓고 말했다.

"자, 이제 큰소리로 이야기해도 돼요."

그 모습에 화음은 질린 듯이 물었다.

"……꼭 이렇게까지 해야 돼요?"

"이왕이면 철저한 게 좋잖아요."

화음은 할 말이 많아 보이는 얼굴이었지만 이내 고개를
저었다. 그리고 아마도 코인노래방까지 오는 길 내내 하고 싶
었을 말을 꺼내 놓았다.

"우진이는 범인이 아니에요."

"그걸 어떻게 확신해요?"

해준은 볼을 긁적였다. 화음이 이렇게 나올 줄 알고 있었
기 때문에 상황이 좋지 않다는 거였다. 해준에게 있어서 안우
진은 용의자 중 하나였지만 화음에게는 그렇지 않은 모양이었
다. 해준은 한숨을 쉬고는 말을 이었다.

"그 애가 범인이라고 의심할 만한 증거가 너무 많아요."

첫 번째 테러와 달리 이번에는 용의자가 바로 특정이 됐
다. 병원 로비 CCTV에 한밤중 안우진이 지나가는 모습이 찍

힌 것이다. 각도가 애매하고 상체만 찍혀서 거기까지만 나왔으면 유력한 용의자로 떠오를 일은 없었을 텐데, 문제는 해준이 분석한 표본 내용이었다. 해준은 가방에서 서류철을 하나 꺼내 화음에게 건넸다.

"그 애가 입고 있던 환자복, 가지고 있던 소지품에서 나온 미립자, 그러니까 꽃가루를 분석한 결과예요. 보면 알겠지만 환자복 소매랑 옷깃에서 나온 꽃가루 종류가 그 분수대 옆에 모여 있는 식물 군락과 아주 유사하고요. 이게 무슨 말이냐면, 걔가 그날 밤 분수대에 다녀가긴 했다는 거예요. CCTV 자료랑 내가 제출한 이 자료만으로도 당장 구속감이라고요."

"분수대에 다녀갔을 수도 있죠. 그런데 그게 그날 밤인지, 아니면 다른 날이었는지 그건 확실하게 말 못 하잖아요."

정곡이었다. 해준은 그 말에 반박하려고 몇 번 입을 달싹거리다가 말았다. 사실 화음의 말이 옳았다. 해준이 밝혀낼 수 있는 건 그 애가 분수대에 다녀갔다는 사실뿐이다. 가끔씩 화음은 이렇게 해준이 이야기하지 않은 부분을 날카롭게 찔러 들어왔다. 해준은 결국 두 손을 들었다.

"그래요, 그건 박화음 씨 말이 맞아요."

"……"

"하지만 경찰도 그렇게 생각할까요? 지금 거의 한 달이 다 되어 가도록 용의자를 특정하지도 못했어요. 이런 상황에 저렇게 명백한 용의자가 나타났는데 가만히 있을 것 같아요? 아무리 요즘 강압 수사가 없다지만 없는 증거라도 만들어 내고 싶은 심정일걸요. 첫 번째 테러까지 뒤집어씌우고 싶어서 지금 혈안이 됐을 텐데."

노래방 부스 안에 잠시 정적이 흘렀다. 옆 칸에서 째지는 고음 소리가 벽을 타고 넘어왔다. 유행이 한참 지난 고음의 발라드였다. 화음은 눈가를 찌푸리고는 겨우 입을 뗐다.

"생각해 보니 이해준 씨 말이 맞아요. 그날 밤 우진이가 병원 로비에 나타난 건 CCTV 자료가 증명하는 사실이니까요. 그대로 밖으로 나가 분수대까지 갔을 수도 있다, 합리적인 추론이죠."

해준은 드디어 말이 통하겠구나 싶어 안도의 한숨을 내쉬었다.

"그럼 이제 이 사건에서 손 떼는 거죠?"

나머지는 경찰이 할 일이었다. 해준은 법의학자로서 할 일을 했고, 자료는 넘어갔다. 이번 사건에 탐정으로 관여한 게 아니었으니 이쯤에서 그만두는 게 옳았다.

화음은 그런 해준을 물끄러미 쳐다보다 물었다.

"이해준 씨 정말로 그 애가 범인이라고 생각해요?"

그 질문에 말문이 턱 막혔다. 해준이 아무 말도 못하는 사이 화음은 계속해서 말을 이었다.

"걔는 그냥, 아파서 올해 수능도 못 친 수험생이에요. 걔가 왜 그날 밤에 분수대까지 갔는지는 몰라요. 거기서 무슨 짓을 한지도 모르고요. 하지만 내가 확실히 아는 건 하나 있죠. 우진이는 박 회장이 누군지도 몰라요. 박 회장을 테러한다고 그애한테 떨어지는 이득도 전혀 없고요. 범행 동기가 분명하지도 않은, 고작 열아홉 살짜리를 범인으로 몰고도 아무렇지 않아요?"

마지막에 목소리가 조금 커지는 바람에 화음의 말이 마이크를 타고 아무렇지 않아요? 아무렇지 않아요? 하고 메아리처럼 울려 퍼졌다.

해준 역시 그 애가 범인이라는 확신은 들지 않았다. 화음의 말대로였다. 그 애에게는 박 회장을 테러할 만한 동기가 없다. 머리를 한 대 얻어맞은 듯 띵했다. 100퍼센트가 아닌데도 누군가를 범인으로 단정 지으려 했다니.

해준은 아무렇지 않냐는 화음의 물음을 가만히 듣고 있다가 결국 한숨을 쉬었다. 인정할 수밖에 없었다.

"이제 제법 탐정처럼 말하네요."

"네?"

"그런데 아직 부족해요. 지금 박화음 씨가 말한 것들은 전부 근거 없는, 감에 의존한 추론일 뿐이잖아요. 용의자가 하는 말을 전부 믿어요? 박 회장을 모른다는 말은 누구나 할수 있죠."

"그럼 어떡하라고요?"

"증거를 찾아야죠. 난 증거 외에는 아무것도 안 믿어요. 내가 내놓은 증거보다 더 확실한 증거를 가져와요."

그렇다고 덮어놓고 화음의 말을 믿어 줄 수도 없었다. 이런 때일수록 신중해야 했다. 해준은 약간의 심술이라고 생각하면서도 화음에게 증거를 요구했다. 화음이 거절할 리가 없다는 걸 알면서.

4

항상 탐정 선생이 의도하는 대로 움직이고 마는 게 열받았지만 어쩔 수 없었다. 정신을 차리고 보면 그 말에 말려들고 난 다음이었다. 저 인간은 탐정이 아니라 약장수를 했어야 했다.

우진이 범인이 아니라는 증거를 가져오라는 말은 병원 테러 사건의 진짜 범인을 찾아내라는 것과 다름없었다. 매번 어려운 일은 나한테 몰아 놓고 잘난 척은 혼자 다 하지.

하도 이를 악 물어 턱이 아렸다. 나는 눈앞에 놓인 12층짜리 건물을 바라보았다. 일단 여기부터 시작해야 했다. 이 사건의 유일한 피해자가 어디에 있는지 찾고, 범인이 대체 왜 박 회장 한 사람을 노렸는지 알아야 했다.

'반드시 찾아내 달라는 말이 아니에요. 찾지 못해도 괜찮으니까 둘러보기만 해 주세요. 멀리 있지 않을 거예요. VIP라고 요란하게 광고할 수 없었을 테니까 최대한 눈에 띄지 않는 곳에 있을 거고요. 일반 병동 쪽을 좀 더 주의 깊게 살펴봐요. 사람들 틈에 숨어 있는 게 가장 안전할 때가 있으니까.'

일반 병동 쪽에서, 의사나 비서가 수시로 들락거리는 병실. 말이 쉽지 그런 병실 하나 찾아내는 건 소나무산에서 솔방울 찾기랑 비슷했다. 하도 많아서 문제였다. 게다가 이 병원은 웬만한 대학 병원만큼 커서 병동도 서너 개에 그 안은 또 미로처럼 복잡하기까지 했다. 그나마 VIP 병동이 있는 건물은 좀 나았다. 폐쇄된 쪽을 제외하고는 다섯 층밖에 되지 않아서 금방 둘러보고 나왔으니까.

문제는 나머지 두 건물이었다. 내가 입원한 병실이 있는 건물이 본관이고 나머지 하나가 별관이었다. 둘 다 12층, 13층까지 병실이 들어차 있어 하나하나 둘러보기에 시간이 좀 더 걸렸다.

눈에 띄고 싶지 않다면 본관보다는 별관이 더 적합했을 텐데. 병원 한가운데에 있는 본관과 달리 별관은 주차장 너머, 그러니까 한참 걸어야 나오는 곳에 위치해 있었다.

내가 숨어 있어야 하는 처지라면 당연히 별관을 선택했을 것이다.

하지만 어쩐지 마음에 걸리는 게 있었다. 본관 1층 로비에 배치된 보안 요원들, 수시로 소란스러워지는 의료진, 금속 탐지기까지. 아무리 본관 1층에 응급실이 있다고는 해도 좀 과했다. 그 부자연스러운 배치가 자꾸만 뒷머리를 잡아채듯, 내

발길을 본관 쪽으로 이끌었다.

로비로 들어서자 보안 요원이 금속 탐지기를 들고 다가왔다. 나는 익숙하게 팔을 들어 내가 금속성 물질을 아무것도 안 들고 있다는 걸 증명했다. 이렇게까지 하는데도 두 번째 폭탄이 터진 게 용하다 싶었다.

그러고 보니 이상했다.

분수대에서 폭탄이 터진 건 그럴 만했다. 이렇게 24시간 철통 감시를 해 대니 병원 안으로 폭탄을 가지고 들어올 수 있을 리가 없었다. 그러니 병원 밖에서 터뜨렸겠지.

하지만 분수대에서 폭탄이 터진다고 해서 그게 뭐?

이 로비 한가운데에서 박 회장을 테러한 것과 똑같은 폭탄이 터진다고 해도, 그런 조잡한 폭탄 갖고는 아무도 죽이지 못한다. 박근형 회장 바로 앞에서 터졌는데도 경미한 화상에 그칠 정도로 위력이 약했던 폭탄이다. 전문가가 아니라 멋모르는 아마추어가 어디 인터넷에서 굴러다니는 조립법만 보고 만든 조악한 폭탄. 경찰이 내린 결론도 그랬다.

다만 분수대에서 터진 건 개수가 좀 더 많았다. 총 네 개. 하지만 이번에도 결국 아무도 해치지 못했다.

그러니까 못한 게 아니라 애초부터 아무도 해칠 마음이 없었다면?

그렇게 생각하자 모든 게 맞아떨어졌다. 범인이 이 폭탄으로 하려고 한 일은 누굴 죽이려는 게 아니다. 이건 경고, 아니면 위협용에 불과하다. 누구를 향한 경고인지는 명확했다. 이 병원 어딘가에 숨어 있는 박근형 회장을 향한 경고였다. 범인은 네가 아직 이 병원에 있는 걸 안다는 메시지를 박 회장에게 전한 것이다. 하지만 나와 이해준 씨와 마찬가지로 어디에 있는지까지는 파악하지 못한 게 분명했다.

주머니에서 핸드폰을 꺼내 들어 단축 번호 1번을 길게 눌렀다. 그리고 이해준 씨가 받자마자 물었다.

"박근형 회장 뒷조사 한 자료 있죠? 검색하면 나오는 그런 신상 정보 말고 뒤가 구린 것까지 전부 다요."

다짜고짜 던진 내 질문에 이해준 씨는 웃었다.

"안 그래도 물어볼 줄 알았어요. 그새 우리 우수 조사원이 다 조사해 놨더라고요."

"알았으니까 지금 당장 보내 줘요."

전화를 끊고 얼마 지나지 않아 메일을 받았다. 파일을 열어 첫 페이지에 뜨는 신상 정보를 먼저 확인했다. 박근형, 유영병원 재단 이사장. 78세. 보아하니 유영병원 설립에 꽤나 큰돈을 들인 모양이었다. 그리고 지금 에코시티에서 쓰이는 신소재 플라스틱을 만든 회사의 대표이기도 했다. 지금은 일선에서 물러나 큰아들에게 회사를 물려준 상태였다. 부인과의 사이에 아들이 둘, 딸이 하나. 이 부분 옆에 남수빈 씨의 필체로 "둘째 아들은 부인의 자식이 아니라는 소문, 사실 확인 필요." 라고 적혀 있었다. 이런 것까지 조사해 달라는 건 아니었는데.

그 남수빈 씨가 흥미로워할 만한 부분이기는 했다.

그렇다고 해서 큰아들이나 작은아들이 아버지를 이런 식으로 테러할 리는 없었다. 아버지를 해칠 리가 없다는 게 아니라, 나 같아도 아버지가 죽이고 싶었다면 이런 요란한 방식을 쓰지는 않았을 거라는 소리다. 게다가 이런 중견 기업 오너 집안에 혼외자라는 건 너무 흔해서 이야깃거리도 되지 않았다.

그 뒷장에 이어지는 내용에도 딱히 걸리는 점이나 이상한 부분은 없었다.

하지만 그 테러는 분명히 한 사람만을 노린 테러였다. 이 정도면 돈이나 어떤 이득을 노렸다기보다는 개인적 원한 때문이라고 보는 게 타당했다.

문제는 그 원한이 무엇이냐는 건데.

병원 복도를 계속해서 뱅뱅 돌며 생각해 봐도 마땅히 떠오르는 게 없었다. 나는 핸드폰 화면을 손가락으로 톡톡 두드리다가 발밑에 뭔가가 점점이 떨어져 있는 걸 발견했다. 까만 점 같기도 한 동그란 자국. 손으로 슥 만져 봐도 사라지지 않는 게, 페인트 자국 같았다. 하얀색 타일이 깔린 병원 복도에 그런 게 떨어져 있으니 눈에 띌 만도 한데, 크기가 워낙 작아 무심코 지나가면 발견하지 못할 것 같았다. 공사 중 누군가 흘린 페인트 자국 같아 보이기도 했다.

그 자리에 서서 고개를 들었다. 복도 끝에 있는 창문에서 햇빛이 들어와 바닥에 노란 띠를 만들어 내고 있었다.

나는 고개를 돌려 바로 앞에 있는 병실 문을 봤다. 문패에 아무것도 적혀 있지 않았다. 이 앞의 병실들은 전부 그랬다. 내가 그 앞에 멍하니 서 있자 병원 보안 요원이 다가와 무슨 일이냐고 물었다. 나는 아무것도 아니라고, 길을 잘못 들었다고 말하고 몸을 돌려 나왔다.

1층으로 다시 내려가면서 핸드폰을 꺼내 들었다. 신호음은 길게 이어지지 않았다.

*　*　*

이 병원에서 화분이나 식물이 있는 건 1층 로비뿐이었다. 꽃가루 알레르기 같은 이유로 병실 내부에 꽃이나 화분을 들이는 건 금지되어 있어서였다.

소리가 나는 느티나무를 다시 찾았다. 여전히 따뜻하고 다정한 소리가 났다. 그중에서 가장 크고 또렷한 소리가 있었다. 사람들이 아프지 않게 해 주세요. 조용하게 낮게 모두의 쾌유를 비는 목소리는 그대로였다.

나는 이 목소리를 들어 본 적이 있다. 왜 이제야 그걸 알아차렸는지 모르겠지만. 한번 들은 목소리는 웬만하면 잊어버리지 않는다고 자부했는데, 이번엔 나도 모르게 흘려들었다. 목소리에 악의가 담기지 않아서 그랬는지도 모른다. 이 사람은 왜 모두의 쾌유를 이토록 간절하게 빌었을까? 지금 돌이켜 생각해 보니 이해할 수 없는 말이었다. 성인(聖人)이나 마더 테레

사도 아닌데. 나는 분명 이 목소리에 감동했지만 내가 감동한 건 목소리 저 밑에 깔린 슬픔 때문이었다.

잠시 그 앞에 서 있자니 병원 출입문을 통해 들어오는 이해준 씨가 보였다.

"뭘 보고 있었어요?"

성큼성큼 걸어 내 앞까지 온 이해준 씨는 쓰고 온 모자를 벗어 눈을 털며 물었다. 바깥에 또 눈이 내리는 모양이었다. 나는 손에 쥐었던 소원 종이를 내려다보았다.

"지금 몇 시예요?"

"박화음 씨가 나한테 전화하자마자 달려왔잖아요. 마침 근처에 있어서 여기까지 오는 데 5분도 안 걸렸다고요. 진짜 안 늦었다니까."

내가 늦었다고 추궁하는 줄 알았는지 이해준 씨는 얼른 핸드폰 화면을 내 눈앞에 들이밀었다. 정말로 내가 로비에 내려온 지 채 5분도 지나지 않았다. 체감으로는 30분 정도는 족히 지난 것 같았는데.

"내가 부탁한 건요?"

내 말에 이해준 씨는 가방에서 주섬주섬 서류철을 꺼내 건넸다.

"박화음 씨 말이 맞았어요."

서류 첫 장을 넘기자 아는 사람의 얼굴이 보였다. 내가 예상한 게 맞았다. 역시 이 목소리의 주인이 범인이다. 그 사람이 왜 이런 짓을 하는지까지는 알 수 없지만 확신할 수 있었다. 나는 이를 악물고 말했다.

"지금 당장 박 회장을 이 병원에서 내보내야 돼요."

"박 회장이 어딨는 줄 알고 내보내요?"

"찾았어요, 어디에 숨어 있는지. 그리고 범인도 박 회장이 어디에 있는지 이제 알고 있어요."

"아무리 그래도 경찰을 부르기에는 아직 증거가 부족해요. 뭐라고 하고 그 사람이 범인이라고 할 건데요?"

지금은 말해 봤자 믿기 힘든 이야기들뿐이라 섣불리 입을 열 수 없었다. 이해준 씨조차 믿기 힘든 이야기를 경찰이 믿어 줄 리도 없었다.

"그럴 시간 없어요. 지금 이해준 씨한테 다 설명할 시간도 없고요. 경찰 오기 전에 송장 치우고 싶어요?"

내 말에 이해준 씨는 눈을 천천히 깜빡였다. 얼마 지나지 않아 결심한 듯 일어섰다.

"나중에 다 설명해 줘야 돼요."

그 말에 나는 고개를 끄덕이며 달려 나갔다. 문패에 아무것도 적혀 있지 않은 병실이 모여 있는 복도, 그 복도에 검은색 페인트를 점점이 떨어뜨린 사람을 향해서.

5

병실 침대에 누워 한참을 기다렸다. 이불을 얼굴 끝까지 올려 뒤집어쓴 탓에 숨쉬기가 점점 불편해질 무렵, 누군가가 병실 문을 열고 들어왔다. 반사적으로 숨을 참았다. 그러고 한참을 기다리는데 아무런 소리도 들리지 않았다. 나는 조금 더 기다렸다가 참았던 숨을 뱉어내면서 얼굴을 가리고 있던 이불을 걷어냈다.

침대 맡에 하얀 의사 가운을 입고 있는 사람이 서 있었다. 하지만 그 얼굴은 내가 익히 아는 얼굴이었다. 체구가 작아 가운이 몸집에 비해 지나치게 커 보였다. 나는 우리가 병실에서 그랬던 것처럼 인사를 건넸다.

"언제 이 병원 의사로 취직했어요?"

의사가 회진을 돌고 있나 보다 착각할 만큼 감쪽같은 모양새였다. 여기 누워 있는 게 내가 아니라 박 회장이었다면 이 사람이 의사가 아니라는 걸 눈치채지 못할 정도였다. 가운 가슴팍에 새겨진 병원 마크까지 똑같은 걸 보니 병원 어딘가에서 훔친 모양이었다.

그 사람은 내가 거기 누워 있던 게 뜻밖이었는지, 한참 아무 말도 하지 않았다. 기가 선생님을 닮았다고 생각했는데, 지금 보니까 하나도 안 닮았다. 장군님은 무슨, 그 선생님은 기운이 그렇게 세 보이긴 했어도 가끔씩 보여 주는 웃는 얼굴이 있어서 부드러운 인상이었는데. 지금 이 사람의 얼굴엔 표정이랄

게 없었다.

"애초에 우진이가 범인이란 생각은 안 했어요. 말도 안 되니까. 수능 공부나 하던 고3이 무슨 재주로 폭탄을 만들어요. 물론 만들 수 있다 쳐도, 그 애는 그럴 애가 아니에요. 그건 같은 병실을 쓴 우리가 더 잘 알죠."

그 사람이 침묵하자 나는 계속해서 말을 이었다.

"그래서 진짜 범인이 누군지 고민하기 시작했어요. 누가 병원에서 폭탄 같은 걸 터뜨리려고 한 걸까? 대체 왜? 테러가 일어났다고 해서 병원에서 하루아침에 입원 환자를 전부 내보낼 수는 없어요. 병원이니까. 범인은 아마 이런 것까지 다 짐작했을 거고, 병원에 가장 효과적으로 숨어들 방법을 선택했을 거예요. 그거야 간단하죠. 입원한 환자들 사이에 섞여드는 것만큼 쉬운 게 어디 있겠어요. 근데 수상한 환자를 찾는다는 게 말이 쉽지, 이 큰 병원에 환자가 얼마나 많은데 그걸 일일이 다 체크하겠어요. 경찰도 그걸 못해서 못 잡고 발만 구르고 있던 거죠."

거기까지 말하고 나는 한숨을 한 번 쉬었다. 여전히 표정이 없어 무슨 생각을 하는지 짐작할 수 없었다. 병실에서나 나와 대화할 때는 늘 웃는 얼굴이었기 때문에 이 사람이 이렇게까지 표정이 없는 사람이었다는 것에 내심 놀란 참이었다.

"저는 사람 목소리에 상당히 예민하거든요. 누가 무슨 말을 했는지 기억도 잘해요."

내 말에 그 사람은 그제야 그게 무슨 소리냐는 듯 내 얼굴을 쳐다보았다. 내가 물었다.

"두 사람 부부 사이가 아니죠?"

나는 조금 전 이해준 씨와 나눈 대화를 떠올렸다. 이해준 씨는 서류철을 건네주자마자 말했다.

"박화음 씨 말이 맞았어요. 같은 병실의 그 5번 환자, 김의경 씨랑 보호자, 부부 사이가 아니에요. 뭐, 주민등록상 그렇다는 거니까 실제로는 불륜일 수도, 사실혼일 수도 있지만 말이에요."

"둘 다 아닐 거예요."

"그런 거 짐작하고 있었으면 미리 말을 해 주지 그래요. 괜히 헛수고 안 하게."

"틀릴 수도 있으니까요. 만에 하나라도 틀리면 괜한 사람 잡는 거니까. 그리고 이해준 씨가 그랬잖아요. 내 말은 근거 없는, 감에 의존한 추론이라고요."

"무슨 말을 못 하겠네요. 그래서 그렇게 생각한 이유는요?"

사실 처음부터 김의경 씨와 그 보호자를 부부 사이라고 생각하지 않았다.

나는 사람 목소리에 상당히 예민하고, 누가 무슨 말을 했는지 기억도 잘하는 편이다. 병실에서도 별로 듣고 싶지 않은 걸 하도 많이 들어서 대충 같은 병실 사람 사정은 다 알고 있었다. 그런데 그 두 사람은 부부 사이처럼 보이지 않았다. 서로 존댓말을 쓰고, 되도록이면 필요한 말 이외에는 하지 않으려고 하는 데다가 부부라기에는, 애인이라기에는 지나치게 거리감이 느껴지는 대화를 나눴으니까. 아마 말을 적게 하면 의심을 덜 받으리라 생각했던 것 같지만 오히려 그게 더 이상했다. 그런데도 나랑 잠깐 이야기했을 때 그 사람은 보호자를 끝까지 남편이라고 불렀고. 그 당시에야 그냥 서로 좀 사이가 안 좋은 부부인가 보다 하고 넘어갔지만.

두 사람이 부부가 아닐 거라는 확신을 갖게 된 건 이해준 씨가 건네준 서류철 마지막 장을 확인하고 나서였다.

마지막 장에 김의경 씨 보호자로 있던 사람의 이름이 보였다. 한재완. 나이는 54세. 미간에 주름이 져 조금만 표정을 굳혀도 화가 난 것처럼 보이는 사람이었다. 이런 사람이 자기만 보면 화를 내니 우진이가 이 아저씨를 무서워한 것도 이해가 갔다. 이해준 씨가 말했다.

"이번에 박화음 씨 덕분에 재미있는 걸 발견했어요."

"재미있는 거 뭐요?"

"그 아래 읽어 봐요."

읽어 보라고 해 놓고 이해준 씨는 내가 서류 다음 장을 읽는 걸 다 기다리지도 못하고 떠들어 대기 시작했다.

"한재완이라는 사람 반년 전까지는 박 회장의 운전기사였어요. 뭐, 물론 퇴직한 지 6개월이나 됐으니까 무슨 상관이 있냐 싶겠지만 이런 우연이 또 여러 번 겹치기는 힘들거든요. 하필 박 회장이 입원한 이때에 병원에 보호자로 들어와 있는데, 가짜 부부 행세를 하고 있다? 이건 아주 수상하죠."

이해준 씨의 말대로였다. 한재완은 박근형 회장의 운전기사로 3년을 일했다. 그리고 6개월 전에 퇴직한 걸로 되어 있었다. 이것까지는 예상하지 못했다. 다만 한 가지 추측은 가능했다. 김의경과 한재완이 공범이며 두 사람 다 박 회장과 어떤 연관이 있을 거라는 것. 그리고 얽혀 있는 감정이 그리 좋지 않으리라는 것도. 하지만 이 가설은 어디까지나 추측에 불과했다.

결정적인 계기는 따로 있었다.

"뭔가가 이상하다고 생각하게 된 건 박 회장이 숨어 있는 병실을 찾았을 때에요. 본관 8층, 문패가 없는 병실이 있는 복도에서 검은색 먹물 자국 같은 걸 발견했거든요. 마치 여기에 박 회장이 숨어있다는 걸 알리기라도 하듯이 찍혀 있는 자국, 김의경 씨 환자복 뒷자락에 남은 거랑 똑같은 자국이었으니까요."

얼핏 보면 그림처럼 보이는, 무슨 별자리 같기도 한 자국. 바로 다음 순간 병원 1층 나무에 남은 목소리가 김의경 씨의 목소리였다는 걸 깨달았다.

내 말이 끝나자 김의경 씨는 웃었다. 한참을 웃던 김의경 씨가 말했다.

"훌륭하네요. 내가 화음 씨는 탐정이 잘 어울린다고 그랬죠? 진짜 탐정이라고 해도 믿겠어요."

"그때 나한테 접근한 건 내가 진짜 탐정인지 아닌지 신경이 쓰여서 그런 거였죠?"

아마도 내가 이해준 씨와 병실에서 테러 사건 이야기를 떠들며 탐정이니 뭐니 했을 때 김의경 씨는 꽤나 놀랐을 것이다. 하필이면 환자들 사이에 숨어 있으려고 입원한 병실에 탐정 같은 게 있을 줄은 몰랐을 테니까. 한재완을 쫓아 나갔을 때 내게 일부러 접근한 건 내가 진짜 탐정인지, 어디까지 알고 있는지, 신경이 쓰여서였을 것이다. 김의경 씨는 순순히 인정했다.

"……그래, 같은 병실 안에 탐정이 있으면 계획에 차질이 생길까 봐 그랬지. 차라리 그때 말을 걸지 말 걸 그랬어. 그 짧은 시간에 이렇게 꼬리를 밟힐 줄 알았다면 안 그랬을 거야."

곧 웃는 얼굴을 거둔 김의경 씨가 물었다.

"박 회장 어디다 숨겼어?"

박 회장은 이 병실에서 미리 빼돌렸다. 아마 지금쯤 병원을 빠져나가고 있을 것이다. 내가 하는 말을 좀처럼 믿으려 들지 않아서 설득하는 데 꽤나 애를 먹었지만 결국 자기 목숨이 위험하다는데 도리가 없었던 모양이었다. 스치듯 보기만 했지만 바로 알 수 있었다. 세상의 어떤 것보다 자기 안위가 가장 중요한 사람이었다. 그런 인간을 보호하기 위해 이렇게까지 해야 하나 싶었지만.

박 회장을 부를 때의 김의경 씨 목소리는 평소와 달라, 타협의 여지라고는 조금도 보이지 않았다. 그렇다고 포기할 수는 없었다.

　"이렇게까지 하는 이유가 뭐예요?"

　"말해 봤자 화음 씨는 이해 못 해."

　"네, 저는 아마 이해 못 할 거예요. 어떤 이유로도 이런 방식은 정당화될 수 없어요, 김의경 씨."

　병실 바깥이 소란스러워지는 게 느껴졌다. 범인이 이 병실에 들어오면 경찰에 신고하라는 내 말을 이해준 씨가 잘 들어준 모양이었다. 바깥을 잠깐 곁눈질하던 김의경이 다시 내 쪽을 보았다. 내가 말했다.

　"게다가 죽이지 못했잖아요."

　"못한 게 아니지. 첫 번째 폭탄은 박근형을 일반 병실로 보내기 위해서였어. 반쯤은 도박이었지. 박 회장이 지레 겁먹고 이 병원을 나가 버리면 끝이었으니까. 하지만 그러지 않을 거라는 확신이 있었어. 그런 인간이니까."

　"그건 그냥 핑계잖아요. 사실은…… 정말로 죽일 생각까지는 없었던 거죠. 그럼 두 번째 폭탄은 왜 분수대에서 터뜨린 거예요? 아무도 죽이지 못하는 건 마찬가진데."

　나는 병원 로비 화분에 남은 소리를 들었기 때문에 알고 있었다. 기본적으로 다정한 소리를 내는 사람이었다. 화분에 남아 있는 소리에서도 김의경의 망설임이 느껴졌다.

사람들이 아프지 않게 해 주세요.

그렇게 말한 목소리의 주인은 분명 김의경이었다. 그래서 나는 섣불리 확신했다. 이 사람은 사람을 죽이지 못한다고. 김의경이 말했다.

"아니, 그건 우진이 걔가 중간에 끼어들어서 실패한 거야. 원래는 병원 로비에 설치되어 있었어. 그걸 어떻게 찾아낸 건지 모르겠지만 그 애가 분수대로 옮겨둔 거고. 그것 때문에 일이 좀 번거로워졌지만 그 애가 경찰의 눈을 가려 준 덕에 이번엔 실패하지 않을 거야."

김의경은 그렇게 말하며 물러섰다. 그리고 주머니 속에서 뭔가를 눌렀다. 그 순간 병원 바깥에서 쾅 폭발음이 울렸다. 나는 고개를 돌려 병실 밖을 바라보았다.

창문 밖으로 검은 연기가 솟아오르는 것이 보였다. 분명히 박 회장은 안전한 곳에 옮겨 두고 경찰을 부르기까지 했는데. 그래서 이제 다 됐다고 김의경을 설득하기만 하면 된다고 생각했는데. 나는 한달음에 창문가로 달려가 바깥을 살폈다. 병원 정문 바로 앞에 세워진 검은색 세단이 화염에 휩싸여 있었다. 내가 멍하니 그 차에서 올라오는 검은 연기를 바라보고 있을 때 김의경이 말했다.

"두 번째 계획이 있었어. 내가 박 회장 병실에 잠입했을 때 박근형이 거기 없을 때를 대비해서."

너무 놀라 말도 나오질 않았다. 이렇게까지 할 거라고는

유리온실의 탐정

287

예상치 못했다. 내가 간신히 고개를 돌리자 김의경 씨가 말했다.

"세 번째 폭탄은 박 회장 자동차 엔진 밑바닥에 있었어. 내가 노리는 걸 알게 되면 분명 병원에서 나가려고 할 테니까. 이건 설치하기가 정말 까다로웠는데. 미리 박근형 자동차에 사고를 내서 범퍼를 망가트린 다음, 우리가 준비해 놓은 카센터로 가져오도록 유도해야 했으니까."

"그렇게까지……"

"이제 우리가 얼마나 오랜 시간을 기다렸는지 알겠지."

김의경의 얼굴은 한결 후련해 보였다. 오래 앓다가 일어난 사람처럼 초연해 보이기까지 했다. 조금 전 폭탄을 터뜨린 테러범이라고는 상상도 할 수 없는 얼굴이었다.

"이제 다 끝났어."

"왜 이렇게까지……. 대체 뭘 위해서? 이런 짓을 하면 마음이 후련해요?"

"이런 쓰레기는 죽어 없어지는 게 나아."

그 말에 나는 이를 악물었다.

"그 기준이 뭔데요. 김의경 씨의 판단? 당신이 무슨 권리로 그걸 판단하는데요?"

"그래, 나도 알아. 나한테 자격이 없다는 건. 하지만 해야 하는 일이었어."

나는 김의경 씨의 눈에서 익숙한 빛을 찾았다. 사이비 종교에 가족들을 끌어들이고 희생을 강요하던 남자의 눈빛, 자신은 올바른 일을 하고 있다고 여기는 사람의 눈에 들어찬 신념이었다. 하지만 그 남자와 김의경 씨 사이에는 다른 점이 한 가지 있었다.

"……이렇게 한다고 뭐가 바뀌는데요?"

로비 1층의 느티나무.

그 나무에 사람들이 아프지 않기를 빌면서 김의경 씨는 한순간 망설였다. 그리고 그 망설임 역시 나무에 목소리로 남았다. 이렇게 한다고 뭐가 바뀔까? 그렇게 묻는 목소리에는 결국은 이렇게까지 해도 변하지 않을지도 모른다는 자조가 섞여 있었다. 말은 저렇게 해도 자신이 하는 일에 줄곧 의구심을 품고 있던 거다. 하지만 박 회장의 차에 있던 폭탄을 터뜨려 버린 순간 김의경 씨는 그 남자와 똑같은 사람이 되어 버리고 말았다. 어쩌면 더 나쁠지도 몰랐다.

내 말에 김의경은 허를 찔렸다는 듯 내 얼굴을 바라보았다. 찬찬히 들여다보는 시선이었다. 아무에게도 말한 적 없던 속내를 내가 어떻게 알았는지 궁금한 것 같았다. 김의경은 이내 허탈한 숨을 뱉으며 웃었다.

"그래도 이 일은 그 시작이 되어 줄 거야."

이런 일이 일어나면 사람들은 절대 못 잊을 테니까. 김의경이 남긴 그 말을 끝으로 병실에 경찰과 보안 요원들이 들이닥쳤다. 나는 멍하니 김의경의 손에 수갑이 채워지고, 끌려 나가는 모습을 바라보았다. 경찰과 함께 병실에 도착한 이해준 씨가 내게 몇 번이고 괜찮냐고 물을 때까지 한참 그렇게 서 있었다.

김의경이 마지막으로 남긴 말이 무슨 뜻인지, 도무지 이해가 가지 않았다.

창밖으로 조그마한 눈송이가 한 송이씩 떨어졌다. 소방차가 도착하기도 전에 눈송이가 먼저 자동차 위로 내려, 타오르는 불길을 잡기 시작했다.

사이렌이 귓가에 울리는 듯하다 점점 멀어지는 것처럼 느껴졌다. 천천히 고개를 돌리자 이해준 씨가 손수건을 건넸다. 그래서 내가 울고 있다는 것을 알았다.

눈물 같은 게 왜 나는 건지도 알 수가 없었다. 내 눈앞에서 사람이 죽어서? 막을 수 있을 거라고 생각했는데 막지 못해서? 김의경이 사람을 죽인 게 믿기지 않아서? 늘 웃는 표정이었지만 사실 정말 웃고 있지는 않았던 김의경이 마지막에는 기쁘지도 후련해 보이지도 않아서?

그 순간 나는 김의경이 이런 짓을 벌인 이유를 해명해 내기 전까지는, 이 일이 무엇의 시작이 될지 지켜보기 전까지는 이 사건에서 벗어날 수 없으리라는 것을 직감했다.

6

"올해 겨울은 어쩐지 눈이 많이 오네요."

이해준 씨는 그렇게 말하고 카페 테이블에 얼굴을 대고 누웠다. 탄소세 때문에 실내에 난방을 그렇게 세게 틀어 놓지 않는데도 아이스아메리카노 안에 얼음이 벌써 반쯤 녹았다. 컵 표면에 물방울이 가득 올라와 있었다. 여름엔 따뜻한 아메리카노만 마시고, 겨울엔 아이스아메리카노만 마시는 걸 보면 성격이 그 모양인 것도 이해가 갔다. 나는 이해준 씨 눈앞에 손을 휘저으며 말했다.

"빨리 부탁한 거나 내놔요."

그 말에 이해준 씨는 "다 끝난 사건은 왜 또 붙잡고 늘어지는 건데요." 하며 가방에서 서류철을 하나 꺼냈다. 파란색 서류철은 내가 기대한 것보다 부피가 작았다.

"뭐야, 왜 이렇게 자료가 없어요?"

"가끔 있어요. 탈탈 털어도 볼 만한 자료가 거의 안 나오는 인간이. 김의경 씨는 자기 카드도 안 쓰고, 통장도 없고. 거의 뭐 유령 인간처럼 살았던데요."

서류철의 첫 페이지를 넘기자 김의경 씨의 사진이 보였다. 정면을 응시하는 여권 사진이었는데, 지금보다 10년은 더 젊어 보였다. 인상이 한결 밝아서 그런지 머리에 새치도 없어 보였고, 주름도 없어 보였다. 눈에도 생기가 넘쳤다. 지금도 그렇게 음울한 인상은 아니었지만 이때랑 비교하면 천지 차이였다.

내가 새삼 놀라고 있을 때 이해준 씨가 고개를 들며 말했다.

"그래도 새로 알아낸 게 있어요."

그 말에 시선을 좀 더 아래로 돌렸다. 사진 아래 적혀 있는 글 중에 가장 먼저 눈에 들어오는 단어가 하나 있었다.

"탄소 배출 감독관?"

"네. 탄소 배출 감독관으로 일하다가 몇 년 전에 그만뒀더라고요. 사실 그만뒀다기보다는 직위 해제로 나왔으니, 짤린 거죠."

"짤려요?"

"수빈이가 따로 조사한 내용으로 보자면 뇌물을 받았다는 얘기가 있던데. 이건 소문이라 확실하지는 않아요."

뇌물을 받았다고? 확실히 그 뉴스를 본 기억은 있다. 탄소 배출 감독관이 무슨 기업으로부터 몇십억 원에 해당하는 현금을 뇌물로 챙겨 받고 탄소 배출량을 조작해 줬다는 기사였다. 뉴스를 봤을 때 점장님이랑 유리랑 다 같이 혀를 찼던 기억이 난다. 사실 탄소 배출 감독관에 좋은 감정이 있었던 적이 없었던 터라 다들 그럴 줄 알았다는 반응이었다.

하지만 김의경 씨가 그 뇌물을 받았다는 건 솔직히 믿어지지 않았다. 그럴 사람으로 보이지 않아서 같은 이유가 아니라, 그렇게 큰돈을 받았다면 굳이 테러범이 될 이유가 없을 것 같아서였다.

"그렇게 큰돈이 생긴 사람이 뭐가 불만이어서 그런 짓을 해요?"

내가 그렇게 말하자 이해준 씨는 고개를 삐딱하게 기울이고 웃었다.

"그새 그 돈이 다 떨어졌나 보죠. 생각보다 세상엔 돈 때문에 사람 죽이는 일이 많답니다. 로또 당첨자도 몇 년 만에 거지가 되는 세상인데요."

"그럴 사람 같지는 않던데요."

"뭐, 어쩌면 누명을 쓴 건지도 모르고. 그리고 그 누명을 쓴 원한을 갚겠다, 이런 동기일지도. 수빈이 말로는 그 뇌물로 얽힌 기업이 그리닉스온이래요."

"그리닉스온?"

어디서 들어 본 것 같은 이름에 고개를 기울이자 이해준 씨가 대답했다.

"그 왜, 있잖아요. 에코시티에서 쓰는 신소재 플라스틱 제조 회사. 박화음 씨도 봤을 텐데요, 박 회장 뒷조사 서류에서. 그 회사 전 대표가 박근형 회장이에요. 지금은 아들이 물려받아서 운영 중이고."

그렇다면 말이 됐다. 박 회장과 김의경 씨의 접점도 설명이 되고 김의경 씨가 박 회장에게 원한을 가진 것도 말이 된다. 이해준 씨가 말했다.

"그러니까 단순 원한으로 정리되네요. 이제 이 사건에서 손 좀 뗍시다. 솔직히 살인자가 무슨 동기로 살인을 했든 그걸 알아줘야 할 필요는 없어요. 사람을 죽인 순간 그런 명분은 다 쓰레기가 되니까."

이해준 씨의 말이 맞다. 살인자의 동기가 뭔지 알아야 할 필요 같은 건 없었다.

"하지만 죽지 않았잖아요."

죽지 않았다고 해서 김의경 씨의 죄가 없어지는 건 아니지만. 박 회장은 그 자동차 폭발에 휘말려 중상을 입었지만, 가까스로 목숨을 건졌다. 아직 깨어나지는 못했다. 김의경 씨가 이걸 다행이라고 생각할지는 모르겠다. 그러나 적어도 살인자가 되지는 않았다. 나는 김의경 씨가 살인자가 되지 않아서 다행이라고 생각했다.

내 말에 이해준 씨는 얼굴을 찌푸렸다. 죽일 생각으로 터뜨렸으니 그거나 그거나라고 생각하고 있는 게 훤히 들여다보였다.

줄곧 마음에 걸리는 부분이 있었다. 김의경 씨가 계속해서 언급했던 우리라는 말이. 단순히 한재완과 자기 자신을 지칭하는 거라기엔 그 우리라는 말의 범위가 좀 더 큰 것처럼 느껴졌다. 어쩌면 공범이 더 있을지도 몰랐다.

그리고 로비 1층 나무에 남아 있던, 사람들이 아프지 않게 해 달라고 소원을 빌었던 김의경 씨의 목소리. 그런 소원을 비는 사람이 뇌물죄를 뒤집어씌웠다는 이유로 박 회장을 살해할 것 같지가 않았다.

내 말을 이해준 씨는 바로 수긍하지는 않았다.

"공범이 더 있다고 쳐요. 그래도 그게 박화음 씨가 걱정해야 하는 문제는 아니죠. 경찰이 알아서 하라고 그래요."

"그래도 신경이 쓰인다고요."

이 일이 그 시작이 되어 줄 거라는 말이 뭔지, 폭탄을 터뜨려서라도 해야 하는 일이었다는 게 뭔지, 그걸 알아내지 못하면 두 발을 뻗고 잠을 잘 수도 없을 것 같았다.

내 말에 이해준 씨는 한참 내 얼굴을 쳐다보다 물었다.

"이럴 때 박화음 씨는 정말로 탐정 같은 거 알아요?"

궁금한 게 생기면 알아낼 때까지 붙잡고 늘어지는 것도, 남이 꽁꽁 숨겨 놓은 벽장 안을 굳이 들여다보고 싶어 하는 것도 탐정의 천성이에요. 이해준 씨는 그렇게 말하고는 내 앞에 놓인, 건드리지도 않아서 죽처럼 녹아 버린 카페모카 잔을 가져다 마시고 인상을 찌푸렸다.

"그 속에 뭐가 들었는지 꼭 확인해 봐야겠어요? 어차피 쓰레기여도?"

나는 대답하지 않았고, 이번에도 이해준 씨가 먼저 두 손을 들었다.

* * *

"김의경과 한재완이 말하는 그 우리라는 게 뭔지부터 좀 알아보죠."

오랜만에 만난 남수빈 씨는 인사를 건네기도 전에 사건 이야기부터 꺼냈다. 남 뒷조사하는 게 그렇게나 좋은가. 내가 그렇게 묻자 남수빈 씨는 고개를 저었다.

"돈도 안 되는 일이니까 빨리 해치우려고요. 선배랑 달리 저는 자원봉사에는 취미가 없어서요."

그 돈도 안 되는 일을 부탁한 입장에서는 참 양심이 찔리는 말이었다. 나는 도로 입을 다물었다. 그리고 정면을 응시했다. 이 동네에 다시 오게 될 줄은 몰랐는데. 동네 어귀에 보이는 부동산의 간판이 그새 익숙했다.

한재완은 신영대 씨의 빌라가 있는 원룸촌에 살고 있었다. 대학 근처에 있어 신축 빌라가 많고, 자취하는 대학생이나 혼자 사는 사람이 많은 동네였다. 한재완 역시 다른 가족 없이 혼자 살았던 듯했다.

"김의경 쪽은 파 봤자 더 나오는 게 없어요. 몇 년 전에 잘린 후로 어디서 뭘 해 먹고 살았는지도 안 나오니까. 그러니까 이 아저씨 쪽을 조사하는 게 더 효율적일 거예요."

한재완은 아직 구속된 상태도 아니었다. 경찰에 잡힌 김의경이 공범에 관해서는 입을 다물고 전부 자기 혼자 계획한 일이라고 주장하고 있어서였다. 경찰도 그 말을 믿는 건 아니겠지만 아직 달리 증거가 없었다. 그래서 한재완은 아직 저렇게 자유롭게 돌아다닐 수 있었다.

슈퍼마켓에서 막 나온 한재완은 주변을 한 번 두리번거리더니 모자를 더 깊게 눌러 썼다. 손에는 슈퍼에서 산 담배 한 갑이 들려 있었다. 발을 느리게 끌며 걷는 걸음걸이는 여전했다. 그래서 미행할 때 쫓아다니는 게 그리 힘들지는 않았는데, 문제는 미행 초짜인 내가 자동차까지 못 탄다는 데에 있었다. 몇 번은 둘이 나란히 골목길에 숨어서 한재완이 어디로 가는지 훔쳐봤는데, 나 하나면 몰라도 남수빈 씨는 금방 들킬 것 같았다. 아무리 말렀어도 키가 커서 그 덩치가 숨겨지지 않았다. 골목길에 이런 덩치 큰 남자가 숨어 있으면 누가 봐도 수상해 보이기도 했다.

"움직이지 않는 자동차에 가만히 있는 것도 못해요?"

"그건 안 해 봐서 모르겠는데요."

"이번 기회에 한번 해 보는 건?"

"토하면 누가 책임질 건데요?"

남수빈 씨가 가져온 건 이해준 씨의 지프였다. 남의 차에 토하면 뒷감당은 누가 하라고. 내가 투덜거리자 남수빈 씨는 입을 다물었다.

하필이면 며칠째 한파가 계속되고 있었다. 가만히 있어도 이가 딱딱 부딪히고 손이 곱아드는 날씨였다. 목도리에 얼굴을 파묻고 다시 걷기 시작했다. 이 날씨에 한재완은 대체 어딜 가는 건지 한참 앞으로 걷기만 했다. 미행을 의식하는지 중간중간 뒤를 돌아보긴 했지만 다행히 들키진 않았다.

원룸촌을 벗어나 아직 개발이 덜 끝나 농지가 남아 있는 길을 좀 더 걷자 삼정리 수로가 보였다. 동시에 오물 냄새가 코끝을 찌르기 시작했다. 손으로 코를 막고 몸을 숙였다. 옆을 흘깃 쳐다보자 남수빈 씨도 나와 똑같은 자세로 코를 막고 있었다. 이 부근은 에코시티에서도 아직 개발이 안 된 지역이었다. 통복천 하수 종말 처리장으로 알려져 있는 곳이기도 했다.

이렇게 탁 트인 곳으로 올 줄은 몰랐는데. 주변에 숨을 만한 엄폐물이 없는 까닭에 우리 위치가 애매해졌다. 한재완이 뒤를 돌아보기만 하면 우리가 뒤에 덩그러니 서 있는 걸 볼 수 있을 정도였다. 결국 숨는 것을 포기하고 근처에 산책하러 나온 연인 흉내를 내자는 걸로 합의를 봤다. 이 주변은 배스 낚시를 하러 온 아저씨들이 자주 찾는 포인트여서 사람이 아주 없지는 않았다. 대충 낚시에 관심을 갖고 수로를 들여다보는 척하며 한재완이 조그만 면봉 크기만큼 작아질 때까지 기다렸다.

거품이 잔뜩 낀 물이 수로에 고여 있었다. 아래쪽 수로를 보던 남수빈 씨가 말했다.

"조금 이상하네요."

"뭐가요?"

"원래 이 주변은 낚시꾼이 더 많았는데. 지금은 많이 줄었네요."

남수빈 씨의 말을 들은, 근처 낚시꾼이 대답했다.

"여기도 예전 같지가 않아요. 원래 이 동네는 배스보다 사람이 많다고 그랬었는데. 당연히 고기가 예전만큼 안 잡히니까 사람이 줄지. 물 좀 봐요."

그 말을 듣고 다시 수로를 내려다보았다. 둥둥 떠다니는 기름과 플라스틱 컵이 보였다. 저런 게 있으니까 고기가 없지. 그렇게 생각하며 무심코 플라스틱 컵 쪽을 봤다가 나는 그 자리에 얼어붙었다.

"왜 그래요?"

남수빈 씨가 물었다. "이제 슬슬 한재완을 쫓아가지 않으면 놓치겠어요." 덧붙인 말에도 나는 대답하지 않았다.

수로 물이 고여 있어서 그런지 플라스틱 컵은 아까 그 자리에 둥둥 떠 있었다. 저건 내가 알고 있는 컵이다. 모를 수가 없었다. 카페에서 매일 내가 커피를 내려 담는 컵이니까. 플라스틱 컵 표면에 어스프레소의 브랜드 로고가 찍혀 있었다. 지구본 모양 위에 월계수 나뭇잎이 두 줄로 그려진 동그란 로고였다.

"저거, 저것 좀 건져야겠어요."

내가 수로로 내려가려고 청바지 밑단을 걷어 올리자 남수빈 씨가 내 코트 자락을 잡고 뜯어말렸다.

"이 날씨에 물에 들어가겠다고요?"

"확인해 봐야 돼요."

가까이서 보니 다행히 아직 물이 얼지는 않았다. 나는 운동화랑 양말을 벗을까 말까 고민하다가 그냥 신은 채로 물가에 내려갔다. 어스프레소 컵은 그리 멀리 떨어지지 않은 곳에 있었다. 뭔가에 걸려 있는 것 같기도 했다. 한숨을 푹푹 쉬던 남수빈 씨는 결국 손을 빌려주었다. 남수빈 씨의 손을 잡은 채로 다른 한 손으로 컵을 건져 올렸다. 그러자 아까 우리에게 말을 붙였던 낚시꾼 아저씨가 말했다.

"그런 거 이 근처엔 널려 있는데 뭐 하러 건져요?"

그 말에 고개를 들었다. 내가 건져 올린 어스프레소 컵과 똑같이 생긴 컵들이 물길을 따라 줄지어 떠내려오고 있었다.

* * *

"이건 여기 있으면 안 되는 컵이에요."

어스프레소에서 사용하는 플라스틱 컵은 생분해되는 신소재 플라스틱으로 만들어진 컵으로, 땅에 묻으면 자연적으로 2, 3주 후에는 분해가 되어 사라진다. 내가 알기로는 그랬다. 내 말을 듣고 있던 남수빈 씨는 수로 앞에 쪼그려 앉은 자세 그대로 한 손으로 턱을 괴고 대꾸했다.

"그럼 아직 그 2주가 안 된 컵들인가 보죠."

"그런 문제가 아니라고요."

이 컵이 아직 2주가 안 된 컵이어도 여기에 있어서는 안 됐다. 어스프레소에서 한번 사용한 컵은 전부 수거돼서 공장으로 돌아간다. 그리닉스온이 운영하는 공장은 자기들이 만든 신소재 플라스틱을 직접 수거해서 재활용하고, 남은 것들은 땅에 묻어 자연으로 돌려보낸다고 홍보했다. 지구를 위한 착한 소비. 그게 그리닉스온의 캐치프레이즈였다.

그러니까 지금 이 수로 안에 어스프레소 컵이 산처럼 쌓여 있는 상황 자체가 말이 안 되는 거였다. 내 설명을 다 듣고 나서도 남수빈 씨는 여전히 심드렁했다.

"모든 플라스틱을 다 수거한다는 건 현실적으로 불가능해요. 이 근처에 무슨 공장이 하나 있거든요. 그러니까 저렇게 떨어져 나오는 것들도 있는 거죠."

그 말이 그럴듯하게 들리기도 했다. 남수빈 씨는 하품을 한 번 쩍 하고는 물었다.

"그보다 기껏 찾은 한재완을 놓쳐서 이제 어떡할 거예요?"

그제야 현실적인 문제가 눈에 들어왔다. 이 컵을 건지겠다고 소동을 피우는 사이에 한재완은 사라져 버렸다. 오늘 발견한 것도 며칠째 그 집 앞에 잠복해서 얻어낸 성과였는데 그걸 놓쳤으니 입이 열 개라도 할 말이 없었다. 내가 아무 말도 하지 못하자 남수빈 씨는 티 나게 한숨을 쉬고는 몸을 일으켰다.

"일단 어디 들어가서 발이라도 좀 말리고 다시 시작합시다."

다행히 수로를 따라 위로 좀 더 올라가면 이 근처보다는 좀 더 개발이 진행된 번화가가 나온다. 나는 거기에 어스프레소의 다른 지점이 있다는 걸 알고 있었다. 에코시티 안에는 어스프레소 지점이 꽤 많은 편이었다. 남수빈 씨를 끌고 카페에 들어가 바지 밑단의 물기를 대강 말리고 나왔을 즈음에는 5시도 안 됐는데 해가 저물고 있었다. 겨울이라 해가 짧은 탓이었다. 남수빈 씨는 목도리에 얼굴을 파묻은 채로 웅얼거렸다.

"오늘은 그냥 돌아갈까요."

표정만 봐도 귀찮아하는 티가 났다. 춥기도 추웠던 터라 나도 그냥 고개를 끄덕이고 싶었는데 한재완의 행방이 단서가 될지도 모르겠다는 생각이 자꾸만 발길을 잡아끌었다. 집에서 두문불출하던 양반이 며칠 만에 집에서 나와 어딘가로 향했다면 그 장소는 중요한 장소일 게 분명했다.

"아까 그 수로 근처 한 번만 더 돌아보고 가요."

수로 주변에는 잡목이 무성했다. 시에서 이쪽은 아예 관리를 안 하는 건지 잡초가 끝도 없이 자라나서 길까지 침범하고 있었다. 하지만 덕분에 뭔가 소리가 남으면 그 흔적을 쫓아가기는 좋았다. 한재완이 강하게 떠올린 생각이나 사념이 있다면 그 자리에 남아 있을지도 몰랐다. 내 말에 남수빈 씨는 마지못해 고개를 끄덕였다.

"딱 한 번만 돌아보고 가는 거예요."

* * *

남수빈 씨의 바람과는 달리 그 길가에 소리의 흔적이 남아 있었다. 한재완은 그 길을 걸어가면서 줄곧 하나의 생각을 반복해서 되뇌었다. 뭔가를 찾아야 한다는 것이었다. 한재완이 뭘 찾고 있는지까지는 알 수 없었다. 그런 디테일까지 온전히 남아 있으면 모든 문제가 다 해결될 텐데 내 능력은 늘 이렇게 반쪽짜리였다.

"뭘 찾고 있는 걸까요?"

내 물음에 남수빈 씨는 덜덜 떨리는 팔을 옆구리에 끼우며 대답했다.

"폭탄이 어딘가에 또 남아 있기라도 한 거면……."

남수빈 씨는 말끝을 흐렸다. 그 말이 사실이라면 큰일이었다. 박 회장은 살아남았고, 김의경의 공범들이 다시 모여서 박 회장을 노리고 있는 거라면 다시 한번 테러가 일어날 수도 있었다. 내가 뭐라고 대답하려던 순간 길 바로 옆에 있는 잡목에서 또 소리가 흘러나왔다. 이번에는 찾아야 한다와는 다른 소리였다. 그 소리 때문에 한재완이 어디로 향했는지 분명해졌다.

"이 근처에 공장이 하나 있다고 했죠?"

내 말에 남수빈 씨가 고개를 끄덕였다. "무슨 공장이었는지까지는 까먹었는데……." 그렇게 중얼거리고 가방에서 노트북을 꺼내 열었다. 그리고 바닥에 앉아 몇 번 타자를 두드리더니 고개를 갸웃거렸다.

"이상하네. 무슨 공장인지 제대로 뜨질 않아요. 공장 소유주도. 어쩌면 불법 개조 공장인지도 모르겠네요. 한 가지 확실한 건 여기 있는 공장 때문에 이 주변에 개발이 아직 덜 됐다는 건데. 몇 년째 그대로 대치 상태예요. 공장 근처에 아파트를 짓고 싶은 건설사는 없을 테니까요."

"그 공장 위치가 어딘지는 뜨죠?"

"네. 그런데요."

"거기로 가야 돼요. 한재완은 아마 거기 있을 거예요."

식물에 남은 소리가 그렇게 말하고 있었다. 공장으로 가야 한다고.

　＊　＊　＊

한밤중의 공장은 침묵에 싸여 있었다. 24시간 3교대로 돌아가는 공장은 아닌지, 공장 안쪽 역시 인기척이라고는 느껴지지 않았다. 겉으로만 봐서는 도대체 무슨 공장인지 알 수가 없었다. 공장 바깥에 있는 부자재 같은 게 뭔지 보이면 그걸로 유추라도 할 수 있을 텐데 공장 주변은 누가 청소라도 매일 하는 건지 깨끗하기만 했다.

"이게 공장이 맞기는 해요?"

건물 외벽이 샌드위치 패널로 되어 있는 걸 봐서 외관은 공장 같은데 공장이라기엔 흔적이 너무 없었다. 내 말에 남수빈 씨 역시 주변을 한번 둘러보았다. 공장을 한 바퀴 돌아봐도 마찬가지였다. 그나마 몇 개 있는 창문으로 안쪽을 들여다보려고 했지만 안쪽 역시 어두컴컴하기는 매한가지라 보이는 게 아무것도 없었다.

애꿎은 공장 문만 여러 번 흔들어 봤으나 문은 굳게 잠긴 채였다. 바깥쪽에 커다란 자물쇠가 걸려 있었으니 당연했다.

"공장인지 아닌지는 몰라도 어쨌든 여기에 한재완은 없는 것 같으니까 그만 돌아가죠."

남수빈 씨의 말이 옳았다. 이런 곳에 한재완이 숨어 있을 리도 없고, 딱히 인기척이 느껴지지도 않았다. 하지만 뭔가 이상했다. 나는 한 번만 더 공장을 돌아보고 오겠다고 말하고 앞으로 뛰어나갔다.

공장 뒤편으로 가면 문이 하나 더 있었다. 조금 전에 남수빈 씨와 둘러볼 때는 분명히 잠겨 있던 문이었다. 내가 좀 더 가까이 다가가자 문이 한 뼘 정도 열려 있는 게 보였다. 큰 소리로 남수빈 씨를 부르려다가 손으로 입을 막았다. 조금 전까지 공장 안에 누군가 있었던 게 분명했다. 큰 소리를 내서 그 사람이 눈치채고 도망가게 할 수는 없었다. 나는 다시 남수빈 씨가 있는 쪽으로 달려가 뛰기 싫다는 남수빈 씨를 억지로 끌고 왔다.

"봐요. 문 열린 거. 누가 공장 안쪽에 숨어 있던 거예요."

내가 문을 잡자 남수빈 씨는 기겁하며 물었다.

"이거 설마 들어가려고요?"

누가 어떤 목적으로 문을 열어 놓은 건지도 모르고 안쪽에 뭐가 있는지도 모르는데 뭘 믿고 들어가게요? 남수빈 씨가 목소리를 잔뜩 낮추고 속삭였다. 그 말이 맞았다. 이 공장 안에 뭐가 있는지도 모르고 문이 왜 열렸는지도 모르는 상황에서 함부로 안에 들어가는 건 위험할지도 몰랐다.

"그래서 안 들어갈 거예요?"

하지만 이대로 돌아갈 수는 없었다. 문이 열린 걸 확인한 이상. 그 순간 이해준 씨가 한 말이 떠올랐다. 궁금한 게 생기면 알아낼 때까지 붙잡고 늘어지는 것도, 남이 꽁꽁 숨겨 놓은 벽장 안을 굳이 들여다보고 싶어 하는 것도 탐정의 천성이라는 말이.

'그 속에 뭐가 들었는지 꼭 확인해 봐야겠어요? 어차피 쓰레기여도?'

그래, 나는 이게 뭔지 확인해 봐야겠다.

내가 문틈 사이로 손을 집어넣어 문을 마저 열자 끼이익 하는 소리가 울렸다. 안쪽은 불빛 하나 없이 어두웠다. 핸드폰 플래시를 켜서 안쪽을 비춰야 하나 고민하는 사이에 남수빈 씨가 어디선가 각목 같은 걸 가져다 문 앞에 괴어 놓았다.

"이 문 닫히면 여기 꼼짝없이 갇히는 건데 참 용감하게 들어가네요."

그 말에 대꾸하지 않고 안쪽으로 한 걸음 더 걸어 들어갔다. 퀴퀴한, 오래된 먼지 냄새 같은 게 났다. 반사적으로 기침이 터져 나올 뻔했는데 가까스로 참았다. 나 같은 비염 환자한테는 최악의 장소였다. 불빛 없이는 도저히 더 나아갈 수 없을 것 같아 결국 핸드폰 플래시를 켰다. 그러자 공장 안쪽이 눈에 들어왔다. 생긴 건 평범한 공장 내부였다. 이름을 알 수 없는 기계들이 여러 대 늘어서 있었고, 바닥에는 볼트와 너트, 그리고 노끈 같은 것이 어지러이 널려 있었다.

남수빈 씨는 여전히 문 옆에 서서 내가 불빛으로 비추는 곳만 흘깃거렸다.

"아무것도 없잖아요. 이제 다 봤으니까 돌아갑시다."

"남수빈 씨는 거기 있어요. 내가 한번 둘러보고 나올 테니까."

그렇게 말하고 핸드폰을 손에 꽉 쥐었다. 이해준 씨가 건네준 대포폰이었다. 옆구리의 버튼을 몇 초 이상 누르면 119인지 112인지 긴급 전화로 바로 연결이 된다고 했다. 핸드폰을 쥔 손에 자꾸만 땀이 차서 몇 번 옷에 문지르고 다시 쥐었다.

한 걸음 옮길 때마다 먼지가 풀썩 일어났다. 청소를 열심히 해 놓은 공장 주변과 달리 안쪽은 청소라고는 안 한 지 몇 달은 된 것 같았다. 팔을 들어 입과 코를 막은 다음 다른 한 손으로 앞을 헤치면서 나아갔다. 바닥에 쌓인 노끈에 걸려 넘어지지 않기 위해서였다. 이런 먼지 구덩이에 넘어지면 콧물 재채기 몇 번 하는 걸로는 해결이 안 될 것 같았다.

핸드폰 불빛이 있다고는 해도 고작 한 치 앞 정도가 눈에 보일 뿐이었다. 등 뒤로 식은땀이 한 줄기 쭉 흘렀다. 난방이라고는 들어올 것 같지 않은 곳이었는데도 실내 공기가 갑자기 훅 올라간 것처럼 느껴졌다. 공장에 보일러가 돌아갈 리도 없으니 아마 내 몸에서 나는 열일 터였다.

사방이 까맣게 보이면서부터 좁은 공간에 갇힌 기분이 들기 시작했다. 순간 덜컥 겁이 나 걸음을 멈춰 세웠다. 이곳은 자동차가 아니다. 나는 갇혀 있는 것도 아니고, 지금 이 공간이 움직이는 것도 아니다. 스스로를 향해 아무리 그런 말을 되뇌어 봐도 몸이 저절로 덜덜 떨리기 시작했다. 속에서 치밀어 오르는 구토감을 참기 위해 나는 몸을 옹송그렸다.

그 순간 저 멀리 있는 기계에서 뭔가가 텅 부딪히는 소리가 났다. 스테인리스 뭉텅이가 와르르 무너지면서 굴러가는 소리가 뒤이었다. 공포에 몸이 완전히 굳어버리는 바람에 옹송그린 상태 그대로 옴짝달싹도 할 수 없었다.

조금 시간이 지난 후에야 소리가 난 쪽을 향해 더듬더듬 기어갈 수 있었다.

곧이어 핸드폰 플래시 불빛이 그쪽에 닿았고, 뭐가 떨어졌는지 보였다. 떨어진 것은 스테인리스 소재로 만들어진 부속들이었다. 플래시 불빛을 비추자 바닥에 뭔가가 고여 있는 게 보였다. 붉은색 핏물이었다. 그 핏자국에 내가 비명을 지르자 문 쪽에서 남수빈 씨가 "무슨 일이에요? 박화음 씨, 괜찮아요?" 소리를 질렀다. 곧이어 남수빈 씨가 공장 안으로 들어온 듯, 문 쪽에서 다시 시끄러운 소리가 났다. 내가 있는 방향을 알려 주어야 한다는 생각에 플래시 불빛을 위로 향해 비추자마자 나는 숨을 헉 들이마셨다.

누군가가 있었다. 야구 모자를 쓰고 얼굴을 마스크로 가린 키가 큰 남자였다. 남자의 손에 각목 한 자루가 들려 있었다. 아까 전에 남수빈 씨가 공장 바깥 어딘가에서 찾아온 것과 똑같이 생긴 각목이었다. 그리고 그 앞에 쓰러진 사람의 형체가 보였다. 내 쪽에서는 밑창이 너덜너덜한 운동화와 다리밖에 보이지 않았지만 알 수 있었다. 분명 사람이었다.

고개를 천천히 들자 그 남자와 눈이 마주쳤다. 순간적으로 숨이 턱 막혀 아무 소리도 낼 수 없었다. 남자는 지이익 소리를 내며 각목을 한 번 바닥에 끌었다 공중으로 들어 올렸다. 그게 내 머리로 향하고 있다는 걸 아는데도 몸을 움직일수가 없었다. 숨을 쉬는 게 고작이었다.

끝이다 하는 생각이 들자 그 순간 먼 옛날에 아빠가 했던 말이 떠올랐다. 화음아, 쓸데없는 오지랖은 죽음을 부르는 거다. 그때 난 아빠 말이 터무니없는 과장이라고 생각했다. 사실지금까지도 그랬다. 하지만 어쩌면 내가 틀렸을지도 모른다.

눈도 감지 못하고 내게로 다가오는 각목 끄트머리를 바라보고 있는데, 누군가 뛰어와서 그 남자를 들이받았다.

남수빈 씨였다.

뒤로 넘어진 남자는 앓는 소리를 내더니 곧장 일어나 앞문 쪽을 향해 도망치기 시작했다.

그사이에 바닥을 더듬어 앞으로 나아갔다. 다리가 덜덜떨리는 게 느껴졌지만 움직여야 했다. 나는 도망가는 범인을 가리키며 악을 썼다.

"저 사람 잡아요!"

내 말에 남수빈 씨는 그 사람을 쫓아 어둠 속으로 사라졌다. 저놈은 남수빈 씨에게 맡겨 두고 나는 쓰러진 사람을 향해 기어갔다.

어느 정도 얼굴이 보이는 위치까지 와서 플래시 불빛으로 얼굴을 확인하니 역시나 한재완이었다. 일어나라고 몇 번을 흔들어도 한재완은 꿈쩍도 하지 않았다. 머리를 받친 손에 미지근한 액체가 만져졌다. 한재완의 뒷머리에서 흐른 피였다. 조금 전에 본 핏자국은 역시나 한재완의 머리에서 흘러나온 피였던 모양이었다. 누군가 한재완을 습격한 것이다.

도대체 누가? 왜?

아니, 애초에 한재완은 여기서 뭘 하려고 했지?

손에 쥔 핸드폰의 버튼을 연달아 꾹 누르며 뭔가 지혈할 것이 없나 살폈지만 공장에 그런 게 있을 리가 없었다. 일단 블라우스 밑단을 뜯어서 한재완의 머리를 틀어막았다.

그러고 나니 사방이 다시 어둠으로 가로막혔다. 내가 있는 곳이 흔들리거나 이 밑에 바퀴가 달린 것도 아닌데, 또 구역질이 나기 시작했다. 아무래도 자동차나 움직이는 것에 타는 게 조건이 아니었던 모양이다. 사방이 막혀 있고 어둡다는 느낌을 받기만 하면 그날 그 사고 현장으로 돌아가 버리고 마는 거다. 누가 얼른 와서 자동차 차체에 깔린 아빠를 구해 주기를,

나를 꺼내 주기를 간절하게 기도하던 아홉 살짜리 어린애가 아직도 거기에 있었다. 이만큼이나 시간이 지났는데도.

하지만 지금 그저 가만히 누군가의 구조를 기다리고 있을 수만은 없었다. 지금 이 사람을 구할 수 있는 건 나뿐이다. 그러니 내가 움직여야 했다.

신물이 올라오는 걸 삼키고 다시 한재완의 몸을 흔들었다. 아무래도 이 사람이 정신을 차리는 걸 기다리기는 힘들 것 같다는 판단을 내릴 때쯤 저만치 앞쪽이 점점 환해지는 게 보였다. 기분 탓인가 싶어 눈을 비비고 다시 보아도 마찬가지였다. 남수빈 씨가 공장 전등 스위치라도 찾은 건가 싶었는데 아니었다.

불길이었다. 먼지와 노끈을 타고 옆으로 번져 가던 불길은 순식간에 몸집을 불리고 내가 있는 곳에서 보이는 지점까지 다가왔다. 매캐한 탄 냄새가 났다. 아까 전부터 나던 이상한 냄새의 정체가 먼지 냄새가 아니라 탄내였던 모양이었다. 검은 연기를 눈으로 확인하자 목이 더 따갑게 느껴졌다.

기침을 하며 한재완의 몸을 흔들었다.

아무나 좀 빨리 와라.

내가 들쳐 업기에는 한재완의 덩치가 너무 컸다. 간신히 한재완의 한쪽 팔을 내 어깨에 걸치고 일어섰을 때 나는 불길이 한쪽으로 이동해 공장 안에 쌓여 있던 뭔가를 태우고 있는 모습을 보았다. 플라스틱 산이었다. 아마도 신소재 플라스틱이었을 무언가로 옮겨 붙은 불은 빠르게 주변으로 번져 나갔다.

내가 멍하니 그 광경을 보고 있을 때 누군가 내 어깨를 잡아 뒤로 돌렸다. 남수빈 씨였다. 누굴 데려오거나 잡은 건 아닌 걸로 봐서 아마 그 범인을 놓친 모양이었다.

"놓쳤어요?"

내 말에 남수빈 씨는 대강 고개를 끄덕였다. 남수빈 씨가 한재완의 다른 한쪽 어깨를 들쳐 메고 소리쳤다.

"지금 설명할 시간 없어요. 일단 여기서 빨리 나가야 돼요!"

하지만 저건 어쩌고? 그새 더 사나워진 불길이 플라스틱 산을 활활 태우고 있었다. 신소재 플라스틱은 일반 플라스틱 하고 다르다더니 과연 그랬다. 훨씬 더 잘 타는 것 같았다. 저걸 그냥 내버려 두고 나가도 되는 걸까 망설이던 순간 한재완의 입에서 으으 하는 소리가 흘러나왔다. 아직 살아 있었다. 그러니까 이쪽을 포기할 수 없었다. 나는 이를 악물고 고개를 돌렸다. 공장에 들어와서 그렇게 멀리 온 것도 아니었는데 내가 들어온 입구가 멀게만 느껴졌다. 그나마 남수빈 씨가 한재완의 어깨 한쪽을 받쳐 주어서 좀 수월한 거였다.

눈이 따가워서 그런지 눈물이 멈추지 않고 줄줄 흘렀다. 뿌옇게 흐려진 시야로 입구가 눈에 보이기 시작했을 때 구급차 사이렌이 멀리서 들리기 시작했다.

＊ ＊ ＊

이해준 씨는 새벽녘에 응급실 침대를 두 개나 차지하고 나란히 누운 우리를 노려보다 한숨을 쉬었다. 연락을 받자마자 한달음에 달려와 준 건 고마운데 아무 말도 안 하는 게 더 무서웠다. 한참 아무 말도 않던 이해준 씨가 물었다.

"누가 오밤중에 공장 같은 데에 잠입하라고 그랬어요?"

그 말에 남수빈 씨가 먼저 입을 열었다. 1도 화상으로 얼굴에 큰 거즈를 댄 채였다.

"아니, 나는 들어가지 말자고 그랬는데."

그 말에 이해준 씨가 내 쪽으로 시선을 돌렸다. 나는 남수빈 씨보다 상태가 조금 더 나빴다. 연기를 너무 많이 들이마셔서 하마터면 위험할 뻔했다는 이야기까지 들었으니까. 나는 목이 너무 아파 말을 못하겠다는 듯 콜록콜록 기침하는 흉내를 냈다. 몰골은 이래 보여도 일단 심각한 이상은 발견되지 않았다. 이해준 씨는 한숨을 쉬며 말했다.

"일단 이 화재 사건 조사에 협조부터 좀 해야 할 거 같아요."

그 말이 끝나기도 전에 내가 말했다.

"화재가 아니라 방화예요."

"아직 확실한 건⋯⋯"

"방화가 맞아요. 거기 자연 발화할 만한 물건은 아무것도 없었고, 공장 전체 전기가 다 내려가 있었어요."

"목 아프다면서 말만 잘 하네요."

그 말에 나는 다시 기침을 콜록콜록 하다가, 커튼 너머 흰 벽을 쳐다보았다. 이해준 씨는 이제 제법 길어 눈을 찌르는 앞머리를 쓸어 넘기며 말했다.

"한재완은 수술 중이에요."

"상태가 많이 안 좋대요?"

"뇌출혈이 워낙 심해서, 수술을 해 봐야 알 것 같다고 그러던데요. 수술이 잘되더라도 깨어날 거라는 보장은 없다고."

아무리 흔들어 깨워도 일어나지 않는 모습에 어쩌면 그럴 수도 있겠다는 생각은 했었다. 바닥에 고인 핏물의 양이 많기도 했다. 그 정도면 정말로 사람을 죽일 생각으로 내려친 거다. 그 각목이 내 머리를 향했었다는 걸 잠시 떠올리자 순간적으로 오한이 들었다.

"병원이 추운 것 같지는 않은데 왜 그래요?"

내가 몸을 웅크리자 이해준 씨는 내 꼴을 위아래로 훑고는 퉁명스럽게 말했다. 나는 아무 말도 하지 않으려고 했다. 그 범인과 맞닥뜨렸다는 이야기 같은 건 해 봤자 좋은 소리를 못 들을 것 같아서. 하지만 남수빈 씨가 한발 빨랐다.

"박화음 씨도 똑같이 당할 뻔했거든요. 그 괴한이 각목으로 뒤통수를 내려치려고 했었어요."

그 말에 이해준 씨는 인상을 찌푸린 채 내 쪽을 돌아보았다. 무모한 짓을 한 건 알고 있었다. 하지만 나도 억울한 부분이 있다. 애초에 그 공장에 발을 들일 때에 그런 일이 있을 줄 알았다면 나도 무턱대고 들어가지는 않았을 것이다. 경찰에 신고를 하고 기다렸겠지. 내가 그렇게 말하자 이해준 씨는 콧 방귀를 꼈다.

"박화음 씨는 그런 일이 있을 줄 알았더라도 들어갔을 거예요. 왜냐면 그 불구덩이 안에 한재완이 쓰러져 있었을 테니까."

그 말에 반박하고 싶었는데 놀랍게도 반박할 구석이 하나 도 없었다. 당신이 뭔데, 내가 어떻게 할지 알아? 소리치고 싶 었으나 이해준 씨의 말이 옳았다. 나는 분명 그 공장에서 무슨 일이 일어날지 알았더라도 들어가는 선택을 했을 것이다.

내가 대꾸 없이 도로 침대에 누우려던 때, 누군가 커튼 바 깥에서 이해준 씨를 불렀다. 이해준 씨와 몇 마디 인사를 나누 고 커튼 안쪽에 나타난 것은 이미 안면이 있는 형사님이었다. 최 경위는 내게도 짧게 인사를 건넸다. 표정으로는 '또 너냐' 같은 느낌이었는데 말투는 늘 그랬듯 딱딱했다.

"박화음 씨가 이번 화재 사건의 중요 참고인이라 조사차 나 왔습니다. 아직 회복이 덜 된 건 알지만 협조 좀 부탁합니다."

협조한다고는 해도, 내가 아는 건 거의 없었다. 우리는 김 의경과 관련된 정보를 얻기 위해 한재완을 미행하던 중이었 고, 그 과정에서 한재완이 어떤 공장으로 갔다는 걸 알게 됐 다. 그래서 그 공장에 들어갔더니 갑자기 괴한이 나타나 한재완을 습격하고 공장에 불을 지른 다음 도망쳤다. 말하고 나서도 터무니없다는 생각이 들었는데 듣는 경찰은 어땠겠는가. 최 경위는 내 말이 끝나자 수첩에 뭔가 메모를 하더니 한숨을 쉬었다.

"현장에서 휘발유와 라이터가 발견된 걸로 봐서는 방화가 맞습니다. 하지만 워낙 외진 곳이고 CCTV나 목격자, 블랙박스가 있는 것도 아니라서 한밤중에 누가 불을 지르고 도망갔는지 알 방법이 없어요. 범인에 대해 달리 기억나는 게 없습니까?"

"키가 컸어요. 남수빈 씨 정도……? 모자를 쓰고 마스크까지 쓰고 있어서 얼굴은 보지 못했는데 눈이 좀……."

뭐라고 말해야 할지 알맞은 단어를 찾지 못해서 말끝을 흐렸다. 범인과 눈이 마주쳤을 때 느꼈던 공포를 설명할 말이 없었다. 눈에서 살기를 느꼈다는 말 같은 건 너무 주관적일 테니까. 내가 말을 흐리자 최 경위는 혀를 차고는 말을 이었다.

"그러니까 단서가 될 만한 건 하나도 못 봤다는 말이군요. '범인은 키가 큰 남자다.' 이거 말고는 아는 게 없단 말이잖아요."

사실이라 할 말이 없었다. 아니 그래도, 목숨이 왔다 갔다 하는 그 급박한 상황에 나 같은 평범한 시민이 뭘 더 할 수 있단 말인가? 범인한테 달려들어서 마스크라도 벗겼어야 한다고? 내가 그렇게 말하려던 때 옆에 있던 남수빈 씨가 끼어들었다.

"워낙 꽁꽁 싸매고 있어서 얼굴을 못 본 건 저도 마찬가지 예요. 그런데 범인의 얼굴보다 중요한 건 범인이 거기서 뭘 하려고 했는지겠죠."

"뭘 하려고 했는지는 명확하잖습니까. 한재완을 죽이고 공장에 불을 질러서 시체도 같이 태워 버리려던 거겠지."

"아니죠. 형사님, 그 정도 불로 시체가 타는 거 봤어요? 그냥 불에 좀 그을리기나 하는 정도예요. 게다가 범인이 한재완을 습격했을 때 공장 안에는 이미 우리가 들어가 있었고, 범인도 그 사실을 알고 있었어요. 그럼 불을 지른다고 해도 얼마 지나지 않아 소방차가 올 것 정도는 예상했을 거예요. 그럼에도 태워야 할 게 있었다는 소리죠. 범인이 공장에 불을 지른 건 그 공장에 없애야 할 뭔가가 있었다는 겁니다."

마지막 말을 하며 남수빈 씨는 내 쪽을 바라보았다. 나도 남수빈 씨가 무슨 말을 하는지 알았다. 그때 범인이 놓은 불은 분명 내가 본 플라스틱 산으로 번져 가고 있었다. 최 경위는 턱을 한 번 긁적이더니 다시 물었다.

"그 없애야 할 뭔가가 뭡니까?"

"그건 이제부터 형사님이 조사하셔야죠. 소방차가 생각보다 일찍 도착했으니까 현장에 타다 남은 증거 정도는 남아 있을 거예요. 빨리 안 가면 그 범인이 다시 증거 인멸을 위해 나타날지도 모르니까 서두르는 게 좋을걸요."

남수빈 씨는 그렇게 말하고는 침대에 드러누웠다. 더는 협조할 생각이 없는 것 같았다. 최 경위는 그 모습이 익숙하다는 듯 고개를 절레절레 저었다. 나는 최 경위가 응급실을 떠나기 전에 입을 열었다.

"신소재 플라스틱이에요."

"예?"

"그 공장, 신소재 플라스틱 재활용 공장이었던 것 같아요."

어스프레소에서 사용한 컵이 수거돼서 돌아가는 곳. 그리닉스온이 운영하는 공장은 그 플라스틱을 직접 수거해서 재활용하고, 남는 것들을 땅에 묻어 처리한다고 홍보해 왔다. 그 공장이라는 곳이 실제로는 간판도 없이 그런 식으로 운영되고 있을 줄은 상상하지도 못했지만. 한쪽 구석에 쌓여 있던 플라스틱 산이 아직도 눈에 선했다.

남수빈 씨가 찾았을 때 왜 공장 소유주가 제대로 뜨지 않는지 의아했었는데, 그럴 만했다. 이 공장이 누구 소유인지 밝혀지지 않는 게 중요하겠지. 아마 경찰이 밝혀낸다 하더라도 전혀 상관없는 사람의 이름을 빌렸을 가능성이 컸다. 최 경위는 한참 생각하더니 물었다.

"그런데 그, 신소재 플라스틱을 왜 없애야 합니까?"

그거야말로 내가 묻고 싶은 질문이었다. 그리고 내가 알기로 이 질문에 가장 정답에 가까운 대답을 줄 수 있는 사람은 한 사람뿐이었다.

* * *

"여기는, 어 그러니까…… 좀 지낼 만한가요?"

무슨 말을 꺼내야 할지 모르겠어서 물은 내 말에 김의경 씨는 눈을 동그랗게 떴다 이내 웃었다. 구치소에서 잘 지내냐는 말이 좀 이상하게 들리기는 했을 것 같다. 김의경 씨가 말했다.

"병원이랑 별로 다를 것도 없어."

말은 그렇게 해도 병원에서 봤을 때보다 얼굴이 훨씬 여위어 있었다. 역시 잘 지내냐는 말은 괜히 물어본 모양이었다. 나는 애꿎은 손톱 거스러미를 뚝뚝 뜯어내며 김의경 씨의 얼굴을 살피다 말을 꺼냈다.

"묻고 싶은 게 있어서 왔어요."

"그렇겠지. 중요한 일이 아니면 화음 씨가 여기까지 날 찾아왔을 리가 없으니까."

투명한 벽 너머의 김의경 씨 표정은 그 전보다 한결 편안해 보였다. 접견 시간이라고 해 봐야 고작 5분에서 10분 정도라 사소한 근황이나 사건 이후의 심경 같은 걸 묻고 있을 시간은 없었다. 나는 바로 본론으로 들어갔다.

"그 회사가 신소재 플라스틱을 없애려는 이유가 뭐예요? 증거 인멸?"

김의경 씨는 내 얼굴을 빤히 들여다보더니 물었다.

"공장이 불에 탔다는 소식은 뉴스로 봤어. 이미 다 조사해 보고 짐작하고 왔을 거면서. 뭘 빙빙 돌려서 물어?"

아무 대답도 하지 않자 김의경 씨는 말을 이었다.

"박 회장 회사, 거기서 만든 플라스틱엔 심각한 결함이 있었어. 애초에 그건 흙에 묻는다고 몇 주 만에 썩어 없어지는 것도 아니었고. 공장에 갔으면 봤을 텐데? 그런데 더 심각한 문제는 따로 있었어."

삼정리 수로에서 어스프레소 컵을 봤을 때, 뭐 하는 공장인지 알 수 없는 공장 안에서 플라스틱 산을 발견했을 때 어쩌면 그럴지도 모르겠다고 예상했다. 남수빈 씨도 아마 짐작했을 것이다. 그리닉스온에서 만든 신소재 플라스틱에 문제가 있겠다는 것쯤은.

나는 그게 그저 신소재 플라스틱이 사실은 썩지 않는다는 걸, 그린워싱이었다는 걸 감추려는 건 줄 알았다. 하지만 그뿐만이 아니었다. 김의경 씨가 말했다.

"어느 날부터 원인 모를 병을 앓는 사람들이 늘어나기 시작했어, 이 도시에만. 병증은 그렇게 심각하지 않아서 사람들은 그저 자기가 뭘 잘못해서 병에 걸린 줄로만 알고 살았지. 화음 씨 같으면 상상이라도 할 수 있었겠어? 매일 쓰는 저 플라스틱 컵 때문에 내 딸이 평생 낫지도 못하는 병에 걸릴 거라고."

"병이라고요?"

처음 듣는 이야기에 내가 놀라 되묻자 김의경 씨는 곧 누군가의 말을 따라 하듯, 어떤 문장들을 줄줄 읊었다.

"그 병이란 게 신소재 플라스틱 때문에 생긴 건지 아닌지 확실하지도 않아. 자칭 피해자라는 놈들은 사실 플라스틱과 전혀 무관한 건강 문제를 앓을 뿐이면서 정부에 보상금을 뜯어내려고 수작을 부리는 거야. 내가 그놈들 때문에 얼마나 성가신지 알기나 해? 막말로 정말 그렇다고 쳐. 김 주사, 천식이나 피부병으로 사람이 죽는 거 봤어?"

토씨 하나까지도, 그 말을 뱉은 사람의 숨소리까지도 외운 것 같았다. 그렇게 되기까지 얼마나 많이 머릿속에서 그 말을 반복하고 되뇌었을지 짐작도 할 수 없었다. 김의경 씨가 물었다.

"나조차도 그 플라스틱 때문이라는 걸 믿을 수가 없었는데. 그걸 누가 믿어 줬을 것 같아?"

김의경 씨의 물음에 나는 아무런 답도 할 수 없었다. 이제야 모든 게 하나의 결론으로 귀결되는 게 보였다.

남의 유골함을 훔친 노부부의 아들이 앓고 있던 폐병, 신영대 씨 온몸이 다 짓무르도록 신영대 씨를 괴롭힌 피부병, 그 동네 세탁소 사장 아들, 다른 사람에게 전염됐다는 피부병, 그리고 수능을 앞둔 수험생을 덮친 폐 질환. 전부 원인을 알 수 없다고 했었다. 원인을 알 수 없는 게 당연했다. 자연 성분이라 생분해된다는 플라스틱이 몸에 해로울 거라고는 아무도 예상하지 못했을 테니까.

에코시티에 돌고 있는 병은 전염병이 아니었다.

이건 분명히 사람의 손으로 만들어 낸 재난이었다. 그걸 다 알면서 숨기고, 피해자들의 입을 막고, 아무렇지도 않게 신소재 플라스틱을 장려한 것이다.

물론 피부병으로 사람이 죽지는 않는다. 하지만 누군가의 인생은 그 길로 돌이킬 수 없이 망가질 수도 있었다. 신영대 씨가 그랬고, 유골함이라도 훔쳐 아들의 병원비를 마련하려고 한 노부부가 그랬으며, 결국 박 회장을 죽이기로 결심한 김의경 씨가 그랬다.

"하지만 진짜 피해자들이 있다는 건 부정할 수 없어."

김의경 씨가 말했다. 내가 침묵하자 김의경 씨는 입을 열어 누군가의 이름들을 외기 시작했다. 김주영, 윤민아, 이호원, 민세완, 김성수, 고정원, 이세영…… 이름은 끝도 없이 이어졌다. 그중에는 신영대 씨의 이름도, 한재완의 이름도 있었다. 나는 그제야 알았다. 신영대 씨의 수첩에 적혀 있던 피해자 연대라는 게 어쩌면 이 사람들일지도 모른다는 걸.

"이 이름 중에 당신이 아는 이름이 있어?"

김의경 씨는 한숨을 쉬고 말을 이었다.

"물론 박 회장이 죽이고 싶을 정도로 미운 건 사실이었어. 하지만 그게 다는 아니야. 이 정도 사건이 터지지 않으면 과연 사람들이 이 일에 관심을 가져 줬을까? 오히려 박 회장이 죽으면 사람들은 그 뒷이야기를 궁금해하겠지, 지금 화음 씨처럼.

저 인간은 무슨 짓을 해서 저렇게 폭탄 테러를 당했을까? 신소재 플라스틱 회사에 어떤 문제가 있나? 그런 질문을 이끌어 낼 가능성 말이야. 희미하더라도, 그 희미한 가능성이라도 붙잡는 수밖에 없었어. 내가 뭘 더 할 수 있었겠어? 화음 씨라면 어땠을 거 같아?"

온전히 행동의 동기만을 따지자면 김의경 씨의 테러 계획은 순수한 선의로 행해졌다. 적어도 피해자들을 위해 상황을 해결해 보겠다는 목적만큼은 나도 인정할 수밖에 없었다.

하지만 아무리 동기가 선하더라도 방법이 글러 먹었으면 그건 틀린 거였다. 이해준 씨의 말이 옳았다. 아무리 금테 두른 보물 상자처럼 보인다 해도 그 안에 든 게 쓰레기라면 그건 쓰레기통이다.

"그래도 나쁜 선택이었어요."

"……뭐?"

"그게 누굴 죽이고, 목적을 위한 수단으로 희생시켜서 얻을 수 있는 결과라면 안 하느니만 못하다는 소리예요. 김의경 씨는 그러지 말았어야 했어요."

내 말에 순간적으로 화가 났는지, 얼굴이 벌겋게 변한 김의경 씨는 무슨 말을 하려고 입을 벌렸다가 이내 내가 뱉은 말에 그대로 굳어 버렸다.

"……박 회장과 다를 바가 없잖아요."

김의경 씨는 그렇게도 증오하던 박 회장을 닮아 갔다. 에코시티 주민을 사람으로 보지 않고, 목적을 위한 수단으로만 이용하던 그 박근형이랑.

내 말에 김의경 씨는 고개를 숙였다. 그리고 아무 말 없이 한참 바닥만 쳐다보았다.

그 모습을 보고서야 알았다. 김의경 씨는 아마 알고 있었을 것이다. 폭탄을 터뜨리는 것이 박 회장이 한 짓과 근본적으로는 그리 다르지 않은 선택이었다는 걸. 알고 있었지만 애써 모른 척하는 것에 더 가까웠던 것 같았다. 아마 김의경 씨는 이렇게 되기 전까지 수없이 다른 방법을 시도하고, 실패하고, 또 실패했을 것이다. 그 마음을 알기에 이 말을 꼭 해야만 했다.

"저라면 어땠을 거 같냐고 물었죠. 모르긴 해도 김의경 씨보다 더 나빴을걸요. 시위를 하고, 언론에 알리고, 그런데도 뭔가를 해서 나아질 거라는 희망이 보이지 않으면 나는 분명 다 포기하고 되는대로 살았을 거예요. 이 사회에서 아무도 알아 주지 않는 피해자가 된다는 건 그런 거니까."

피해자는 눈에 보이지 않는다. 악을 쓰고 소리를 지르고 내가 여기에 있다는 걸 끊임없이 알려야만 약간의 눈길이라도 받을 수 있다. 그나마도 네가 무슨 피해를 당했냐는 소리를 듣는다. 보상금을 뜯어내려고, 뭔가 꿍꿍이가 있어서, 그놈의 돈 때문에. 아마 신영대 씨가 그랬으리라. 나는 신영대 씨의 쓸쓸한 마지막을 생각했다. 김의경 씨는 신영대 씨의 마지막이 어땠는지까지 지켜보았을 것이다.

"당신은 분명 나쁜 선택을 했지만…… 하지만 당신이 실패해 온 그 시간을 이해해요. 동조할 수는 없어도."

그 말을 마지막으로 나는 접견 시간이 끝날 때까지 다른 말을 덧붙이지 않았다. 그저 김의경 씨의 조그만 등을 바라보고 있었다. 그 등에 짊어지고 있던 짐이 이 사람을 계속해서 짓누르는 듯했다. 그러니 이제 그만 그 짐을 내려놓아도 된다고 이야기해 주고 싶었다. 하지만 내가 말을 꺼내기도 전에 김의경 씨는 자리에서 일어나 문을 열고 나가 버렸다.

* * *

이해준 씨는 내가 사무소에 나타났을 때부터 찾아올 줄 알았다는 표정을 짓고 있었다. 카페에서 텀블러에 담아온 커피를 테이블에 내려놓고 소파에 앉았다.

손을 내젓자 이해준 씨는 한 손으로 턱을 괸 채로 마우스를 톡톡 두드렸다. 그리고 책상 위에 있는 봉투를 가리키며 말했다.

"이거 진짜 인터넷에 올릴 거예요?"

이해준 씨가 가리킨 건 편지였다. 김의경 씨가 내게 보낸. 그 편지 안에는 구치소에 찾아갔을 때 김의경 씨가 들려준 것보다 좀 더 자세한 이야기가 들어 있었다.

그날 그렇게 대화를 끝내고 나가 버려서 다시는 내 접견 신청 같은 건 받아 주지 않을 줄 알았는데. 어떻게 알았는지 이해준 씨의 사무실 주소로 편지를 한 통 보내왔다. 물론 좋은 내용만 들어 있는 건 아니었다. 김의경 씨는 편지에 이렇게 적었다.

화음 씨처럼 유리 온실에서 아름다운 것만 보고 산 사람들 이야기를 나는 믿지 않아. 인공적으로 만들어진 가짜 세상 안에서 눈 감고 귀 막고 살면 편했을 테니까. 이건 에코시티만의 이야기도 아니고. 어떨 때는 이 지구 자체가 하나의 거대한 온실처럼 느껴질 때가 있어. 비유가 아니라 진짜로. 실제로 그렇게 되어 가고 있고.

이해준 씨는 책상 뒤로 물러나 앉으며 말했다.

"말해 두지만 아무 관심도 받지 못하고 지나갈 확률이 더 커요. 신소재 플라스틱에 부작용이 있다는 이야기보다는 유명한 회사 사장이 폭탄 테러를 당했다는 이야기가 훨씬 자극적이고 재미있을 테니까."

그 말이 옳았다. 인터넷에 올린다고 모든 게 다 해결될 거라는 안이한 생각은 하지 않는다. 하지만 시도해 보지 않고서는 모르는 일이다. 아무것도 하지 않는 것보다는 뭐라도 해 보는 게 나을 거고. 김의경 씨는 편지 말미에 이렇게 적었다.

하지만 매번 또 사람을 믿고 싶어지는 이유를 나도 모르겠네.

이해준 씨는 이거 정말 올리겠냐고 다시 한번 물었고 나는 고개를 끄덕였다.

"이해준 씨 눈엔 다 같은 쓰레기로 보일지 몰라도요."

내 말에 이해준 씨는 웃었다.

"적어도 나는 타는 쓰레기, 안 타는 쓰레기 정도로 분류는 하거든요."

김의경 씨의 행동에 동의하는 건 아니다. 단지 김의경 씨를 그렇게 몰아간 원인이 어디에 있는지를 짚어 주고 싶었다. 에코시티가 신소재 플라스틱으로 얻던 이득은 결코 적지 않았다. 내가 모르고 있었다고는 해도 그 혜택을 보고 있었단 건 사실이었다. 어찌 보면 에코시티의 모두가 공범이었다.

이해준 씨는 편지를 엄지와 검지로 집어 들어 올리며 물었다.

"그래서 이건 타는 쓰레기 쪽이라고요?"

"네."

"그 말에 동의하지는 않지만, 알았어요."

그렇게 말한 이해준 씨가 밖에 있던 남수빈 씨를 불렀다. 그리고 자기 앞의 노트북을 남수빈 씨 앞으로 밀었다.

"이 제목으로 되겠냐?"

노트북 화면에는 내가 쓴 고발 글의 제목 위에 마우스 커서가 둥둥 떠 있었다.

에코시티 신소재 플라스틱의 실태를 고발합니다.

아무런 흠도 없는, 완벽한 제목인데? 내가 무슨 문제 있냐는 듯 턱을 치켜들자 남수빈 씨는 얼굴을 구겼다.

"조회수 두 자릿수도 못 들고 그냥 깔끔하게 무시당할 거 같은데요. 요새 누가 이런 식으로 촌스럽게 제목을 지어요?"

그러고는 노트북 앞에 앉아 몇 번 키보드를 두드렸다. 남수빈 씨가 비켜서자 이번에는 노트북 화면에 조금 전과 아주 다른 제목이 떠 있었다.

에코시티 테러범이 마지막으로 남긴 말이라고 함ㅇㅇ

"이건 너무 장난 같지 않아요?"

내 말에 동의하는 사람은 아무도 없었다. 믿었던 이해준 씨마저 이쪽 제목이 훨씬 낫다고 고개를 끄덕이고 있었다. 남수빈 씨가 말했다.

"사람들은 사장이 폭탄 테러를 당했다는 이야기를 훨씬 재밌어하거든요. 그건 박화음 씨도 알잖아요? 우리도 그 점을 좀 이용해야지."

그리고 내가 뭐라고 반박하기도 전에 작성하기 버튼을 눌러 버렸다. 곧이어 글이 올라갔다는 표시와 함께 제목 옆에 빨간색 뉴 이모티콘이 생겼다.

남수빈 씨가 적어 놓은 제목을 보고 있자니 문득 김의경 씨가 병원에서 남긴, 진짜 마지막 말이 생각이 났다.

그래도 이 일은 그 시작이 되어 줄 거야.
이런 일이 일어나면 사람들은 절대 못 잊을 테니까.

그 말이 맞았다. 적어도 나는 못 잊게 되었다. 아마도 평생. 그리고 어딘가에는 나와 같은 생각을 하는 사람들이 있을지도 몰랐다.

그렇게 되면 이 일이 정말로 무언가의 시작이 되어 줄지도 몰랐다. 노트북 화면 안에서 반짝이는 붉은 표시를 오래 들여다보았다. 나는 누군가 이 게시글에 관심을 갖고 반응을 해 오기를 기다렸다. 기다리는 것쯤은 나도 할 수 있다.

어쩌면 기나긴 싸움이 될 수도 있겠구나, 생각하며 창밖을 보는데 다시 솜털 같은 눈발이 날리기 시작했다.

에필로그

엘리베이터 문이 열리고 사람들이 쏟아져 나왔다. 휠체어를 탄 안우진은 맨 마지막으로 엘리베이터에서 나왔다. 아직 휠체어 조작법이 익숙지 않은지 허둥거리는 모습이었다. 도와줄까 싶어서 엉거주춤 자리에서 일어섰다가 안우진이 됐다고 손을 흔드는 모습에 도로 자리에 앉았다.

몇 주 만에 보는 안우진은 머리를 짧게 자르고, 갈색으로 염색을 했다. 나름 멋을 낸답시고 환자복 위에 짙은 초록색 카디건을 걸치고, 색이 엷게 들어간 동그란 안경까지 쓰고 있었다. 원래 쓰던 안경은 그보다 단순한 뿔테 디자인이었는데, 그새 안경까지 맞춘 모양이었다. 곧 스무 살이 된다는 설렘이 느껴졌다. 저렇게 공들여 맞춘 패션이 우스꽝스러울 정도로 서로 안 어울린다는 점까지 완벽하게 청춘이었다.

"꼴이 그게 뭐야?"

내가 놀리며 묻자 안우진은 인상을 팍 구기며 소리쳤다.

"이게 요즘 유행이라고요."

"애가 유행하는 걸 아무렇게나 다 갖다 걸치면 그게 어울리는 줄 아네."

안우진이 누명을 벗고 혐의 없음 처분을 받은 지도 벌써 몇 주가 흘렀다. 김의경이 추측한 대로 안우진은 그날 로비에 있던 폭탄을 가져다 분수대에 옮겨 놓았을 뿐이었다. 젊어서 그런가 애가 겁도 없고 생각이 단순했다. 나중에 추궁하니 그게 진짜 폭탄일 줄은 몰랐다고, 뉴스에 나온 폭탄하고 비슷하게 생겼길래 친구들과 내기를 했다고 했다. 잘못하다 그게 터지기라도 했으면 어쩌려고 그런 무모한 짓을 했는지 나는 백번 죽었다 다시 태어나도 이해하지 못할 일이었다.

병원 로비는 늘 그랬듯 지나는 사람이 많았다. 몇 주 전에 이 병원에서 그런 폭탄 테러가 일어났다고는 생각도 할 수 없을 정도였다. 에코시티에서 가장 큰 병원이자 유일한 종합 병원이니 어쩔 수 없겠지만.

나는 안우진을 놀리는 걸 그만두고 물었다.

"결국 소송하기로 했다고?"

"네. 근데 그 플라스틱 때문에 제가 아팠다는 걸 입증하는 게 상당히 어려울 거래요. 엄마는 그냥 포기하는 게 낫지 않겠냐고, 그 시간에 내년 입시 준비를 하자는데 그래도 한번

해 보기로 했어요."

안우진은 담담히 말했다.

"그냥 억울하잖아요. 제가 알지도 못하는 이유로 아팠던 게 다 누구 때문이었는지 이제야 알았는데. 이 지긋지긋한 피부병, 평생 낫지도 않는다고 그러고."

피부병은 매일 연고를 바르고 보습해도 낫지 않는 후유증으로 남았다. 당장 신소재 플라스틱을 다 갖다 버려도 피해자들의 고통은 멈추지 않았다.

로비 한가운데에 자리하고 있던 나무는 치워진 지 오래였다. 다른 이유가 있는 건 아니고 그저 연말 시즌이라 느티나무 대신 크리스마스트리가 그 자리를 차지한 것뿐이었다. 인공 트리에서는 아무런 소리도 나지 않았다. 나는 김의경 씨의 목소리가 남은 그 나무가 보이지 않아 다행이라고 생각했다. 안우진은 내 시선을 따라 트리를 보더니 불쑥 물었다.

"저 트리 좀 촌스럽게 생기지 않았어요?"

"트리가 다 거기서 거기지, 뭐가 촌스러워."

"원래 있던 나무가 나았는데. 그 나무는 보고 있으면 왠지 편안한 느낌이 들어서요."

소리가 들리지 않아도 다른 사람들도 다 똑같이 느끼는 걸까? 알 수 없었다. 내가 "네 패션이 더 촌스러워." 대꾸하자 안우진은 또 와와거리며 시끄럽게 굴었다.

크리스마스트리 앞에 새로 생긴 게 하나 더 있었다. 로비 소파에 앉아 있으면 정면에 보이는 벽에 대형 텔레비전이 새로 걸렸다. 채널은 누가 돌리는 건지 모르겠지만. 이런 병원에서 틀어 놓기에는 예능 프로그램보다 뉴스가 낫긴 할 터였다. 뉴스에서는 어젯밤 서울시 아파트에서 일어난 화재 이야기가 흘러나오고 있었다. 그리고 곧 화면이 바뀌었다.

내내 소란스럽던 로비가 일순 조용해진 것 같은 착각이 들었다. 각자 이야기를 하던 사람들이 어느새 텔레비전을 응시하고 있었다. 곧 김의경 씨가 기자들 앞에 마스크도 하지 않은 채로 모습을 드러냈다. 어느 기자가 물었다. "에코시티의 신소재 플라스틱이 모두 가짜라는 게 사실입니까?" 그 질문에 이어 플라스틱 관련한 질문들이 쏟아졌다.

그 모습이 꼭 김의경 씨가 말한 게 모두 옳았다는 것처럼 느껴져 입안이 내내 썼다. 사람들은 이 정도로 커다란 이벤트가 터지지 않는 이상 누가 어떤 피해를 보든 관심 없다는 걸 증명하는 것 같아서. 내가 멍하니 텔레비전을 보는 사이 안우진이 말했다.

"저 아줌마가 그럴 줄은 몰랐어요. 좋은 사람 같았는데."

병실에서의 모습만 봤으면 김의경 씨가 그럴 거라고는 도저히 상상할 수 없을 터였다. 나는 김의경 씨가 나쁜 사람이라고, 그렇다고 좋은 사람이라고도 생각하지 않았다.

"사람이 좋고 나쁜 건 일시적인 거야. 좋아 보이는 사람도 나쁜 선택을 해. 반대로 저런 나쁜 놈 싶은 사람이 선한 쪽을 고르기도 하고. 우리는 그저 그 순간의 선택이 선하냐 악하냐를 볼 뿐이고, 그래서 100퍼센트의 선인도, 악인도 없는 거야. 누구도 늘 선한 쪽을 선택할 수는 없으니까. 하지만 김의경 씨의 이번 선택은…… 나쁜 쪽이었던 거고."

우진이는 내 말을 한참 골똘히 생각하더니 또 툴툴거렸다.

"뭐라는 건지 모르겠지만 알겠어요."

"말을 왜 그렇게 해? 알겠다는 거야, 모르겠다는 거야? 똑바로 말해야지."

내 말에 안우진은 자꾸 놀리지 말라고 짜증을 냈다. 그 반응이 웃겨서 자꾸만 장난을 걸고 싶어지는 걸 애는 알까. 내가 웃는 사이 안우진은 뭔가를 생각하는 듯하더니 입을 열었다.

"……그럼 가짜 플라스틱을 친환경으로 위장한 사람들도 나쁜 선택을 한 것뿐이에요? 돈 받고 모른 척한 감독관들도? 저 아줌마가 한 선택이 그 사람들보다 나쁘다고 얘기할 수 있어요?"

이번 질문엔 나도 말문이 막혔다. 확실히 어떤 선택이 다른 것보다 나쁘다느니 좋다느니 하는 판단을 함부로 내릴 수는 없었다. 우진이야 심정적으로는 김의경 씨 편을 들고 싶은 거겠지만. 그건 나도 마찬가지였다. 에코시티에 살고 있는 이상, 그 플라스틱을 썼던 기억이 있는 이상 어쩔 수 없었다.

"그 사람들은 자기 선택을 되돌릴 기회가 몇 번이고 있었어. 플라스틱이 땅속에서 제대로 썩지 않는다는 걸 알았을 때,

그 플라스틱 때문에 아픈 사람들이 생겼을 때, 신소재 플라스틱 피해 연대 사람들이 진실을 밝히라고 촉구했을 때. 그런데도 눈을 감고 귀를 막았어. 다 알면서도."

　망설이는 사람은 있었을지도 모른다. 김의경 씨처럼 항의하는 사람이 있었을지도 모르고. 하지만 이 정도쯤은 괜찮다고 생각했을 것이다. 사람이 죽지 않았으니까. 이 정도 그린워싱은 다른 기업들도 다 하니까. 친환경이라는 이름조차 자본의 논리에 이용당하고 있으니까. 그 과정에서 대다수 사람이 사소하게 나쁜 선택을 한 것뿐이다.

　"물론 김의경 씨에게도 되돌릴 기회는 있었지. 누가 더 나쁘냐고 물으면 나는 대답 못 해. 하지만 너도 그게 중요한 건 아니란 거 알잖아. 누가 누가 더 나쁜가 대결하는 것도 아니고."

　"또 놀린다. 저 그냥 말 안 할래요."

　내 말투가 또 예의 그 놀리는 말투로 변한 걸 귀신같이 캐치한 안우진은 결국 씩씩대며 휠체어의 바퀴를 돌렸다. 저러고 가 버려도 다음에 또 병문안을 오면 신나서 내려올 걸 알았다. 떠나는 뒷모습에 대고 물었다.

　"너 그 휠체어는 언제까지 써?"

　"다리 붕대 풀 때까지요."

　대답은 해 주는 걸 보면 그렇게까지 화가 많이 난 것도 아니었다. 안우진은 엘리베이터를 타기 전에 내 쪽을 보고 인사하고는 병실로 올라갔다.

나는 로비에 가만히 앉아 소리가 나지 않는 트리를 바라보았다. 병원은 평상시와 똑같이 분주하고 사람들로 흘러넘쳤다. 연말은 연말이었다. 그런 일이 있었어도, 병원의 이사장이 중상을 입고 누워 있어도 이 풍경은 변하지 않았다.

아무래도 이 병원이 망할 일은 없을 것 같지.

그리고 박근형 회장 자리엔 그 사람을 대신할 사람이 얼마든지 있고, 회사가 망할 일은 절대 없겠지. 지금은 분노한 사람들 때문에 잠시 주춤한 것처럼 보여도 회사는 굴러가고 결국 사람들은 잊을 것이다.

나는 한참 그렇게 앉아 있다가 일어서서 로비를 나섰다. 올려다보니 주변의 낮은 건물 위로 몇 개인가, 별이 떠 있었다. 겨울은 해가 지나치게 빨리 진다. 얼굴 정면을 향해 무자비한 바람이 불어닥쳤다. 머리를 묶지 않은 바람에 머리칼이 얼굴을 마구 때렸다.

머릿속에서 내내 떠도는 가정이 하나 있었다. 그때 병원에서 내가 김의경 씨를 설득하겠다고 나서지 말고 얌전히 경찰에 신고했다면. 그렇게 간단히 사람을 죽일 수 없을 거라고 섣불리 단정하지 말고 조금 더 주의를 기울였더라면.

김의경 씨가 돌이킬 수 없는 선택을 하기 전에 막을 수 있었다면.

내가 좀 더 제대로 된 탐정이었다면 그렇게 놔두지 않았을 것이다. 결국 내가 입버릇처럼 말한 대로 나는 탐정이 될 자격이 없었다. 그보다 더 확실한 진실은 없었다.

천천히 걷기 시작했을 때 전화가 왔다. 내 심정과는 별개로 반짝이는 별에서 시선을 떼고 핸드폰을 주머니에서 꺼내 들었다. 이해준 씨였다.

"박화음 씨, 집에 가기 전에 사무소에 좀 와요."

"……왜요? 아니, 내가 병원에 간 줄은 어떻게 알았어요?"

"카페에서 퇴근했을 시간인데 집이 아닌 것 같으니까요."

그제야 나는 핸드폰 너머로 들릴 만큼 바람 소리가 크다는 걸 깨달았다. 이해준 씨가 말했다.

"갑작스럽지만 우리 사무소 명함을 이번에 새로 만들었거든요. 오늘 도착했는데 받아 가요. 내가 항상 이 명함이 아쉬웠는데, 이번엔 큰맘 먹고 테두리에 금박도 넣었다고요. 그냥 흰 바탕에 검은 글자 명함하고는 차원이 달라요."

"멀쩡한 명함 놔두고 왜 새로 만들어요? 종이 아깝게."

"아, 옛날 명함 다 썼으니까 이번에 리뉴얼 좀 해 본 거죠. 그거 다 폐기한 거 아니니까 화내지 말고요."

"누가 화를 낸다고 그래요?"

"박화음 씨 요즘 계속 화가 나 있으니까요."

정곡을 찔리니 할 말이 없었다. 이해준 씨는 내가 감추고 숨겨 뒀던 속내까지 들여다본 모양이었다.

"얼른 받아 가요. 수빈이도 나름 괜찮다고 인정해 준 명함이니까 마음에 들 거예요."

"……내가 받을 자격이 있을까요?"

"무슨 소릴 하는 거예요. 그럼 이 명함 버릴 거예요? 이거 다 버리면 엄청난 환경 오염이라고요. 나무한테 미안하지도 않아요?"

"아뇨. 안 버려요."

목이 메어 말이 잘 안 나왔다. 한참 찬바람을 맞은 얼굴이 화끈거렸다. 나는 간신히 입을 열었다. 자격이 없다는 걸 알지만.

"……김의경 씨 같은 사람이 더는 생기지 않게 하고 싶어요."

내 말에 이해준 씨는 대놓고 한숨을 쉬었다.

"탐정은 그런 정의의 사도 같은 존재가 아니에요. 생각보다 한심하고, 돈이면 뭐든 다 해 주냐는 소리나 들어야 하고요. 의뢰받은 일이 도덕적으로 어느 정도 옳지 못한 일이더라도 우리는 해요. 남편의 불륜 현장을 잡아 주세요 같은 의뢰가 제일 많다고요. 셜록 같은 게 아니니까."

"알아요. 그렇지만…… 이해준 씨가 하는 일은 그것뿐만이 아니잖아요."

나는 알고 있었다. 이해준 씨가 한편으로는 억울하게 죽은 사람들의 원한을 풀어 주기 위해 일한다는 것을. 법의 생태학자로서의 이해준 씨는 탐정으로서의 이해준 씨보다 훨씬 괜찮은 사람이었다. 이해준 씨가 말했다.

"사실 박화음 씨만 한 적임자가 또 없어요. 식물에서 소리가 들리잖아요? 그게 얼마나 유리한 건지 모르니까, 자격이 어쩌고 그러는 거예요. 맞아, 박화음 씨는 앞으로 환경 전문으로 일하는 게 어때요? 환경 전문 탐정 박화음. 앞으로도 우리 사무소를 위해서 뼈가 빠지게 일하는 거죠."

태연하게 말하는 이해준 씨의 목소리에 나도 모르게 웃음이 터졌다. 내가 귀신에 씌었다느니 정신 분열의 초기 증세라느니 떠들어 대던 사람들만 보다가 이렇게 적극적으로 이용해 먹으려는 사람을 보니 한편으로는 신기했다. 그런 면에서는 참 한결같은 인간이었다.

"뭐가 그렇게 웃겨요? 그럼 오케이한 걸로 알 테니까, 앞으로도 잘 부탁해요."라는 말과 함께 전화가 끊겼다.

육교 밑을 지나 버스 정류장을 향해 천천히 걸었다. 크리스마스트리처럼 장식하려던 모양인지 잎이 다 진 가로수마다 전구가 주렁주렁 걸려 있었다. 저러면 나무한테도 안 좋고 환경에도 좋지 않은데. 요즘 세상에 아직도 저런 행정을 하는 데가 있다니. 그게 에코시티라니. 혀를 차며 계속해서 걷다가, 가로수 중 한 그루에서 흘러나오는 소리에 멈춰 섰다. 언젠가 들어 본 적이 있는 따뜻하고 다정한 목소리였다. 찬바람에 잔뜩 곱은 손이 시렸지만 입새로 자꾸만 웃음이 새어 나왔다.

이해준 씨의 사무소에서라면 나도 그럭저럭 괜찮은 탐정일 수 있을 것 같았다. 환경 전문 탐정이 무슨 말인지는 아직 짐작도 가지 않았지만.

　　다시 고개를 들자 앙상한 마른 나뭇가지가 눈에 들어왔다. 지금은 저래 보여도 언젠가는 반드시 잎이 다시 자라고 꽃이 피어날 것이다.

　　그 당연한 사실이 아주 근사하게 느껴지는, 온난한 날이었다.

    소설을 끝맺고 나면 이런저런 할 말이 생길 줄 알았다. 플라스틱을 줄이기 위해 내가 실천하는 방법이라든지, 그런데 내가 얼마나 자주 실패하는지 하는 소소한 이야기들. 혹은 조금 더 심각한 이야기를 할 수도 있었다. 기업이 어떻게 친환경을 표방하고 이용하는지. 원고를 쓰는 중에는 그런 말들이 머릿속을 떠돌곤 했는데 막상 원고를 다 쓰고 나니 무슨 이야기를 해야 할지 알 수 없는 상태가 되어 버렸다.

    이렇게 긴 작업이 될 줄은 사실 몰랐다. 작년 9월에 트리트먼트를 쓰기 시작했으니 꼬박 1년이 걸린 셈이다. 트리트먼트를 중간에 한 번 엎고 처음부터 다시 시작하느라 헤매기도 많이 헤맸다. 그 과정에서 힘든 순간도 있었으나 프로듀서 테오의 격려와 조언 덕분에 여기까지 올 수 있었다. 늘 드렸던 말이지만 진심으로 감사드린다. 프로듀서 헤이든, 모 그리고 안전가옥의 운영 맴버분들에게도 감사를 전한다.

원고를 쓰는 와중에 조카가 세상에 태어났다.

곁에서 보고 있으면 이 아이가 얼마나 작고 약한지 실감하게 된다. 듣기로 송아지는 태어난 지 몇 시간 만에 걸을 수도 있다던데, 인간 아기는 얼마나 무력하고 약한지 혼자서는 아무것도 해내지 못한다. 하지만 자세히 들여다보면 아이 역시 살아남기 위해 자신이 할 수 있는 최선을 다하고 있다는 걸 알 수 있다. 이 작디작은 아이 또한 살기 위해 분투한다. 그 사실이 경이롭게 느껴질 때가 있다.

이따금 조카가 앞으로 살아갈 세상을 상상해 본다. 기후 위기는 우리의 삶을 어떻게 바꿔 놓을까. 아이들에게 그런 미래를 물려주지 않기 위해 우리는 무얼 해야 할까.

앞으로의 세상이 아이들에게 조금 더 상냥한 곳이었으면 좋겠다.

윤이안

참고 도서

《환경주의자가 알아야 할 자본주의의 모든 것》(존 벨라미 포스터, 프레드 맥도프 지음, 황정규 옮김, 도서출판 삼화 펴냄, 2012)

《꽃은 알고 있다》(퍼트리샤 윌트셔 지음, 김아림 옮김, 웅진지식하우스 펴냄, 2019)

《나무의 노래》(데이비드 조지 해스컬 지음, 노승영 옮김, 에이도스 펴냄, 2018)

《위장환경주의》(카트린 하르트만 지음, 이미옥 옮김, 에코리브르 펴냄, 2018)

프로듀서의 말

2020년 여름, 안전가옥은 조금은 색다른 방식으로 작가님을 찾고자 했습니다. 그것은 안전가옥에서 특정한 테마 또는 장르를 내걸고 이를 바탕으로 기획 단계부터 집필 단계까지 한 계단 한 계단을 같이 올라가 주실 작가님을 찾는 방식이었습니다. 함께한다는 의미가 강한 프로젝트였기에 '매치업 프로젝트'라는 이름으로 시작되었으며 첫 번째 테마는 '기후 미스터리'였습니다.

많은 작가님께서 지원해 주신 가운데 결국 윤이안 작가님을 만날 수 있었고 그 뒤로 많은 과정과 또 그만큼의 많은 시간을 보내어 이렇게 《온난한 날들》이란 작품을 선보일 수 있게 되어 더욱 기쁜 마음입니다.

당시 기후 미스터리라는 서로 어울리지 않을 것 같은 낱말을 엮은 건, '기후 소설'이라는 새로운 장르를 알게 되면서입니다. 기후 소설은 2010년대 미국 출신의 언론인이자 환경 운동가인 댄 블룸이 처음 만들었다고 합니다. 영어로는 Cli-fi로 표기하는데 이는 기후를 뜻하는 Climate와 이야기를 뜻하는 Fiction을 연결한 Climate Fiction의 줄임말입니다. 기후소설은 종종 SF의 하위 장르로 구별되는 경우도 있지만, 댄 블룸에 따르면 자매 관계 또는 친척 관계라고 설명하고 있습니다. 그 이유는 기후 소설이 반드시 미래만을 다루지 않고 현재의 기후 변화, 기후 위기 실태를 사실적으로 담는 경우가 많기 때문입니다.

그때나 지금이나 기후 위기가 심각하다는 것은 많은 이들이 공감하고 있었던 바이고 여러 연구와 데이터를 통해 지금 상태에서 지구의 평균 1도가 올라간다면 해수면이 넘쳐 대부분의 나라가 물에 잠기고, 각종 대재앙급 재난이 찾아올 것이라 경고하고 있지만 실체적인 위협으로 느끼기 어려운 부분도 있습니다.

그렇기에 기후 소설로 분류되는 이야기들은 현실의 문제를 과도하게 멀리 바라보지 않을 것. 대안이 있다면 제시할 것. 과도한 공포를 조장하지 않을 것이란 규칙을 지니기도 합니다.

단순히 먼 미래의 파국에 대해 미리 경고하는 것이 아니라 현재의 문제를 바로 인식하고 힘들더라도 문제의 해결을 위해 문제의 대안을 어떻게든 제시하며 기후 위기라는 어떻게 보면 비현실적인 문제에 대해 차근차근 생각해 보길 제안하는 장르가 기후 소설이라고 보시면 좋을 것 같습니다.

날씨를 말할 때 자주 혼동되는 단어로 기상과 기후가 있습니다. 기상은 대기 중에서 일어나는 물리적인 현상을 통틀어 이르는 말로 매일매일 변하는 날씨를 말하고 기후는 대규모 지역에서 점진적으로 장기간 변화하는 날씨를 말합니다. 통계학적으로 30년 이상의 기상 변화를 기후라고 합니다. 간단히 말하면 기상은 단기적이고 일시적인 현상, 기후는 장기적이고 종합적인 기상 상태라고 할 수 있겠습니다.

《온난한 날들》은 기후라는 거대한 변화에 맞서 박화음이란 캐릭터를 통해 한 개인이 끼칠 수 있는 작은 영향력, 내일의 날씨와도 같은 지금 여기의 문제를 전달하고자 집중했습니다. 어떠한 큰 문제라도 결국은 한 사람 한 사람으로부터 출발할 수밖에 없다고 생각했기 때문입니다.

《온난한 날들》이 조금씩 구체화되는 동안 여러 계절이 오고 갔고, 그만큼의 더위와 추위가 오고 갔으며 때때로 기상 이변이 찾아오기도 했습니다. 게다가 유례없는 전염병이 전 세계를 강타하고, 평온한 나날이 우리 곁에 머물기도 했습니다.

매우 거창한 주제로 시작했던 《온난한 날들》이란 쉽지 않은 여정을 지치지 않고 뚜벅뚜벅 걸어와 주신 윤이안 작가님께 다시 한번 감사의 마음을 전하며 동시에 찬사를 보냅니다. 더불어 이 이야기의 끝과 또 다른 시작을 함께해 주실 독자분들께도 감사의 인사를 전합니다.

안전가옥 스토리 PD
윤성훈 드림.

온난한 날들

1판 1쇄 발행 2022년 7월 13일

지은이 윤이안

기획 안전가옥
콘텐츠 총괄 이지향
프로듀서 윤성훈, 이은진
          고혜원, 김보희, 반소현, 신지민
          임미나, 정지원, 조우리, 황찬주
퍼블리싱 박혜신, 이범학, 임수빈
편집 김미래(쪽프레스)
디자인 이경민
일러스트 요이한
경영전략 나현호
서비스 디자인 김보영
비즈니스 이기훈, 임이랑
경영지원 홍연화

펴낸이 김홍익
펴낸곳 안전가옥
출판등록 제2018-000005호
주소 04779 서울특별시 성동구 뚝섬로1나길 5,
      헤이그라운드 성수 시작점 201호
대표전화 (02) 461-0601
전자우편 marketing@safehouse.kr
홈페이지 safehouse.kr

ISBN 979-11-91193-57-2 (03810)
값 13,000원